FAÇADE

Esther Verhoef

Façade

2019 Prometheus Amsterdam

Eerste druk maart 2019
Tweede druk maart 2019
Derde druk maart 2019
Vierde druk maart 2019
Vijfde druk maart 2019
Zesde druk mei 2019
Zevende druk juli 2019
Achtste druk juli 2019
Negende druk november 2019

Omslagontwerp Studio Jan de Boer
Foto omslag Yolande de Kort/Arcangel Images
Foto binnenzijde Robert Della-Piana/Getty Images
Foto auteur Carli Hermès
www.uitgeverijprometheus.nl
ISBN 978 90 446 4119 6

Het gras zal altijd groener zijn
aan de andere kant van de heuvels,
al zien de anderen om ons heen
niet verder dan dit ene dal.

– Lennaert Nijgh

Je zou niet zeggen dat ze al moeder is. Ze lijkt zo jong, zo onschuldig nog. Het komt vooral door de manier waarop ze uit haar ogen kijkt. Argeloos, als een kind met een rotsvast vertrouwen in het goede.

Ik stel me graag voor dat ze die overtuiging heeft meegekregen van de sprookjes die haar ouders haar hebben voorgelezen. Jaar in, jaar uit, elke avond voor het slapengaan. Een hoge stem voor Roodkapje, een lage voor de wolf. Dwaal niet af, blijf op het rechte pad! En aan het einde komt alles goed. Altijd.

De propaganda die je in je jeugd te verstouwen krijgt, beklijft.

Ze groeide op binnen veilige, duidelijke kaders en kleurde nooit buiten de lijntjes. Die behoefte had ze niet – zo'n meisje is ze, je ziet het aan alles.

Een lekker lijf heeft ze wel, onder dat dunne, flodderige shirt. Het sportbroekje spant strak om haar billen. Een beetje té strak, misschien. Boven de broekband stulpt een randje buikvet. De meeste mannen zouden haar chubby *noemen, maar voor mij is er weinig mis met dat drillende vlees op haar bovenbenen dat ze krampachtig probeert weg te sporten.*

Ze schenkt een brede glimlach aan iedereen die oogcontact maakt, waarbij ze haar blonde haar verontschuldigend uit haar gezicht veegt en haar schouders een beetje optrekt. In elkaar duikt, bijna. Zich klein maakt – onderdanig.

Ze lacht ook naar mij.

Ik blijf staan, gebiologeerd door de transpiratiedruppeltjes die op haar bovenlip glinsteren. Haar lippen, vol en gezwollen, zijn constant in beweging. Terwijl ze tegen me praat zie ik haar tong heen en weer flitsen. Ze zet een bidon aan haar mond en werpt haar hoofd naar achteren. Haar hals komt bloot te liggen, haar slokdarm trekt ritmisch samen. Ze drinkt gulzig. Een glinsterend stroompje glijdt langs haar mondhoek haar hals in en blust de verhitte huid tussen haar borsten. Het lijkt alsof ze me haar hals aanbiedt, als een prooidier dat geniet van de overgave – neem me, doe met me wat je wilt – en dan veegt ze haar mond af met de rug van haar hand.

Een intense tinteling jaagt door mijn kruis. De opwinding is nauwelijks te onderdrukken.

Ik kijk om me heen. Niemand merkt ons op.

'Warm hè?' vraagt ze, hijgend. Ze drukt met haar duim de bidon dicht. 'En ze zeggen dat het de komende weken nóg warmer wordt.'

Ik knik.

Haar naïviteit grenst aan het roekeloze. Voor haar ben ik zomaar een man die aardig tegen haar is. Zelfs nu ik openlijk mijn ogen over haar lichaam laat gaan, blijft ze vriendelijk.

'Hoe heet je?' vraag ik.

'Iris. Iris van der Steen.'

'Mooie naam.'

'Dank je.' Weer die lach.

Lekkere stem heeft ze. Beetje schor.

Ik ben benieuwd hoe die klinkt als ze hem kapot heeft geschreeuwd en beurs en apathisch onder me ligt. Wanneer ze haar willoze vlees aan me heeft overgeleverd en het scherpe besef van de gruwelen die haar nog te wachten staan van haar betraande gezicht te lezen zal zijn.

Binnenkort zal ik weten hoe dat is.

Heel binnenkort.

1

'Mam, laat me nou.' Levi worstelt zich los uit mijn omhelzing. Hij geneert zich dood: zijn vriendje staat voor de caravan van zijn ouders op hem te wachten, een leren voetbal in zijn handen.

Ik zak op mijn hurken. Levi's ogen zijn groen met een bruin randje eromheen, net als die van Sander. De sproeten op zijn neus en wangen heeft hij van mij.

'Ik zie je over drie weekjes weer,' zeg ik zo luchtig mogelijk.

Drie weken.

Zo lang waren we nog nooit van elkaar gescheiden.

'Je vader haalt je volgende week op van de camping. En dan gaan jullie fijn samen naar het huisje van opa en oma in Zeeland.'

'Weet ik toch al.'

Mijn hand gaat als vanzelf naar een weerspannige pluk haar bij zijn oor. Halverwege bedenk ik me. 'Veel plezier, lieverd.'

Ik kijk hem na terwijl hij samen met Bastiaan naar het veld achter de caravans loopt, waar meer kinderen spelen. Opgetrokken schouders, de quasinonchalante tred waarmee hij zijn onzekerheid probeert te maskeren.

Naast me spitst Duifje zijn oren. Hij wil met de jongens mee, maar zit vast aan een lange lijn. Zachtjes begint hij te piepen.

Ik streel hem over zijn brede rug. We hebben iets gemeen, Bastiaans labrador en ik. Het voelt ronduit beroerd om niet meer zo belangrijk te zijn voor iemand die voor jou alles betekent. Om van het ene op het andere moment te worden ingeruild voor vriendjes, games en voetbal. Of voor meisjes, die Levi sinds kort niet meer automatisch allemaal even stom vindt.

Ik wacht tot mijn zoon achter het struikgewas uit het zicht is verdwenen. Dat hij niet eens heeft omgekeken zou me moeten geruststellen. Toch mis ik stiekem dat jongetje dat kortgeleden nog als een aanhankelijk aapje om mijn nek hing. Thuis, als we alleen zijn, kruipt Levi nog wel eens bij me op schoot. Het zijn momenten die ik nog meer ben gaan koesteren sinds ik ervan doordrongen ben dat ze steeds minder vanzelfsprekend worden.

'Iris?' Bo overhandigt me een koffiemok. 'Kom nog even zitten.'

Ik probeer te glimlachen.

Ze klapt een stoeltje voor me uit en zet het bij de campingtafel onder de luifel. 'Je vakantie is begonnen. Adem in, adem uit.'

Als ik plaatsneem duwt Duifje zijn neus tegen me aan. Gedachteloos streel ik zijn kop, de gleuf tussen zijn oren.

'Heb je het gehoord?' Maarten geeft een hoorbare klop op de rug van de hond. 'De jongens willen dat-ie bij hen in de tent slaapt.'

'Ze doen stoer, maar ik denk dat ze het toch niet helemaal vertrouwen, met z'n tweetjes in het donker.' Bo wijst op een blauw koepeltentje dat verderop staat, in de schaduw van een pijnboom.

'Past de hond daar wel bij?'

Bo grinnikt hoofdschuddend. 'Nee, joh.'

'Die jongens gaan geen oog dichtdoen,' zegt Maarten. 'Maar wat maakt het uit. Voor hen is het één groot avontuur.'

'Voor mij ook wel, hoor,' zeg ik.

'Hoe laat vertrek je morgen?'

'Zodra ik Toet kan ophalen.'

Bo kijkt verrast op. 'Is die auto nog niet klaar?'

'Er waren blijkbaar nog problemen met de elektronica,' leg ik uit. 'Maar de monteur zei dat hij zo nodig vannacht zou doorwerken. Hij wil hem perfect afleveren.'

'Dat is hem geraden ook,' zegt Maarten. 'Je moet er toch niet aan denken dat je als vrouw alleen met zo'n barrel langs de weg komt te staan. Die oude Defenders zijn niet heel betrouwbaar.'

Ik kijk hem gealarmeerd aan.

'Zeg, zit Iris niet zo bang te maken,' zegt Bo scherp.

Maarten haalt zijn schouders op. 'Ze moet er een pokkeneind mee rijden.'

Het is tweeënhalve dag rijden naar het Portugese dorpje waar mijn moeder en haar vriend Philippe wonen, maar ik zal er een dag langer over doen, want mijn moeders geliefde oldtimer kan niet zo hard. Philippe heeft me een uitgebreide reisbeschrijving gestuurd – 'de toeristische route' – dwars door dorpjes en langs kastelen. De lieverd heeft zelfs de hotels al voor me geboekt en allerlei verzekeringen afgesloten.

Alles is geregeld.

Er kan niets misgaan.

'Heb je er zin in?' vraagt Bo.

'Het is heel gek, maar ik kan me amper voorstellen dat ik over vier dagen in Portugal zit. Dat ik daar dan helemaal naartoe ben gereden.'

Dat ik al weken moeite heb om in slaap te komen, vertel ik haar niet. Ik heb nog nooit achter het stuur gezeten in het buitenland, ik heb zelfs nog nooit alleen gereisd.

'Jij gaat dat gewoon *ownen*,' zegt Bo. 'En het werd zo onderhand eens tijd, hè, dat je aan jezelf ging denken.'

Ik knik, ze heeft gelijk. Ik heb me veel te lang afhankelijk opgesteld. Nadat mijn moeder ervandoor ging heb ik me eerst vastgeklampt aan mijn vader, daarna verloor ik mezelf in Sander, en na de scheiding stortte ik me als een wolvin op de opvoeding van Levi. Ik ben al heel lang geleden uit het oog verloren wie Iris van der Steen eigenlijk is. Of wil zijn.

Of *kan* zijn.

Daar wil ik deze zomer achter komen.

2

Het is bijna middernacht als ik de balkondeur achter me sluit en de gordijnen dichttrek. De zon is al even onder, maar de hitte hangt nog in mijn appartement. Mijn haar ligt als een warme sjaal in mijn nek. Ik draai het in een rommelig staartje terwijl ik naar de slaapkamer loop om de ventilator alvast aan te zetten. Ratelend komt het ding tot leven.

Toen ik vanmiddag terugkwam van de camping had ik minder last van de hitte dan nu, terwijl ik toch mijn hele huis heb opgeruimd en schoongemaakt. Toegegeven, veel werk was het niet. Mijn appartement beslaat nauwelijks zestig vierkante meter: een keukentje en Levi's kamer voor, de woonkamer en mijn slaapkamer achter, en daartussen een badkamer en een wc. Levi en ik zijn er flink op achteruitgegaan, maar ik zou voor geen goud terug willen naar de twee-onder-een-kap waarin Sander nog steeds woont. Zelfs Levi, die in het begin vooral zijn trampoline en boomhut miste, taalt niet meer naar Nieuwegein. Zijn nieuwe vriendjes wonen hier op loopafstand en naar het voetbalveld en naar school kan hij ook te voet.

Buiten klinkt een dof rommelend geluid. Haastig maak ik een rondje door het huis en trek de stekkers van de televisie, de router, de gameconsole en voor de zekerheid ook die van de vloerlampen uit het stopcontact. Terwijl ik de balkondeur op slot draai, schiet een bliksemflits door de hemel boven de stad. Als een reusachtige stroboscoop verlicht hij het park aan de achterkant van de flat; het water, de groenstrook en de volgroeide beukenbomen. Meteen daarna is het weer donker. Ik hoor eenden snateren daarbeneden. Het park gaf destijds de doorslag om voor dit appartement te kiezen: zo hadden we toch nog een soort tuin. Het was een hele opluchting dat Levi en ik er zo snel voor in aanmerking kwamen, want na de scheiding wilde ik alleen maar terug naar mijn geboortegrond, naar de plek waar ik ben opgegroeid en waar mijn vader nog altijd zijn bakkerij runt. Voor Levi was de verandering groot.

Ik ben trots op hem, op de manier waarop hij met alle veranderingen is omgegaan en zijn weg heeft gevonden op zijn nieuwe school. Hij is amper negen, maar heeft het talent om ingewikkelde sociale situaties beter te doorzien dan menig volwassene. Des te pijnlijker is het dat hij nog altijd hoopt dat zijn vader en ik weer bij elkaar zullen komen.

'Jij en papa hebben toch geen ruzie meer?' vroeg hij laatst.

Ik schudde mijn hoofd.

'Papa zei dat hij jou nog steeds lief vindt.'

'Ik vind papa ook lief,' reageerde ik, want je kunt over

Sander de Bruin zeggen wat je wilt; hij is geen onmens. Nooit geweest. Alleen was het verblindende sterrenstof dat onze relatie haar glans schonk na negen jaar huwelijk eenvoudigweg uitgewerkt. Wat overbleef waren twee mensen die zich in toenemende mate aan elkaar ergerden. Voor Levi hebben we het nog een jaar langer samen volgehouden, en ook voor hem hebben we er uiteindelijk een punt achter gezet. Want al wordt beweerd dat een scheiding bij kinderen zulke diepe littekens achterlaat dat ze er hun verdere leven last van houden, opgroeien in een huis vol veelzeggende stiltes en samengebalde frustratie leek ons nog minder gezond. We slaagden er niet meer in onze irritaties voor hem verborgen te houden. Bij elkaar blijven zou funest zijn geweest voor de ontwikkeling van een open, sensitief kind als Levi.

Hij was nog maar net zeven toen we hierheen verhuisden. Een zachtaardig jongetje met babyspek, dat flink sliste omdat zijn grotemensentanden op zich lieten wachten. Nu heeft hij de harde contouren en hoekige vormen van een jongen in de prepuberteit. Na school ligt hij voor de tv te gamen of is hij buiten aan het voetballen.

Levi heeft zich razendsnel ontwikkeld, terwijl zijn moeder in de afgelopen jaren praktisch stil is blijven staan. Meer dan vierentwintig maanden van mijn leven zijn aan me voorbijgetrokken alsof ze mij niet aangingen. Alsof ik verdoofd was.

*

Als ik eenmaal in bed lig wil de slaap niet komen. Mijn dekbedovertrek ligt verfrommeld aan het voeteneind. Ik duw mijn kussen weg, zodat alleen het kale matras overblijft. Het voelt klam. Plakkerig. De ventilator blaast lauwe lucht rond in de schemerige kamer. Ademen gaat zwaarder. Het lijkt of er minder zuurstof in de atmosfeer is dan anders.

Buiten weerlicht het nog steeds.

Tot laat in de avond heeft ze op haar balkon gezeten. Het hoofd gebogen, haar bleke gezicht beschenen door het scherm van haar telefoon. Geen vage glimlachjes en beweginkjes deze keer, niets wat erop wees dat ze met iemand communiceerde; Iris van der Steen zat diep na te denken. Ze keek er wat zorgelijk bij.

Mijn kijker geeft een scherp beeld tot honderddertig meter. Elke spiertrekking, elke ademteug heb ik kunnen waarnemen alsof ik tegenover haar zat.

In de loop van de avond heb ik de lichten in het flatgebouw stuk voor stuk zien doven – het is nog geen bouwvak, de meeste mensen moeten morgen naar hun werk. Iris ging rond middernacht pas naar bed, maar van slapen komt blijkbaar niet veel. Af en toe licht het raam van haar slaapkamer op, als een blauw reclamebord in de donkere gevel. Is ze nerveus voor morgen, een beetje opgewonden? Dat laatste hebben we dan in elk geval gemeen.

Ik zou door die gordijnen heen willen kijken. Wat doet ze daar? Wat heeft ze aan? Niets? Of draagt ze zo'n HEMA*-slipje – vijf voor de prijs van vier? Roze of wit katoen, met een naïevig stippelmotief en een nutteloos strikje. Ik voel een tinteling door mijn lijf trekken. Dat zou perfect zijn. Alles beter dan een string of zwarte kanten lingerie, waar een duidelijke suggestie van uitgaat. Zelfbewuste praalzucht die ik niet interessant vind. Maar zelfs als ze zoiets zou dragen, vind ik er wel wat op – er blijft genoeg over om van te genieten.*

Dat verdomde gordijn.

Ik kijk langs de balkons omhoog. Ze liggen gunstig ten opzichte van elkaar. Bewoners van dit type flat leggen geen alarmsystemen aan, ze monteren geen ingewikkelde sloten. Ik kan binnen een kwartier naast haar bed staan.

Nee.

Verdomme, nee.

Ik moet mijn kop erbij houden.

Dag een

Vrijdag

3

'Ja, ik weet het, mam. Het komt goed. Ik ben geen achttien meer.'

Er wordt geclaxonneerd.

Gehaast werp ik een blik over mijn schouder. In de auto achter me zit een kale vent agressief naar me te gebaren.

'Mam? Ik moet echt ophangen, ik houd hier alles op.'

'Verdorie. Had ik nou maar zo'n handsfreesetje voor je gekocht. Ik zei nog tegen Philippe, ik zei, daar denkt ze vast niet –'

'Tot maandag, mam.'

Ik verbreek de verbinding en laat de telefoon op mijn schoot vallen. Het toestel gloeit op mijn klamme huid. Ik draai het raam van de Defender verder open, duw de pook in de eerste versnelling en geef voorzichtig gas. Een lauwe bries waait de veertig jaar oude cabine in, samen met de walm van benzine, rubber en asfalt – het verstikkende aroma van een pompstation in de zomerhitte. Ik veeg met mijn onderarm een lok haar van mijn bezwete voorhoofd.

De oldtimer van mijn moeder is ouder dan ik, en airconditioning gold in de tijd dat Toet werd gebouwd nog als een buitensporige luxe. Afgelopen februari stond ik daar geen moment bij stil; er leek toen geen einde te komen aan de troosteloze winter. Een reis naar zonnig Portugal – volledig gesponsord door mama en Philippe – kwam me voor als een droom. Blauwe luchten, wuivend koren, hard meezingen met de radio... Ik zou plaatsen aandoen waar ik nooit was geweest, nieuwe mensen ontmoeten. Een soort *Thelma & Louise*, maar dan in mijn eentje. En met een beter einde dan de film – dat spreekt voor zich.

Weer die claxon.

De kale bestuurder van de auto achter me zoekt nadrukkelijk oogcontact en steekt zijn middelvinger naar me op. Totaal overbodig: ik heb al ruimte voor hem gemaakt.

Halfslachtig reageer ik met hetzelfde gebaar terwijl ik stapvoets voor de winkel van het benzinestation langs rijd. Ik haal mijn onderarm nog eens over mijn voorhoofd en stuur Toet tussen de parkeervakken door naar de oprit. Overzichtelijk is het hier niet bepaald. Ik kijk over mijn schouder alvast in de richting van de weg waarop ik zo moet gaan invoegen. Struiken, bomen. Zonlicht blikkert op de motorkap. Ik kan heus wel rijden, maar ik ben mijn Aygo gewend – een prachtig cadeau van mijn vader. Dit brullende bakbeest is van een heel andere orde. En ik voel me opgejaagd.

Mijn telefoon zoemt opnieuw. 'Mam, *please...*' fluister ik voor me uit. Zelfs vanuit Portugal probeert ze nog de regie te voeren. Ze is vast beledigd dat ik haar midden in haar monoloog heb weggedrukt.

In mijn achterhoofd klinkt een stemmetje. Stel dat het mama niet is, maar Levi, die heimwee heeft? Of ruzie heeft gekregen met Bastiaan.

Uit een boom is gevallen?

Haastig gris ik mijn mobiel tussen mijn benen vandaan, draai het schermpje naar me toe en probeer het te ontgrendelen.

De donkere schaduw die plotseling voor de auto opduikt, zie ik te laat. Een gezicht, verschrikt.

Een doffe bonk.
Gewicht op de motorkap.

Ik stamp op het rempedaal.
De terreinwagen komt tot stilstand, deint na. Een zwaar, plomp voorwerp rolt van de motorkap. Ik hoor het neerkomen op het wegdek, vlak voor de wielen.
Het gezicht is weg.

Stilte.

Het bonzen van mijn hart.
Bloed dat door mijn lijf raast.

O, nee, o, nee, nee.
Nee!

Ik duw het portier open en haast me naar de voorkant van de auto. Elke stap voelt alsof ik door een stroperige vloeistof waad.

Nee, nee!

Er ligt een man op het asfalt. Shirt met v-hals, bermuda, canvas sneakers. Kort, donker haar. Hij grijpt zijn knie vast, zijn gezicht vertrokken in een grimas.
Ik stap over een grote rugzak heen. 'O, w-wat erg. Sorry.' Mijn stem klinkt hoog en trillerig. 'Ik zag je niet.'
Hij maakt aanstalten om rechtop te gaan zitten.
'Niet bewegen!' Ik steek mijn handen naar hem uit.

'Niet doen. Je kunt iets gebroken hebben.' Gejaagd speur ik zijn atletische lichaam af, op zoek naar verwondingen. 'Blijf nou stilzitten.' Ik leg mijn hand op zijn schouder, die opmerkelijk hard aanvoelt. *Graniet*, schiet het door me heen. Meteen laat ik hem weer los.

Hij strekt een been en dan valt me een vuistgrote schaafwond op, net onder zijn knie. Minuscule bloeddruppeltjes glinsteren op de ontvelde huid.

'Echt niet te geloven dit.' Zijn accent is niet van hier. 'Ik zwááide zelfs nog naar je.'

'Nou, ik –'

Hij kijkt omhoog, zijn donkere ogen samengeknepen tegen de felle zon. 'Hoe kon je me nou over het hoofd zien?'

Plotseling realiseer ik me dat ik die ogen ken, die stem eerder heb gehoord. We hebben betrekkelijk kortgeleden zelfs nog met elkaar gesproken.

Hij herkent mij blijkbaar niet.

'Tja, ik... ik werd, denk ik, verblind door de zon.' Aarzelend kijk ik om me heen, naar de struiken en bomen, en naar de achterkant van het tankstation. 'Het eh... is hier nogal onoverzichtelijk.'

Ik geloof niet dat hij me hoort. Hij blijft op de grond zitten en inspecteert zijn handpalmen, die ook niet ongehavend uit de strijd zijn gekomen.

Het onheilspellende besef dringt tot me door dat hij wel eens in shock kan zijn: hij heeft een flinke smak gemaakt. Er is nauwelijks bloed te zien, maar dat zegt natuurlijk weinig. Inwendige bloedingen zijn veel gevaarlijker. Door een klap op het hoofd kunnen de hersenen opzwellen; dat is de zoon van een collega van me vorig jaar nog overkomen, na een val met de fiets.

'Je moet naar een ziekenhuis,' weet ik uit te brengen.

Hij probeert te gaan staan en vloekt binnensmonds. 'Ik denk dat –'

Naast ons remt een auto af. De vrouw achter het stuur laat haar raam zakken. 'Hulp nodig?'

'Nee,' snauwt hij, zijn blik strak gericht op het wegdek.

'Zeker weten?'

'Absoluut.' Hij trekt zich zo goed en zo kwaad als het gaat op aan de bumper en gaat staan, een beetje wankel nog.

De vrouw en ik wisselen een blik van verstandhouding. Dan rijdt ze schouderophalend verder.

Ik buk om een opgerold matrasje te pakken en leg het bij de rugzak. Half verscholen onder de auto ligt een stuk wit karton. Het is zorgvuldig omwikkeld met tape. ANTWERPEN staat er met zwarte stift op geschreven. Ik raap het van de grond en draai het om: PARIS.

'Je was aan het liften.'

'No shit, Sherlock.' Met zijn rug tegen Toet geleund peutert hij steentjes uit zijn handpalm. De transpiratie ligt als een filmlaagje over zijn gezicht. 'Mijn handen doen het in elk geval nog.' Hij buigt en strekt zijn vingers.

'Sorry. Ik snap niet hoe... Ik had je echt niet gezien.'

'Dat mag ik hopen.' Zijn stem is aangenaam hees.

Ik slik een zoveelste 'sorry' in. 'En je benen?'

Hij zet een paar stappen. Heel soepel gaat het niet; hij heeft zichtbaar pijn als hij zijn gewonde been belast. 'Helemaal prima.'

'Ik denk dat ik je beter naar de eerste hulp kan brengen.'

'Niet nodig.' Hij bevoelt zijn knie, wrijft erover. 'Ik kan je nu al vertellen wat ze daar zullen zeggen: flink gekneusd, veel rust nemen.'

Ik steek het karton achter een elastiek van zijn rugzak

en sjor het gevaarte rechtop. 'Zwaar, zeg. Wat heb je daar allemaal in zitten?'

'Trainingsmateriaal. Ik moest voor een vriend invallen op... Wacht even.' Hij knijpt zijn ogen tot spleetjes. Zijn lange, donkere wimpers glinsteren in de zon. 'Ik ken jou.'

'Ja, verdorie, dus toch!' roep ik uit. 'Ik dacht al dat –'

'Van Basic-Fit,' onderbreekt hij me.

'We hebben pas nog met elkaar zitten praten, aan de bar,' zeg ik, misschien iets te enthousiast. 'Dat ik jou hier nu tref.'

Zijn blik wordt donkerder, er speelt een geamuseerd lachje om zijn mond.

Ik pers mijn lippen op elkaar nu ik besef dat ik wel heel erg opgetogen reageer. Zó goed ken ik hem ook weer niet.

Hij haalt zijn vingers door zijn kortgeknipte haar en laat zijn hand in zijn nek rusten. De korte mouwen van zijn shirt spannen rond zijn biceps.

Ik kan het niet laten ernaar te staren. 'Jij eh... was toch sportinstructeur?'

Hij knikt bijna onzichtbaar.

'Je vertelde dat je...'

Hij blijft me strak aankijken. Zijn zwijgen maakt me nerveus.

'Dat je in het buitenland ging werken,' ga ik verder. 'Op een camping?'

'Klopt. Ze verwachten me daar zondag.'

'Overmorgen,' zeg ik zacht.

Hij heft zijn kin, alsof hij zich ineens iets herinnert. 'En jij bent dat meisje dat voor het eerst alleen op vakantie zou gaan.'

Meisje.

Het is even geleden dat ik zo ben genoemd.

'Dat je dat nog weet.'

Hij houdt zijn hoofd schuin. 'Portugal, herinner ik me dat goed?'

Ik knik nog eens. 'Je hebt nog aan me gevraagd of je een stuk met me kon meerijden.'

Hij trekt een wenkbrauw op.

'Ben je dat vergeten?'

'Dat moet iemand anders zijn geweest.' Zijn lach onthult een rij witte tanden.

'Nou, jij –'

'Kom op, ik ken je niet eens.'

Zijn reactie brengt me aan het twijfelen. Het zal door de commotie komen, maar ik kan me niet goed meer herinneren hoe hij zijn vraag had ingekleed. Om mezelf een houding te geven sleur ik zijn rugzak naar een van de voorwielen en zet hem ertegenaan. Ik veeg het zweet van mijn voorhoofd. 'Maar eh... wat een toeval is dit.'

'Toeval?'

Ik kijk op. 'Dat we op precies dezelfde dag, plaats én tijd naar onze bestemmingen vertrekken. Da's toch supertoevallig?'

'Toeval bestaat niet, Iris.' Hij spreidt zijn armen en glimlacht breed. 'Het heeft zo moeten zijn.'

4

Hij heet Mischa.

Mischa de Jong.

Een week of vijf, zes geleden viel hij me voor het eerst op. Hij trainde op donderdagavond, als Renate en ik er ook waren. Er hing een zweem van mysterie om hem heen; hij maakte nauwelijks contact en in tegenstelling tot de meeste andere mannen liep hij niet te koop met zijn fysieke kwaliteiten. Hij kwam serieus op me over, ingetogen. Routinematig draaide hij zijn programma af. Ik schatte hem begin dertig – van mijn leeftijd dus, misschien iets ouder.

Af en toe kruisten onze blikken elkaar, maar de zeldzame gesprekjes die we voerden hadden weinig om het lijf. Tot een paar weken geleden. Na afloop van zijn training kwam hij bij Renate en mij aan de bar zitten en bestelde een blikje energydrink. Renate maakte daar een bijdehante opmerking over, hij hapte en we raakten in gesprek. Of eigenlijk: zíj raakten in gesprek. Ik ben het gewend. Renate is jaren ouder dan ik, maar daar zie je niets van. Met haar slanke taille en lange krullende haar is ze een testosteronmagneet. Mijn vriendschap met Renate zou funest zijn geweest voor mijn zelfbeeld als ze niet zo hartelijk en lief voor me was.

Maar op mannengebied is ze een roofdier. Flirten is een spel voor haar. De aandacht geeft haar energie.

Voor mij ligt het anders. Ik vraag me bij elke man die me leuk lijkt af wat Levi ervan zou vinden: een kerel in huis die niet zijn vader is. Een onbekende man in het bed van zijn moeder. Alleen al de gedachte aan de deining die dat zal veroorzaken, heeft me tot nu toe alle lust ontnomen.

'Je kunt je niet eeuwig achter de scheiding blijven verschuilen,' zei Renate laatst tegen me. 'Jullie zijn al bijna twee jaar uit elkaar.'

Sander is kort na mijn vertrek volop aan het daten geslagen, iets wat hij met succes voor onze zoon verborgen heeft gehouden. Ik had er geen behoefte aan: Levi had baat bij een stabiel thuisfront, niet bij een moeder die hele avonden verhit op de bank zit te swipen. Trouwens, door mijn werk, het huishouden en de zorg voor Levi bleef er – en blijft er eigenlijk nog steeds – weinig ruimte over. De weekenden waarin Levi bij zijn vader is slaap ik meestal bij, of breng ik bingewatchend door. Heel af en toe laat ik me door Renate, Bo of Fabienne de stad in slepen, waar ik alle aantrekkelijke mannen die ik ontmoet langs die onmogelijk hoge Levi-lat leg.

Renate had dus een punt, ik heb er niet voor opengestaan. Maar als ik eerlijk ben, was dat deels ook uit zelfbescherming. Een collega heeft eens recht in mijn gezicht gezegd dat leuke mannen van mijn leeftijd de partners voor het uitkiezen hebben. Die zitten volgens hem niet te wachten op vrouwen 'met een kind van een ander'. Kortom: als ik ga daten, zijn onenightstands met opportunisten mijn voorland.

Renate haalde er haar schouders over op. 'Er zijn er genoeg die dat helemaal niets uitmaakt.' Daarna keek ze me ernstig aan. 'Maar ik zou wel meer in mezelf gaan investeren als ik jou was.' Ze pakte me aan mijn bovenarmen en schudde me een beetje door elkaar. 'Een kind van een ander, à la, maar geen enkele vent wordt wild van een vermoeid moeke.'

Het idee om samen te gaan sporten kwam dan ook van haar.

Mischa slaat het vuil van zijn shirt en knikt naar de zwarte plakletters op de zijkant van de auto. Ze krullen een beetje om aan de randen.

'Passepartout?' leest hij.

'Zo heet de auto.'

'Je auto heeft een naam?' Hij had het smalend kunnen vragen, maar hij lijkt oprecht geïnteresseerd.

'Niet mijn auto. Die van mijn moeder. Zij noemde hem Passepartout, naar een personage uit *De reis om de wereld in tachtig dagen* van Jules Verne.'

Hij trekt zijn wenkbrauwen op.

'Passepartout betekent: komt overal,' leg ik uit.

'Cool.'

'Ik heb een coole moeder.'

'Dat verbaast me niets.' Zijn donkere ogen gaan liefkozend over de auto, een gebaar dat me onverwacht ontroert. 'En je rijdt er voor de lol helemaal mee naar Portugal?'

'Niet voor de lol. Ik breng hem naar mijn moeder. Ze woont daar.'

Hij kijkt verrast. 'O, echt? Alleen?'

'Nee, met Philippe, haar vriend. En vier honden.'

'Vier, toe maar! Is ze Portugese?'

Ik schud mijn hoofd en vertel hem dat mijn moeder uit Amsterdam komt. 'Na de scheiding met mijn vader is ze in het buitenland gaan wonen. Haar auto heeft heel lang in een schuur bij een boer gestaan, maar nu mijn moeder in de bergen woont, heeft ze weer een terreinwagen nodig. Philippe heeft hem voor haar laten opknappen.' Ik haal mijn schouders op. 'En ik breng hem naar haar toe. Voor mij is het een soort vakantie.'

'Ja, nu herinner ik het me weer dat je dat vertelde.' Zijn ogen dwalen over mijn gezicht.

Ik voel me een beetje ongemakkelijk worden. 'Dus... eh... je weet zeker dat je niet naar een ziekenhuis wilt?'

'Absoluut.'

'Laat me je dan tenminste naar huis brengen.'

Hij grinnikt vreugdeloos. 'Gaat niet. Ik heb mijn kamer voor de zomer verhuurd. Vannacht sliep ik bij een vriend op de bank.'

'Zal ik je dan naar hem –'

'Nee.' Hij kijkt over mijn schouder naar een punt aan de horizon, krabt in zijn nek. 'Ik moet op die camping zien te komen. Ze rekenen daar op me.'

‘En je knie dan?’

Hij reageert niet.

‘Je zei toch dat je rust nodig had?’

‘Ik zei dat een arts me rust zou voorschrijven. Maar die luxe kan ik me niet veroorloven.’ Hij fluistert nu bijna. ‘Ik heb dat geld nodig. Desnoods geef ik les op krukken.’

Ik vraag hem waar de camping ligt.

‘Bij een dorpje aan de Spaanse grens, onder Bordeaux.’

‘Daar eh... kom ik geloof ik langs.’

‘Bied je me nou een lift aan?’ Er flakkert iets in zijn ogen wat ik niet goed kan plaatsen.

‘Nou, nee, ik –’

‘Hé, je mag hier niet stilstaan!’ Een passant – is het nou diezelfde kale kerel als daarnet? – hangt half uit zijn auto. Hij slaat op de buitenkant van zijn portier. ‘Lazer op met die bak, idioot!’

‘Chill, gast,’ hoor ik Mischa mompelen, terwijl hij hinkend naar zijn rugzak loopt. Hij heeft overduidelijk pijn.

Mijn schuld.

‘Anders eh... Stap maar in,’ hoor ik mezelf zeggen.

Acht minuten. Langer heeft het niet geduurd.

Het verbaast me dat zulke vrouwen nog bestaan – lezen ze geen kranten, kijken ze geen nieuws? – maar ik klaag niet. Integendeel.

Open. Naïef. Welopgevoed. Zo heb ik ze het liefste.

De blik in hun ogen als ze doorkrijgen wat je met ze van plan bent. Het ongeloof op hun gezicht, gevolgd door ontzetting, die naadloos overgaat in doodsangst in zijn puurste vorm.

Ik voel hoe de tintelende druk zich opbouwt bij de gedachte aan wat ik allemaal met haar ga doen.

Maar nu nog niet.

Ik moet gefocust blijven.

5

We rijden door dor, agrarisch gebied afgewisseld met lintdorpen van rode baksteen. De huizen staan vlak langs de straat, maar er wordt nauwelijks afgeremd, de vrachtwagens denderen maar door. Hier en daar hangt iemand in een deuropening verveeld naar het voorbijrazende verkeer te kijken. Belgisch niemandsland.

Mischa zit op de plaats waar mijn vader vroeger altijd zat. Zijn arm ligt nonchalant op de rugleuning, af en toe raken zijn vingers mijn schouder.

'Ik heb je nooit zien lesgeven bij Basic-Fit,' zeg ik.

'Daar werkte ik ook niet.' Hij neemt een hap van een van de broodjes die ik vanochtend thuis heb gesmeerd. 'Ik was tot voor kort activiteitenbegeleider op Vredeveld. Ken je dat?'

'Van naam. Dat is een soort inrichting, toch? Jezus!' Toet bokt als een schrikachtig paard. Er zitten diepe voren in de weg en de vering is niet bepaald comfortabel. Ik omklem het stuur nog steviger.

'Zal ik rijden?' vraagt hij.

Ik schud mijn hoofd. Even blijft het stil. Dan vertelt hij dat hij met psychiatrisch patiënten heeft gewerkt. 'Ik ging met hen zwemmen, fitnessen, hardlopen, alles wat nodig was om ze zich wat beter te laten voelen. Voor een bepaalde groep is fysiek bezig zijn de enige manier om de opgehoopte agressie en frustratie te kunnen kanaliseren.'

'Vond je het niet eng?'

'Eng?' Er klinkt verbittering door in zijn stem. 'Hoe meer je te weten komt van andermans leven, hoe minder je gaat begrijpen waarom de een zit opgesloten en de ander gewoon een baan en een gezin heeft. Dus, nee, werken op Vredeveld was in dat opzicht allesbehalve eng. Je wist in elk geval dat er iets speelde bij de bewoners.'

'Waarom ben je ermee gestopt?'

Hij gaapt achter zijn vuist. 'Ik was invalkracht.'

'Jammer.'

'Prima juist. Ik zou knettergek worden als ik steeds hetzelfde werk moest doen.'

'Je baan in Frankrijk is ook tijdelijk?'

'Tot 1 oktober.'

'En dan?'

'Wie dan leeft, wie dan zorgt.' Zijn duim beweegt over het schermpje van zijn mobiel.

'De meeste mensen van onze leeftijd zijn gesetteld,' zeg ik, en ik heb er meteen spijt van – ik klink als mijn vader in een stichtelijke bui.

'Ik ben niet zoals de meeste mensen.' Hij stopt zijn mobiel weg en rekt zich uit. 'En jij, Iris? Ben jij gesetteld? Vaste baan, huisje-boompje-beestje, carrière op de rit?'

'Zo ongeveer. Op die carrière na.'

'Wat doe je?'

'Ik zit op de administratie van een verzekeringskantoor.'

'Zít? Bijzondere woordkeus.' Hij knijpt met zijn ogen tegen de zon en haalt het zonneklepje verder naar beneden.

'Ik heb in elk geval een vast contract.'

'Dat vind je belangrijk?'

Ik kijk kort in zijn richting en zie dat hij me vol interesse opneemt. Het voelt wat ongemakkelijk, alsof hij me analyseert, maar dan breekt er een glimlach door op zijn gezicht.

Ik kijk snel weer voor me. 'Ik ben niet alleen op de wereld, dus die zekerheid is voor mij waarschijnlijk belangrijker dan voor jou.'

'Je hebt een zoon, dat vertelde je al. Levi.' Hij klinkt milder nu. 'Je stelt je leven in dienst van je kind. Knap.'

'Voor iemand die zelf geen kinderen heeft is het vaak niet te begrijpen.'

'Try me.'

'Als me vroeger werd gezegd dat het onbezorgde leven over is zodra je moeder wordt, vond ik dat zo'n flauwekul. Maar bij de geboorte van Levi ging er een knop om.'

'Hormonen.'

Ik werp een blik in de achteruitkijkspiegel en zet mijn knipperlicht uit om een tractor in te halen. 'Ik noem het liever moedergevoelens. Levi is voor mij het belangrijkste op de hele wereld.'

'Belangrijker dan jij zelf?'

'Zonder twijfel,' zeg ik zacht, en ik besef dat ik dit nooit hardop tegen iemand heb gezegd.

'Je bent dus vooral moeder.'

'Daar komt het op neer.'

'En waar blijft Iris?'

Ik klem mijn handen om het stuur. Daar is deze reis voor bedoeld, zegt een stem in mijn hoofd: om dat uit te zoeken. Ik ben haar al lang geleden kwijtgeraakt, wil ik zeggen, maar ik houd mijn mond.

'Wat doe je om jezelf te ontwikkelen?'

Ik haal diep adem. 'Die eh... ruimte heb ik nu nog niet.'

'Wanneer wel?'

'Over een paar jaar, denk ik, als Levi minder afhankelijk van me is.'

Even is het stil. 'Nobel van je. Ik heb genoeg gezien om te weten dat niets zeker is in het leven.' Hij gaat verzitten. 'Inclusief het leven zelf.'

Ik wil hem vragen waar hij op doelt, maar als ik naar opzij kijk zie ik dat hij zijn hoofd half uit het raam heeft gestoken. Met gesloten ogen vangt hij de lauwe zomerwind. Het zonlicht schittert op het sporthorloge om zijn pols.

Zwijgend rijden we door. Kilometerslang luisteren we naar het gierende motorgeluid, het klapperen van de wind en het roffelen van Toets banden op het hete asfalt. De weg voor ons is tamelijk recht, met aan weerszijden landbouwpercelen. Het land zindert onder de hete zon.

Vele kilometers later is er nog geen woord gesproken, maar de stilte is minder ongemakkelijk gaan voelen. Eerder vertrouwd, alsof we goede vrienden zijn die geen constante woordenstroom nodig hebben om te weten dat het goed zit. Tegelijkertijd ben ik me maar al te goed bewust van Mischa's fysieke aantrekkingskracht. Het verwart me, zijn vingertoppen die af en toe – per ongeluk? – mijn schouder beroeren. Zijn donkere ogen – ze zijn bruin, of anders heel donkergroen – die me vol interesse opnemen. Zijn lippen, zijn tanden. Zijn lach. En niet in de laatste plaats zijn lichaam. Een afgetraind lijf is in zijn kringen vast een vanzelfsprekendheid, maar ik zit vier dagen per week achter de computer bij Assurantiekantoor J.G. Coenen, waar het testosteron nou niet bepaald tegen de eikenhouten plinten omhoog klotst.

Naast me kijkt Mischa op zijn horloge en daarna in de buitenspiegel. 'Wat denk je, zullen we zo meteen even stoppen?'

Ik voel me betrapt. 'Eh...' Mijn wangen beginnen te gloeien. 'Waarom?'

'Je bent moe. Ik merk het aan je.' Hij knipoogt. 'Even de benen strekken misschien.'

'Ah, oké.'

'Stop daar maar even,' zegt hij, en hij wijst naar een donkere vlek in de verte.

Als we dichterbij komen, zie ik dat het een bosperceel is.

6

Ik weet nog goed wanneer ik mijn moeder voor het eerst heb zien huilen. Het was op het moment dat ze Passepartout van mijn vader kreeg. We woonden toen midden in de stad, boven de bakkerij – in hetzelfde pand waar papa nog steeds woont en werkt. Ik was pas zes en diep onder de indruk van mama's uitbundige blijdschap, maar ook van dat exotische voertuig dat rechtstreeks uit een avonturenfilm leek te komen.

Passepartout kreeg haar naam – die door mij werd verbasterd tot 'Toet', waarna papa en mama haar van de weeromstuit ook maar zo gingen noemen – en werd in een garagebox verderop in de wijk gestald.

Op zondag ging mijn moeder er regelmatig op uit. Meestal alleen, soms met mij samen en af en toe – dat waren de leukste ritjes – reden we met z'n drieën naar de Veluwe of naar zee. Mijn moeder achter het stuur, ik op het smalle, verhoogde zitje in het midden en mijn vader op de bijrijdersstoel, met zijn knoestige bakkershand op het dashboard.

Passepartout stond symbool voor vrijheid, zei mijn moeder altijd, voor te kunnen gaan en staan waar ze wilde.

Op een gegeven moment begon ze dat letterlijk te nemen.

*

Mischa zit aan de oever van een beek. Hij verjaagt de vliegen van zijn scheenbeen en dept de wond met een ontsmettingsmiddel dat we aantroffen in een metalen EHBO-kistje in de auto. Afgezien van de schaafwond ziet Mischa's been er goed uit. Geen verkleuringen of zichtbare verdikking. Hij hinkt nog steeds.

Toen hij me de plek aanwees waar ik Toet moest parkeren – dieper het bos in, uit het zicht van de weg – verwachtte ik half en half dat hij een move zou gaan maken. De sfeer was er wel een beetje naar, Mischa leek ineens wat gespannen en zijn stem klonk anders, scherper. Maar toen we eenmaal het verband en ontsmettingsmiddel hadden gevonden, liep hij ermee naar de beek en ging daar tegen een rots aan zitten, zijn ogen gesloten, alsof niet ik, maar hij degene was die rust nodig had.

Ik neem een slok uit een flesje water en kijk naar de koeien die verderop in de brandende zon staan te herkauwen. Ik wens ze een plek als deze toe, in de schaduw en de extra koelte van het frisse stromende water.

'Wat is er eigenlijk misgegaan tussen jou en de vader van je kind?' hoor ik Mischa vragen. Hij is opgestaan en werpt een kiezel in de richting van de beek. Het steentje scheert laag over het water, ketst af op een kei en verdwijnt op de met kreupelhout bezaaide oever aan de overkant. Mischa draait zich naar me toe. 'Had hij een ander?'

'Nee. En ik ook niet. Het was gewoon op.'

Hij trekt een wenkbrauw op. 'Op? Meen je dat? Dat vind ik altijd zo'n zwaktebod.'

'Dat mag je vinden.' Ik vertel hem dat ik op Sander ben gevallen vanwege zijn karakter. 'Ironisch genoeg was datzelfde karakter de reden dat ik niet meer met hem verder wilde.'

Vanaf de doorgaande weg klinkt het geluid van een naderende auto. Mischa heft zijn kin. De weg wordt aan ons zicht onttrokken door talloze struiken en bomen. Pas als de auto is doorgereden, kijkt hij mij weer aan. 'Wat benauwde je?'

Hij luisterde dus wel degelijk.

'Dat Sander zo rigide was.'

'En dat heb jij dus blijkbaar ooit woest aantrekkelijk gevonden?'

Ik grinnik. 'Toen ik hem leerde kennen noemde ik het nog betrouwbaar en stabiel. Sander had een goede baan, een koophuis. En zijn familie was heel hecht, ze woonden allemaal bij elkaar in de buurt.'

Hij komt op me afgelopen. 'Klinkt nog steeds niet heel sexy.'

'Dat was het ook niet. Maar het was wel... eh, veilig.'

Er verschijnt een fronsrimpel tussen zijn wenkbrauwen. 'Sorry. Kwam je uit een onveilige situatie?'

'O, denk je nou dat... Nee, nee, helemaal niet, maar... Jee, wat een vragen stel jij eigenlijk allemaal.' Ik veeg lachend een pluk haar uit mijn gezicht.

'Vind je dat vervelend?' Mischa's donkere ogen glanzen.

'Nee, je mag het allemaal best weten. Ik heb geen geheimen of zo.'

'Iedereen heeft geheimen.'

'Nou, ik niet.'

'Veilige jeugd, dus,' concludeert hij. 'Maar je ouders zijn niet meer bij elkaar.'

Ik knik. 'De bakkerij stond centraal in ons leven. De afwijkende tijden waarop mijn vader moest werken, het constante ritme, mijn moeder trok dat uiteindelijk niet meer. Toen ik elf was heeft ze zich van hem laten scheiden en meteen daarna is ze naar het buitenland vertrokken.'

'Ze liet jou achter?'

Ik grijns. 'Geëmancipeerd, hè? Ik heb later pas gehoord dat ze al een poos een vriend had.'

'Lekker dan. Is je vader nog hertrouwd?'

Ik vertel hem dat mijn vader alle vertrouwen in het instituut huwelijk is kwijtgeraakt. 'In de jaren na de scheiding stortte hij zich nog meer op zijn werk. Inmiddels heeft hij wel een vriendin, maar trouwen wil hij niet meer.'

'Je was dus veel alleen,' zegt hij zacht.

Ik knik.

'Elf jaar is een kwetsbare leeftijd. En je rolmodel liet je in de steek. Dat moet afschuwelijk zijn geweest.'

'Het voelde alsof ze mij niet meer wilde. Ik gaf mezelf de schuld. Pas later werd ik kwaad op haar. Tegen de tijd dat ik het huis uit ging, was ik dat nog steeds. Als ze belde, gooide ik de hoorn erop. Of ik zei gemene dingen, puur om haar te kwetsen. Ik heb haar zo gehaat.'

Het is twintig jaar geleden dat mama ons verliet, maar pas de afgelopen jaren – door mijn eigen scheiding – heb ik haar beslissing een beetje in perspectief kunnen zetten.

Helemaal begrijpen zal ik het nooit.

'Hoe was je band met je vader?'

'Hij had zo veel verdriet, ik wilde niets liever dan zijn ideale dochter zijn. Ik maakte mijn school af, dronk en rookte niet en ging nooit uit. Voor mijn achttiende verjaardag mocht ik van hem mijn rijbewijs halen, maar dat wilde ik niet eens.' Ik wijs met mijn kin naar Passepartout, die verderop achter het struikgewas staat. 'Ik associeerde autorijden met mama en haar klotevrijheid.' Mijn stem trilt.

Mischa neemt me nieuwsgierig op. 'Je bent nooit verliefd geweest op je ex.'

'Klopt.'

'Je trouwde met de meest degelijke, saaie kerel die je kon vinden, alleen maar om je af te zetten tegen je moeder.'

Ik onttrek me aan zijn doordringende blik. 'Klinkt dat verknipt? Best wel, hè?'

'Ik heb wel gekkere dingen gehoord.'

'Dat geloof ik meteen.' Ik sla mijn ogen op. 'Als je in een inrichting hebt gewerkt vind je niet snel meer iets raar, natuurlijk.'

'Klopt.' Mischa bevoelt zijn handpalm, die flink gehavend is. Dieprode putten, losse huid.

Door mijn schuld.

'Ben je lang in therapie geweest?' vraagt hij ineens.

'Is dat zo duidelijk?'

'Behoorlijk. Ik hoor af en toe je therapeut praten. Maar dat geeft niet.'

'Ik ben normaal gesproken niet zo open tegen mensen die ik nauwelijks ken.'

Hij steekt zijn handen voor zich uit en neemt met gespreide vingers de schade op. Over zijn handen heen kijkt hij me aan. 'Prima, toch? Ik luister graag naar je, Iris.'

Om te kunnen doen wat ik wil heb ik een regel waar ik nooit van afwijk: pas je aan. Draag geen kleding die de aandacht trekt, geen opzichtig kapsel. Wees niet te bijdehand. Praat rustig. Versmelt met de omgeving, ga op in de achtergrond. Word desnoods het behang waarvan niemand zich later de kleur of het motief kan herinneren.

Het helpt om vriendelijk en beleefd te zijn, om interesse te faken. Mensen zullen je gaan onderschatten. Ze zien alleen een ongevaarlijke, sympathieke vent, zodat jij je gang kunt gaan.

Zo doe ik het al jaren. Met succes. Ze hebben er geen flauw vermoeden van dat ze worden gebruikt. Dat ze speelgoed voor me zijn. Hun gedachten, hun woorden, hun dromen, hun levens – puur amusement.

Time: 13h04

мк70: ок

7

‘Hé, Iris! Wat lief dat je terugbelt. Ik stoorde je toch niet?’ De diepe stem van Fabienne klinkt zo helder dat het lijkt of ze vlak naast me staat.

‘Nee hoor,’ lieg ik – ik heb Toet langs de kant gezet om haar terug te bellen. Na de aanrijding van vanochtend neem ik geen enkel risico meer. ‘Ik hoorde de telefoon te laat. Alles goed daar? Zit Robèrt je niet te veel op de huid?’

Ze grinnikt. ‘Breek me de bek niet open.’

Ik hoor haar inhaleren en rook uitblazen. Fabienne werkt nog niet zo lang bij Assurantiekantoor Coenen, maar ik kan haar nu al uittekenen onder de luifel bij de ingang, scrollend op haar telefoon, haar hoofd in een wolk van sigarettenrook. Van andere collega’s kan ik zulke extra pauzes niet altijd goed hebben – het zijn steeds dezelfden die de werkdruk voor de rest verhogen, maar Fabienne werkt kneiterhard en door haar bijna griezelige gevoel voor sociale verhoudingen en scherpe humor ben ik me al snel na haar aanstelling aan haar gaan hechten. Fabiennes imitaties van sommige collega’s, maar vooral die van Robèrt, zijn hilarisch.

‘Nou ja, ik dacht dat je dit wel wilde weten: onze vriend heeft me net bij zich geroepen om te vertellen dat ik mag blijven.’

'Je bent je proeftijd door?'

'*Yes, baby!* Je zit tot mei volgend jaar aan me vast.'

'Fantastisch, gefeliciteerd!'

'Dank je! Maar moet je horen: Robèrt wilde het vieren met een borrel. Sámen natuurlijk.'

'O, nee,' kreun ik.

Fabienne is eind dertig en doet met haar ultrakorte, witblonde haar en androgyne uiterlijk denken aan een jonge Annie Lennox, Robèrts ultieme droomvrouw. Iedereen weet dat Fabienne haar aanstelling aan dat gegeven te danken heeft. Dat ze niet eens op mannen valt is een publiek geheim dat Robèrt nog niet ter ore is gekomen.

'Hoe kwam je van hem af?'

'Gewoon, door te zeggen dat ik daar niet van gediend ben. Hij kroop bijna voor me, die man heeft serieuze issues.' Ze grinnikt en blaast rook uit. 'Maar Iris, ik moet weer verder. Ik belde alleen maar even om te horen hoe het gaat en om je veel plezier te wensen. Ik heb nog wel wat vragen, maar die gooi ik wel op de mail. Geniet van je vakantie! En denk eraan: geen enge lifters oppikken, hè?'

Met een blik op Mischa, die tijdens het gesprek beleefd zijn hoofd afgewend heeft gehouden, stop ik mijn telefoon weg.

*

De dorpjes waar we doorheen rijden hebben Franse namen en de huizen zien er sober uit met hun grote, oranjerode bakstenen. Het terrein is hier nog vlak, maar in de verte doemen heuvels op, hun glooiende ruggen zinderen in de middagzon. Ik ben benieuwd naar wat ons daar te wachten staat, aan de andere kant van de heuvels. Mijn vakanties naar het buitenland zijn op één hand te tellen en ze waren altijd georganiseerd – foolproof noemde Sander dat, alsof we tegen onszelf in bescherming moesten worden genomen. Hij bouwde massieve, degelijke muren waar ik maar al te graag tegenaan leunde. Al die keuzevrijheid leidde toch alleen maar tot ellende. Dat had ik vroeger thuis wel gezien.

Mischa begrijpt het helemaal. Sinds we het schaduwrijke bos achter ons hebben gelaten, heeft hij me de ene na de andere vraag gesteld. Het voelt goed om mijn verhaal te kunnen doen bij iemand die Sander en mijn ouders niet kent.

'Dus nu ben je zoekende,' zegt hij. 'Op zoek naar jezelf.'

Ik werp een blik naar opzij in de overtuiging dat hij me zit te plagen, maar zijn gezichtsuitdrukking is ernstig.

'Dat klinkt zo zweverig,' reageer ik. 'Maar ik weet inmiddels wel dat ik minder behoudend ben dan ik dacht.'

Hij grijnst. 'Zeg dat wel. Je hebt zomaar een lifter meegenomen.'

'Maar geen enge,' zeg ik, het gesprekje met Fabienne nog vers in mijn geheugen.

'Dat weet je niet,' klinkt het kalm.

Ik geef hem een duwtje met mijn elleboog. 'Ik ken je toch al?'

'Is dat zo?'

Ik kijk nog eens opzij.

Geen greintje spot, geen glimlach.

'Referenties, daar gaat het om,' gaat hij door. 'Ken je iemand die mij kent? Mensen met wie ik omga?'

Ik voel me ongemakkelijk worden.

'Je weet toch wat ze zeggen van lifters?' Iets in zijn intonatie alarmeert me.

'Hè, hou eens op.' Ik geef hem weer een por met mijn elleboog – harder nu. Het voelt alsof ik op een blok beton stuit en ineens word ik me ervan bewust dat de man die naast me zit vele malen sterker is dan ik. Zwaarder, groter.

'Ik meen het, Iris. Je hebt geen idee wie ik ben en wat mijn intenties zijn en toch laat je me instappen.'

'Als je denkt dat je grappig bent, moet ik je teleurstellen.' Nerveus schakel ik naar de vierde versnelling.

'Het is niet grappig bedoeld.'

Onwillekeurig trek ik mijn schouders op. Mijn handen omklemmen het stuur.

'O, shit, ik maak je echt bang,' grinnikt hij. 'Sorry. Echt sorry, oké? Ik kon het niet laten.'

Hij lacht me uit.

Hij lacht me gewoon hardop uit.

'Dit is echt niet leuk, Mischa. Ik... ik dacht even dat je het meende. Dat je een of andere gek was of zo.'

'Had zomaar gekund, toch?'

'Nou, nee.'

'Nee?'

'Ik weiger te geloven dat mijn gevoel er zo ver naast kan zitten,' zeg ik zacht. 'En anders...'

'Anders wat?'

'Ben ik impulsiever dan ik altijd heb gedacht.'

'Denk 't niet,' zegt hij.

'Want?'

'Dan zou je niet zo veel waarde hechten aan dat vaste contract.'

We rijden een dorpje in. Bij een verkeerslicht rem ik af. 'Dat zit je dwars, hè?'

Hij haalt zijn schouders op. 'Wel als je je baan haat.'

'Zó erg is het nou ook weer niet.'

Hij gaat rechtop zitten. 'Goed. Maak me gek. Beschrijf een werkdag, vertel me hoe geweldig het is.'

Ik schiet in de lach. 'Weet je, het is...'

‘Nog erger dan ik vermoed?’

Wat zal ik hem vertellen? Dat ik hele dagen met mijn neus in de dossiermappen zit, in een bad van goedkope ledverlichting, terwijl ik probeer niet over mijn nek te gaan van de aftershavewalm die Robèrt verspreidt? ‘Nou, ja, goed dan. Jij wint. Het is geen wereldbaan. Maar mijn collega’s zijn aardig, de meeste althans.’ Het licht springt op groen en ik trek op, passeer een kerk en een slagerij en dan ligt het dorpje weer achter ons. ‘En, zoals ik al zei, door die baan kan ik Levi een fijne jeugd geven.’

‘Maar die heeft zijn vader ook nog.’ Mischa wrijft gedachteloos onder zijn shirt over zijn maag. Een strook donkere haartjes komt boven zijn broekband uit.

Ik probeer er geen acht op te slaan.

Kansloos.

Ik haal een keer diep adem. ‘Sander betaalt al kinderalimentatie. Ik ga hem niet om meer vragen, die voldoening gun ik hem niet.’

‘Je doet er alles aan om dat te voorkomen?’

Ik knik.

‘Hoe ver zou je gaan?’

‘Wat bedoel je?’

Zijn hand ligt stil nu. ‘Stel dat iemand je een aanbod zou doen waarmee je in één klap zo veel geld kunt verdienen dat je nooit meer hoeft te werken. Zou je dat dan aannemen?’

Dit gesprek wordt met de seconde vreemder. ‘Dat ligt eraan.’

‘Laten we zeggen dat het om iets gaat wat het daglicht niet kan verdragen.’

‘Iets illegaals? Natuurlijk niet!’

‘Voor veel mensen is dat niet zo natuurlijk,’ zegt hij kalm.

'Nou, voor mij wel. Ik weet niet wat jij je allemaal in je hoofd haalt, maar ik heb niets met illegale dingen. Jij wel?'

'In het geheel niet.'

'Waarom begin je er dan over?'

In plaats van antwoord te geven laat hij zich tevreden achterover zakken en steekt zijn hand uit het raam, spreidt zijn vingers. De boodschap is duidelijk: voor hem is het onderwerp afgesloten.

Ik draai aan de knoppen van de radiocassettespeler. Als er een uptempo nummer van Michael Jackson door de boxjes klinkt, zet ik het geluid demonstratief harder. Kilometerslang rijden we verder, tussen uitgestrekte maisvelden die zwoegen in de zomerhitte. Aan de hemel zweven diffuse slierten bewolking. We passeren een groepje wielrenners dat het dampende asfalt trotseert. De ruggen gebogen, gezichten rood van inspanning. Michael wordt afgelost door Donna Summer, en daarna neemt Earth, Wind & Fire het over. De uitbundige vrolijkheid die uit de speakertjes wordt geperst staat haaks op de sfeer in de auto.

Plotseling komt Mischa in beweging en zet de radio uit. 'Sorry. Ik ging te ver. Het gaat me niet aan.' Achtereenvolgens werpt hij een blik in de buitenspiegel en in de achteruitkijkspiegel, alsof niet ik, maar hij degene is die rijdt. 'Op mijn werk ben ik gewend om een beetje door te duwen als ik weerstand voel. Als je met iemand een grens over gaat, leer je hem pas echt kennen. Beroepsdeformatie. Nogmaals: sorry.'

'Ik doe me niet anders voor dan ik ben,' zeg ik vlak.

'Nu misschien niet, maar je hebt het wel gedaan.'

'Hoe kom je daarbij?'

'Je speelde jarenlang de ideale dochter voor je vader en de droomvrouw voor je ex.'

‘Dat besefte ik toen niet. En het is niet te vergelijken. Ik ben helemaal niet zo’n waaghals. Voor mijn doen spring ik hier al enorm mee uit de band.’ Ik tik met mijn handen op het stuur. ‘Dit is de eerste keer dat ik in het buitenland achter het stuur zit.’ Ik rem af voor verkeer dat van rechts komt. De hitte slaat de cabine in. In de verte trilt de lucht boven het wegdek.

‘Vlieg je terug?’ Mischa biedt me een bidon uit mijn koeltas aan.

Ik pak hem van hem over en drink eruit. Gekoeld kraanwater heeft me nog nooit zo goed gesmaakt als in deze hitte. ‘Ja, maar ik blijf eerst nog een paar weken bij mijn moeder logeren.’

‘De lucht tussen jullie is geklaard, begrijp ik.’

‘Niet helemaal, maar boos ben ik niet meer. Ze is ook maar een mens, niet alleen een moeder.’ Ik geef hem de bidon terug.

Hij neemt er zonder het te vragen een paar slokken uit. Een onverwacht intiem gebaar. ‘Die vriend van je moeder, is die een beetje te doen?’

‘O, ja hoor. Ik ken hem nog niet zo goed, maar ze lijken me aan elkaar gewaagd.’

Mischa drukt de bidon dicht en zet hem weer in de koeltas bij zijn voeten. ‘Gefeliciteerd met je nieuwe mijlpaal.’ Hij wijst op iets in de verte.

Door de zinderende luchtlagen kan ik niet goed zien waar hij op doelt. Pas als we dichterbij komen, zie ik de lage betonnen gebouwen en een overkapping die vanuit een pijler tussen de weghelften zijn betonnen vleugels spreidt over de hele breedte van de weg.

‘Bienvenue en France,’ zegt Mischa. ‘Drie landen op één dag. Geen slechte score voor iemand die nog nooit in het buitenland heeft gereden.’

8

Ik word wakker van doffe geluiden die van beneden komen. Uit de bakkerij, denk ik. Als mijn vader 's nachts en in de vroege ochtend aan het werk is, hoor ik wel vaker bedrijvigheid, maar dit klinkt anders. Dit is niet het gezoem van de machines, waarvan mijn muren soms zachtjes trillen als ik mijn vingertoppen op het behang leg. Niet het gerammel van metalen bakplaten. Niet papa's gezang, zijn gefluit. De muziek waar hij naar luistert als hij aan het werk is en het naar zijn zin heeft.

Er is iets aan de hand.

Ik ga rechtop in bed zitten. De wijzerplaat van mijn wekker licht groen op.

Kwart over één.

Zo vroeg in de nacht is mijn vader nog niet aan het werk. Hij staat pas om drie uur op. Zou het mama zijn? Zou ze zijn thuisgekomen?

Mama is nu al voor de zesde nacht op rij weg. Sinds de allereerste nacht dat ze is weggebleven gedraagt papa zich al heel somber. Hij maakt zich wel vaker zorgen als ze lang wegblijft, maar ze komt altijd weer thuis. Dat zei ik tegen hem, als hij stilletjes uit het raam van de woonkamer naar beneden stond te kijken, de straat in. Een nachtje van huis is niet heel erg. Mama heeft vrijheid nodig, dat zegt ze zo vaak. Vrijheid. Papa snapt dat niet. Dat zegt ze ook steeds, dat papa daar niets van snapt. Hij heeft genoeg aan ons, zegt hij.

Die geluiden.

Ik stap uit bed en schiet in mijn pantoffels. Het is koud; buiten jaagt de wind door de wijk. Snel pak ik mijn badjasje van mijn bureaustoel en sla het om. Ik sluip naar de slaapkamer van mijn ouders. Er is niemand. Is papa eerder aan het werk gegaan, al doet hij dat nooit?

Maar wat is dat geluid dan? Het klinkt hard en dof, alsof iemand steeds een groot stuk deeg op een werktafel smijt.

Ik loop de trap af zonder de lichten aan te doen, een smalle trap met zachte vloerbedekking. Beneden is een halletje met twee deuren. Via de ene kom je op de binnenplaats met mijn schommel en onze schuur, de andere geeft toegang tot een smal gangetje dat uitkomt in de bakkerij. Daar komt het geluid vandaan. Ik hoor het nu duidelijk.

De deur staat op een kier. In de bakkerij brandt licht, de witte tegeltjes kleuren groenig door de tl-lampen. Er is geen muziek. Papa zingt niet.

Ik weet bijna zeker dat ik dit niet mag zien. Dat wat er ook aan de hand is, niet voor mijn ogen is bestemd.

Toch duw ik de deur voorzichtig verder open. Mijn vader staat op blote voeten in het midden van de bakkerij, met zijn rug naar me toe. Hij draagt alleen zijn pyjamabroek en een wit onderhemd. Zijn gestalte vult de halve ruimte – papa is de grootste van alle vaders die ik ken, de sterkste man van de stad, maar hij was altijd rustig en vriendelijk. Als zijn enorme lijf plotseling in beweging komt, schrik ik van de explosieve kracht. Hij haalt uit met zijn vuist. Meel ploft op uit de jutezak die hij aan een haak aan het plafond heeft gehangen. Hij stompt nog eens met kracht tegen de zak. Bij elke klap ontsnapt er een diep, grienend geluid uit zijn keel.

Links.

Met rechts.

Alles komt onder het meel te zitten. De tegels, de rvs-werktafels, de ovens. Wolken stuiven door de bakkerij.

'Verdomme.' Zijn stem klinkt vreemd, hoger dan anders. 'Verdomme. Verdomme. Ver-dóm-me!'

Met links.

Rechts.

Hij draait een halve slag, zwaar hijgend. Zijn gezicht zit onder het meel en is vertrokken in een verbeten grijns. Ik deins ervan terug. Zijn ogen zijn rood en vochtig en er lopen donkere, natte strepen door het poederwaas op zijn gezicht. Hij blijft doodstil staan. Dan laat hij zijn massieve schouders zakken en slaat zijn armen om de meelzak heen. Klampt zich eraan vast, zoals ik wel eens met mijn kussen doe. Hij legt zijn voorhoofd ertegenaan.

'Verdomme,' herhaalt hij fluisterend. Zijn stem klinkt als knisperend papier.

Nu pas zie ik dat hij huilt.

Time: 19h04
MK70: OK

9

Mijn hotelkamer is zo krap dat ik nauwelijks om het bed heen kan lopen. De vloer is witbetegeld. Er hangt een geruit gordijn voor het raampje dat zicht geeft op tientallen geparkeerde auto's en een hoog hekwerk. Mijn hotel is niet het enige lelijke gebouw in deze industriële buitenwijk. Er staan hier alleen maar goedkope hotels en ketenrestaurants. Asfalt en beton, reclamepalen en hekwerken, overal waar ik kijk.

'Toeristisch Rouen,' zeg ik zachtjes.

Ik had hogere verwachtingen van mijn eerste overnachting in Frankrijk. Idyllischer, sfeervoller. Maar het is in elk geval heerlijk koel. De ratelende airconditioning blaast koude lucht over mijn verhitte huid.

Na een snelle douche begin ik me weer een beetje mens te voelen. Het tricot van het zomerjurkje dat ik uit mijn koffer heb gevist voelt warm, net als de hele inhoud van mijn koffer. In het badkamertje hangt een föhn aan de muur die evenveel herrie maakt als een opstijgend vliegtuig, maar het nauwelijks voor elkaar krijgt om mijn haar droog te blazen. Ik kneed zorgvuldig olie in de geblondeerde punten – op aanraden van Renate, die kapster is –, kam het voorzichtig door en breng wat make-up aan. Niet te veel. Ik wil niet de indruk wekken bij Mischa dat ik me speciaal voor hem opdirk. Dat zou gênant zijn. Ik houd het bij lipgloss en mascara en dep een beetje poeder op mijn voorhoofd, neus en kin tegen het glimmen. Het eindresultaat kan ermee door.

Ik zet de föhn nog eens aan het werk en haal mijn vingers door de vochtige lokken. Mijn haar begint weer lang te worden, gelukkig. Sander hield van naturel. Hij wilde niet dat ik mijn donkerblonde haar kleurde of het zelfs maar in model liet knippen, zodat ik in de jaren met hem heb rondgelopen met sluik haar tot halverwege mijn rug. Meestal draaide ik het in een knot of droeg het in een lage paardenstaart. Na de scheiding was er niemand meer die me tegenhield, en heb ik mijn haar achtereenvolgens kastanjebruin, roze en donkerrood geverfd en in allerlei verschillende stijlen laten knippen. Als ik foto's uit die tijd bekijk, snap ik niet dat ik mezelf dat heb kunnen aandoen. Ik was een wandelende identiteitscrisis. Maar dit asblonde haar past bij me.

Er wordt op de deur geklopt.

Snel gris ik de kamersleutel en mijn tas van het bed. Ik stap naar buiten en trek de deur achter me in het slot.

Mischa maakt geen ruimte voor me, zodat ik zo'n beetje tussen hem en de deur in klem kom te staan. Ik wijk een beetje naar achteren en kijk omhoog. Zijn ogen lijken donkerder in de harde schaduw van het hotelgebouw, bijna zwart.

'En?' vraag ik.

'Niks.' Hij zet zijn rugzak naast zich neer. 'Ik heb ze allemaal gehad. Ze lachen me nog net niet recht in mijn gezicht uit. Het is juli, hoogseizoen. Alles zit vol.'

'Wat nu?'

Mischa legt zijn hand in zijn nek en kijkt van me weg. 'Ik zie wel. Desnoods slaap ik in de auto.'

10

Elke spier in mijn lijf gonst. Mijn linkerarm gloeit van de zon die er de hele dag ongehinderd op heeft geschenen. Heel charmant – ik lijk wel zo'n Amerikaanse trucker. En de alcohol begint me naar het hoofd te stijgen.

'Kom op, Iris. *Truth or dare*. Het ergste wat je ooit hebt gedaan?' Mischa schenkt nog eens rosé uit de karaf in mijn glas. Achter ons huilt een baby.

'Ergste als in illegaal of amoreel?'

Zijn ogen glinsteren. 'Allebei.'

Ik vertel hem dat mijn neefje en ik een keer tijdens een verjaardag bij mijn grootouders eieren uit het kippenhok hebben gepikt om er passerende fietsers mee te bekogelen.

'Hoe oud was je toen?'

Ik neem een slok. 'Dertien of zo. Te oud voor kattenkwaad. En het was mijn idee ook nog.' Ik grinnik bij de herinnering, al ben ik er niet trots op.

'En verder?'

'Ik heb een keer een Toblerone gejat bij de buurtsuper. Toen ben ik wel betrapt, trouwens. Ik heb mijn vader nog nooit zo kwaad gezien. Hij kende de eigenaar natuurlijk via de winkeliersvereniging en schaamde zich dood.'

Mischa luistert aandachtig. 'Sloeg hij je?'

'Slaan, mijn vader?' Ik frons mijn wenkbrauwen. 'Nooit. Zo was hij niet. Maar hij heeft me wel de ruiten van die winkel laten zemen, wat me een vrije woensdagmiddag kostte.' Ik vouw mijn vingers om mijn glas. 'En jij, wat is het ergste dat jij hebt gedaan?'

Hij kijkt langs me heen naar buiten. Op het terras zitten mensen te eten in de schaduw van de parasols. Sommigen wuiven zichzelf koelte toe met hun menukaart – zelfs nu, om halftien, is het nog heet.

'Nou?' dring ik aan.

Mischa schudt zachtjes zijn hoofd. 'Als ik je dat vertel, moet ik je vermoorden.'

Ik begin te lachen. 'Die gok durf ik wel te nemen.'

'We waren nog niet klaar met jouw verhaal. Noem eens een recent voorbeeld.'

'Die zijn er niet.'

'Belastingfraude, door rood rijden. Drugs?'

'Ik moet je teleurstellen: ik heb in heel mijn leven één keer geblowd.'

'Kom op, zeg!'

'Waarom zoek jij steeds slechte dingen in me?'

Hij kijkt om zich heen alsof hij bijval verwacht, maar de gezinnen die aan de tafels naast ons zitten te eten merken ons niet eens op. 'Je bent een geval apart, Iris van der Steen.'

'Drink jij niks?' Ik knik naar de karaf die tussen ons in op tafel staat. Mischa heeft er nauwelijks wat uit gedronken.

Hij heft zijn waterglas. 'Straks weer.'

'Maar míj wil je nu alvast dronken voeren?'

Hij knipoogt. 'Ik zou niet durven.'

'Je bent anders aardig op weg.'

'Je hebt het verdiend, Iris.' Plompverloren legt hij zijn hand op de mijne. 'Neem het ervan. Het was een pittige dag voor je, dat zie ik echt wel.' Hij streelt met zijn duim mijn pols.

Mijn huid gloeit en tintelt waar hij me aanraakt. Bij elke streling jagen er meer zoete schokjes door mijn zenuwbanen, dieper en nadrukkelijker. Ik voel mijn onderbuik samentrekken. 'Eh... oké,' hakkel ik, en ik trek mijn hand terug om het glas te heffen. 'Proost dan maar.'

Hij plooit zijn mond in een glimlachje.

Kijk eens hoe haar wangen kleuren. Iris is niet ongevoelig voor aandacht, maar ze speelt het knap. Zich bewust van het spanningsveld houdt ze afstand, weifelt, zoekt dan weer bevestiging. Al die emoties die zich moeiteloos van haar gezicht laten aflezen. En steeds weer die brede glimlach, die ze aan iedereen schenkt – aan de vader van het gezin verderop, de serveerster, aan elke toevallige passant.

Precies goed.

Haar linkerarm is roodverbrand. Het ziet er behoorlijk pijnlijk uit. Ik zou die huid wel willen strelen. Precies daar, waar het blank overgaat in het geschroeide vel. Eerst zacht, en dan harder, steeds harder. Sneller. Krassen maken met mijn nagels. Dieper, scherper, langer, totdat het stukgaat. Tot het bloedt.

Want dan telt het pas.

Dan begint het pas.

11

'Ik red het wel.'

'Weet je het zeker?'

'Natuurlijk.' Mischa laat langzaam mijn handen los. Hij lijkt net zo onwillig als ik om het moment te verbreken.

'Je mag best –'

'Ik slaap in de auto.' Hij knikt naar Toet, die naast ons onder een lantaarn staat te glanzen.

Het getsjirp van krekels wordt begeleid door geraas van de snelweg die achter het hotel langs loopt.

'Dat hoeft niet, hè, Mischa.'

'Niet?' Hij laat zijn blik over me heen glijden – over mijn schouders, borsten, buik, benen.

Ik voel het bijna lijfelijk, alsof hij me aanraakt. 'Nee, je –'

Hij drukt een paar vingers tegen mijn lippen. 'Sst. Rustig aan,' zegt hij, maar de intensiteit waarmee hij me bekijkt strookt niet met zijn woorden.

Mischa zendt tegenstrijdige signalen uit die me verwarren. En onzeker maken.

'Ik heb prima geslapen op minder comfortabele plekken.' Hij opent het portier en geeft me de sleutels terug.

'Je kunt ze beter bij je houden,' zeg ik.

‘Niet nodig. Die auto staat hier prima. En het is al afgekoeld, voel je?’

Ik voel er niets van. De nacht ligt als een vochtige wollen deken over ons heen. Over het hele terrein hangt de geur van verhit asfalt.

‘Zorg dat je goed uitrust,’ zegt hij. ‘Het wordt morgen een lange dag. En warmer dan vandaag.’

Ik wijs naar een kussen en een sprei uit mijn hotelkamer die ik in de laadruimte heb gelegd. Mischa heeft zijn slaapmat al uitgerold. ‘Zeker weten dat je zo kunt slapen?’

‘Honderd procent.’ Hij schudt de sprei uit en vouwt hem dubbel. ‘En anders haal ik de slaap morgen tijdens het rijden wel in.’ Hij knipoogt. ‘Heb je minder last van me.’

‘Ik heb helemaal geen last van je.’

Er flakkert iets in zijn ogen. ‘O, maar dat komt nog wel.’

Ik moet een jaar of acht, negen zijn geweest toen het tot me door begon te dringen dat het er bij ons thuis anders aan toe ging dan bij klasgenoten. Normale gezinnen aten gezamenlijk aan tafel op gezette tijden in een schoon, opgeruimd huis. Moeders deden de was, vaders plakten fietsbanden en iedereen ging eens in de paar maanden naar de kapper. Vaste bedtijden, geholpen worden met huiswerk en wekelijkse bezoekjes aan opa en oma waren vanzelfsprekend.

In ons gezin bestond maar één routine: elke dag slaande ruzie.

Mijn ouders voerden strijd over alles. Over het huishouden, over ons, over geld voor sigaretten en bier en zaken die wel of juist niet gezegd waren – en door wie, op welke manier, en met welke intentie. Ook mijn broers, buiten de muren van ons vervuilde rijtjeshuis een berucht duo, vlogen elkaar op onze slaapzolder regelmatig in de haren. Ze vochten tot er ten minste bloed te zien was. Een aanleiding voor een gevecht was niet altijd duidelijk aanwijsbaar of zelfs maar nodig, en hoewel ik jaren jonger was dan die twee en een kop kleiner, hanteerden zij voor mij dezelfde normen als voor elkaar. De littekens staan nog op mijn rug en benen. Brandwonden helen het lastigste, is mijn ervaring.

Mijn ouders grepen nooit in. 'Je bent toch zeker geen mietje?' was mijn moeders standaardreactie. Pa had in militaire dienst gezeten en herhaalde te pas en te onpas wat hem daar was geleerd: 'Pijn is fijn, bloed is goed en jeuk is leuk.'

Absolute waarheden, leerde ik later, maar wel afhankelijk van het perspectief. Het maakt een wereld van verschil aan welke kant van de pijn je staat. Of het bloed uit jouw lijf vloeit, of uit het lichaam van de ander.

12

Hij wil me niet.

Mischa ligt liever alleen in een bedompte laadbak dan in een schoon, fris bed, bij mij.

Hij wil me niet, hij wil me niet.

Heb ik iets gezegd waarop hij is afgeknapt, ben ik niet zijn type? Wil ik te graag en stoot dat hem af? Ik geloof niet dat ik ooit zo'n sterke aantrekkingskracht heb gevoeld. Mijn hele lijf zindert als een elektrisch geladen veld.

Ik ga rechtop in bed zitten en pak mijn telefoon van het nachtkastje. Het is bijna elf uur, te laat om Levi te bellen. Misschien maak ik hem dan wakker. Ik duw een kussen in mijn rug en kies het nummer van Bo.

'Levi slaapt zeker al?' vraag ik.

'Nog lang niet, joh. Ze zijn op spooktocht. Maarten is met de jongens mee.'

'En jij dan?'

'Ik kom nu eindelijk eens aan lezen toe, heerlijk.' Ze begint te praten over het boek waarin ze bezig is en ik hoor het aan. Zolang Bo aan het woord is hoef ik haar niets te vertellen over mijn belevenissen.

Ik zou niet eens weten waar ik moest beginnen.

Vandaag was een van de meest bewogen, opwindende dagen uit mijn leven, maar hij eindigde in een diepe teleurstelling. De laatste gevoel overheerst nu, en maakt dat ik me eenzamer voel dan vanochtend.

'En jij?' hoor ik Bo ineens vragen. 'Je zag er zo tegen op. Lukt dat rijden een beetje?'

'Beter dan verwacht.'

'Niet ongezellig, zo helemaal alleen?'

'Nou, ik heb...'

Ik heb vanochtend een man aangereden die ik ken van de sportschool. Hij moest toevallig dezelfde kant op als ik, dus ik heb hem een lift aangeboden. We reizen min of meer samen. Hij ligt nu buiten in de auto te slapen. Op een matje.

Want hij wil me niet.

'Je hebt wát, Iris? Hallo? Ben je daar nog?'

'Ja. Ik ben gewoon een beetje moe.' Ik ga het haar niet vertellen. Bo zal alles willen weten en er vervolgens haar mond niet over kunnen houden tegen Maarten, die me tot in lengte van dagen zal blijven bestoken met flauwe grapjes en insinuaties. 'Morgen bel ik weer, goed? Geef Levi maar een dikke knuffel van me.'

Nadat ik de verbinding heb verbroken, zie ik het lampje knipperen dat me herinnert aan een gemiste oproep. Dat moet de hele dag al geknipperd hebben; de oproep is van vanochtend. Ik tik het icoontje aan en ontdek dat het niet mijn moeder is geweest die me vanochtend bij het tankstation belde op een onhandig moment, en ook niet Levi of Bo.

Het was een afgeschermd nummer.

Lekker dan. Heel die aanrijding is veroorzaakt door een slecht getimed telefoontje van een of ander callcenter.

13

Aardedonker, zacht geratel van een machine.

Onbekende geuren.

Het duurt even voor het tot me doordringt dat ik niet in mijn eigen slaapkamer ben. Het geluid is afkomstig van de airconditioning.

Ik graai mijn telefoon van het nachtkastje. Vijf over drie. Mijn mond voelt droog en mijn maag speelt op – de wijn laat zich gelden.

Ik stap uit bed en vul mijn bidon in het badkamertje. Het kraanwater smaakt een beetje naar chloor. Terug in de kamer wordt mijn blik naar het raam getrokken. Ik loop ernaartoe en tuur tussen de gordijntjes door naar buiten. Toets hoekige model springt meteen in het oog tussen de andere auto's, die als stille wachters op de parkeerplaats staan te glanzen. In hun ruiten wordt de lichtreclame weerspiegeld die op het dak van het hotel staat. Het ziet er daarbuiten vredig uit. Er zijn geen mensen meer op de been. Of wel?

Ik knijp mijn ogen een beetje samen als ik vlak bij Toet een schaduw zie bewegen. De contouren worden deels aan het oog onttrokken door struikgewas, maar zijn onmiskenbaar die van een mens. Roerloos blijf ik staan en concentreer me tot het uiterste. Het is een man, zie ik nu. Mischa? Dat moet wel. Het is daarbuiten natuurlijk veel te benauwd om te slapen. Geen zuchtje wind. En ook al is de parking bewaakt, veilig zal het vast niet voelen in een auto met alle ramen open.

Een nerveus glimlachje speelt rond mijn mond. Zal ik hem naar binnen roepen? Ik druk mijn vuist tegen mijn mond en giechel alsof ik weer vijftien ben.

De gestalte beweegt. Ter hoogte van het hoofd licht een oranje puntje op.

Mijn adem stokt.

Mischa rookt niet. Ik ruik het bijna altijd als iemand rookt.

Trillerig loop ik weg van het raam en ga weer in bed liggen. Terwijl ik het laken over me heen trek, besef ik dat ik op het punt heb gestaan om een enorme blunder te begaan.

Time: 06h59

RVB: ?

MK70: OK

Dag twee

Zaterdag

Geslapen heb ik nauwelijks. De opwinding is te groot. Vloeibare energie raast door mijn aderen als de zuiverste speed. En het zal alleen maar beter worden.

Later.

Als ik heb gedaan wat ik moet doen.

Ik rek me uit, raak mijn tenen aan. Drie, vier, vijf. Zak door mijn knieën. Negen, tien. Elf. Opdrukken. Vijftien, zestien. Het industrieterrein komt geleidelijk tot leven. Een eenzame hardloper maakt zijn ronde, merkt me niet op. Iemand laat een hond uit. Er rijdt een camper van het terrein.

Sit-ups. Negentien, twintig.

Ik grijp een tak boven mijn hoofd vast en trek me op. In vorm blijven is belangrijk; er bestaat geen enkel excuus om een training over te slaan.

De terrassen bij de restaurants zijn nu nog leeg, de parasols ingeklapt, maar in de loop van de ochtend zullen ze weer volstromen. Elke dag gegarandeerd nieuwe aanvoer van verloren zielen die zichzelf en hun nazaten koelte toewapperen met plakkerige menukaarten. Hun lege ogen gericht op hun smartphones. Uitgeput, lamlendig, neergeslagen door hun eigen keuzes.

De weg die ik niet heb gekozen.

Mijn ouders kregen vijf kinderen, verspreid over zeven jaar. Intervallen die voldoende ruimte hadden moeten bieden voor zelfreflectie. De basale voortplantingsdrift moet immens zijn geweest, want mijn vader en moeder waren niet gelukkig met hun leven, hun gezin of zelfs maar met elkaar. We waren alle zeven min of meer tot elkaar veroordeeld en bevochten in dat krappe huurhuis onze karige bezittingen en persoonlijke ruimte als een bende straathonden.

Als jongste van drie broers dolf ik vaak het onderspit, maar in de loop van de jaren werd ik gehaaider. Ik bedacht een afweersysteem dat geactiveerd werd als iemand door het luik van het dakbeschot wilde kruipen waarachter ik sliep. Remco is zo op de eerste hulp beland; de lol was er toen voor hem vanaf. Ook Frank liet me op een gegeven moment links liggen. Aan de hand van zijn mimiek, lichaamshouding en veranderingen in zijn routine leerde ik voorspellen wat hij ging doen, en speelde daarop in. Ik stuurde zijn gedrag zodanig dat hij niet doorhad dat hij werd gemanipuleerd. Gaandeweg kon ik dezelfde skills ook op anderen toepassen. Mijn ouders, familieleden, leraren, winkelpersoneel. Want al denkt iedereen graag dat zijn persoonlijkheid uniek is, in werkelijkheid zijn we groepsdieren, voortgestuwd door hormonen en kinderlijk eenvoudige prikkels.

Ik kreeg er steeds meer lol in.

Kijk, daar is ze al, ons blonde moedertje.

De wieltjes van haar koffer blijven haken achter de drempel. Ze sjort het ding met moeite naar buiten. Met halfopen mond speurt ze de parkeerplaats af, haar ogen knipperen tegen het felle zonlicht.

Mijn borst zwelt. Iris van der Steen kleurt mijn dagen zonder dat ze zich ervan bewust is. En binnenkort gaat ze nog veel meer voor me doen.

Ik ben benieuwd hoe ver ze met me mee kan. Op welk punt ze afhaakt en ik alleen door zal moeten met wat er van haar over is. Ik hoop dat het lang mag duren. Dat ze sterk is.

14

‘Wat zit hierin?’ Mischa wijst op een smalle houten kist die tegen de rugleuning op de laadvloer is bevestigd.

‘Ik denk niets, maar ga je gang.’

Hij reikt achter me langs en ik vang een vleug op van zijn geur, vermengd met die van shampoo – terwijl ik vanochtend mijn tweede koffie dronk op het terras van McDonald’s, heeft hij in mijn hotelkamer een douche genomen.

‘Cassettebandjes.’ Hij pakt een stapeltje uit de kist en laat zich weer op zijn plaats zakken, met één knie opgetrokken. Zijn blote voet rust op het beige leer. ‘*The Great Country Classics,*’ leest hij hardop voor. ‘Met hits van Dolly Parton en John Denverrr.’

‘Zeg, een beetje meer respect graag. Mijn vader is dol op country.’

‘En jij?’

Ik schokschouder. ‘Die liedjes doen me vooral denken aan vroeger. Papa zong altijd, hij stak ons aan met al die vrolijkheid.’ Samen met mijn moeder verdween ook de muziek uit ons gezin, wil ik zeggen, maar ik pers mijn lippen op elkaar en richt mijn aandacht op de weg.

‘Vreemd is dat, hè,’ zegt Mischa. De begintonen van ‘Jolene’ klinken door de cabine. ‘Er komt altijd een moment waarop je ouders je teleurstellen omdat ze niet de superhelden zijn voor wie je ze aanzag. En dan voel je je genaaid.'

Ik knik zwijgend.

De wind die door de open ramen naar binnen slaat ruikt naar hooi en verhitte aarde en is zo warm dat je zou zweren dat er een reusachtige föhn over het land blaast. Het Franse landschap oogt al kilometerslang hetzelfde: vlak, met koren- en zonnebloemvelden. De hemel is indigoblauw, zonder een spoor van wolken.

Mischa draait het geluid zachter. 'Kun je goed opschieten met de vriend van je moeder?'

'Met Philippe? Ja hoor, dat is een prima vent.'

'Zelfs al heeft hij je moeder van je vader afgepikt?'

'Dat heeft hij niet. Die twee zijn pas anderhalf jaar samen. Mijn moeder heeft hem leren kennen in Málaga, waar ze met haar vorige vriend woonde.'

Hij trekt een wenkbrauw op. 'O? En die Spanjaard was de man voor wie ze jou en je vader verliet?'

'Nee. Dat was een Engelsman. En daarvóór had ze...' Ik schud mijn hoofd. 'Laat ook maar. Het is allemaal best ingewikkeld.'

Na een korte stilte zegt hij: 'Ik snap dat het gevoelig ligt.'

'Minder dan vroeger.'

Ik ben het gewend dat mensen mijn moeder veroordelen, sterker nog: ik heb het zelf ook gedaan. Zelden voelde ik de drang om haar gedrag te verklaren. Toch kan ik het nu niet laten. 'Mijn moeder ziet zichzelf als "serieel monogaam". Philippe is partner nummer zeven, geloof ik. Ze bedoelt het niet verkeerd, ze is nu eenmaal snel verliefd.' Ik schakel naar de vierde versnelling. 'Zijn jouw ouders nog wel samen?'

‘Ze zijn dood.’

Ik weet niet waar ik meer van schrik, van zijn mededeling of van de plotselinge hardheid in zijn stem. ‘Wat erg. Sorry. Ik ging ervan uit dat –’

‘Geeft niet. Ze zijn overleden toen ik negentien was.’

‘Wat afschuwelijk.’

Als ik naar opzij kijk zie ik dat Mischa met zijn bovenlijf van me weggedraaid zit, zijn gespierde armen over elkaar geslagen. Hij heeft zijn ogen halfgesloten tegen de zon en het lijkt alsof hij tevreden glimlacht, maar dat moet wel schijn zijn.

Ik voel me een beetje naar worden. Dat geklaag van mij ook over de scheiding van mijn ouders. Ik hébze tenminste nog.

‘Ze stierven twee maanden na elkaar.’ Zijn stem komt nauwelijks boven de herrie van de auto en de wind uit. ‘Ik woonde toen al niet meer thuis en was met heel andere dingen bezig.’

Ik wil hem vragen waaraan ze zijn gestorven en of hij broers of zussen heeft, maar ik merk dat hij een muur heeft opgetrokken. ‘Sorry. Ik weet niet goed wat ik –’

‘Het is wat het is. Hier, je drinkt te weinig.’ Hij houdt me de bidon voor.

Ik neem een slok en geef hem terug. Mischa neemt ook een teug.

Van mijn broers kon ik op een gegeven moment winnen. Van mijn vader won ik nooit. Als hij tierend de zoldertrap op kwam stampen, restte er maar één reactie: vluchten via het dakraam. Ik kan me niet heugen hoe vaak ik in de goot heb staan wachten tot de kust veilig was – tot aan mijn enkels in de nattigheid en rottende bladeren, mijn lijf plat tegen de pannen aan gedrukt.

Klasgenoten werden niet geslagen door hun ouweheer. Zij kregen niet dagelijks te horen dat ze waardeloos waren en nooit geboren hadden mogen worden. Ze mochten met hun vader mee naar voetbalwedstrijden en hij leerde hun vissen, timmeren of gitaarspelen.

Stikjaloers was ik.

Ik werd er misselijk van.

Maar de lessen die ik van mijn vader leerde, bleken uiteindelijk waardevoller, al geloof ik niet dat dat zijn bedoeling is geweest of dat hij het zelfs maar doorhad. Daarvoor was zijn razernij te blind, waren zijn handelingen te primitief.

Maar op een gegeven moment raakten alleen zijn klappen me nog, zijn woorden deden dat allang niet meer. En ergens rond mijn veertiende bereikte ik het punt waarop ook de fysieke pijn me niet meer deerde.

Ik leerde dat pijn, hoe hevig en allesomvattend die soms ook lijkt, nooit een eindpunt is, maar eerder een poort, een doorgang naar het volgende speelveld. Als je de pijn kan verdragen, dan ligt daarachter een andere wereld op je te wachten, met nieuwe mogelijkheden – een wereld waarin ik heer en meester bleek.

Met mijn incasseringsvermogen dwong ik veel respect af. Ik boog niet, voor niemand. Ze konden mijn botten breken zonder dat ik een krimp gaf. En bij mijn geest kan niemand komen. Die behoort alleen mij toe.

15

'Take me hooome, country ro-áááds, to the plaaace...' Mischa houdt me zijn vuist voor alsof het een microfoon is.

Ik adem diep in en zing: *'I belooong!'*

Mischa haakt in, als tweede stem: *'West Virginia, mountain mama... Take me home, country roads.'*

Terwijl de tonen wegsterven geven we elkaar een high five. Toet bokt en ik grijp vlug met beide handen het stuur vast. Mijn moeders auto is ontworpen voor ruige klimmetjes in de natuur en om te ploegen in de modder, niet om met honderd kilometer per uur over vlakke asfaltwegen te jakkeren. Als we te snel bergafwaarts gaan, deint ze soms plotseling heen en weer als een hond die met haar staart kwispelt. De eerste keer schrok ik me rot. Nu weet ik wat ik moet doen: afremmen en vooral rustig doorademen.

Ik ben best trots op mezelf.

'Dat is dus twintig jaar geleden, de laatste keer dat ik in deze auto heb gezongen,' zeg ik.

'Je zou het vaker moeten doen.'

'Vind je? Ik hoor mijn hele leven al dat ik geen maat kan houden.'

'Over maat houden hoorde je me niet, hè?' zegt hij lachend, en begint dan mee te zingen met het volgende John Denver-nummer. Ik ken de tekst niet zo goed, dus neurie ik maar een beetje voor me uit.

'Sunshine on my shoulders makes me happy... Sunshine in my eyes can make me cry.'

De tekst rolt nonchalant uit Mischa's mond, maar ik merk dat het langzaam ingetogen nummer hem niet onberoerd laat.

Mij evenmin. 'Wauw,' zeg ik, als het lied wegsterft. 'Wat was dat mooi.'

Hij reageert niet.

'Ik had het idee dat het je deed denken aan een speciaal iemand.'

'Het was het lievelingsnummer van mijn...' Er trekt een spiertje in zijn wang.

'Van wie?'

Geen reactie.

Ik vraag het nog eens.

De seconden tikken weg zonder dat hij iets zegt.

'Mischa, wat... Is er iets?'

'Heb je nog een verzoekje?' vraagt hij, plotseling scherp. 'Elvis, Ramses Shaffy, nog meer Country Roads?' Hij houdt het stapeltje cassettes omhoog, maar ontwijkt oogcontact.

'Ik eh... Kies jij maar.'

Met een paar snelle bewegingen verwisselt hij de cassettes. 'Veel plezier met Elvis. Ik ga proberen nog wat slaap te pakken.' Zonder mijn reactie af te wachten stapt hij soepel over de bankleuning naar achteren, waar zijn campingmatrasje nog ligt. 'Maak me maar wakker als er iets is.'

Het klinkt als een commando.

*

In de afgelopen twee uur heb ik door landschappen en dorpjes gereden die steeds sprookjesachtiger aandeden. Toen ik hier stopte om te tanken had ik half en half verwacht dat Mischa wakker zou worden, maar hij heeft zich nauwelijks bewogen. Zijn ademhaling is diep en rustig. Ik vermoed dat hij bezig is aan een inhaalslag, omdat hij vannacht geen oog heeft dichtgedaan.

Zijn hoofd rust op zijn onderarm. Door de opgekropen mouw van zijn shirt wordt een deel van een tatoeage zichtbaar. Ingewikkelde symbolen en lijnen – Maori, gok ik, maar zeker ben ik er niet van. De tatoeage staat hem in elk geval goed, zoals alles hem zonder twijfel geweldig zal staan. Zelfs Toets ingewanden van metaal en spaanplaat krijgen de glans van een Calvin Klein-commercial door Mischa's aanwezigheid.

Ik laat mijn blik nog een laatste keer ongegeneerd over zijn biceps glijden, over het hele plaatje dat hij vormt, sluit dan mijn vingers om de contactsleutel en start de auto.

Mijn oom Hidde verzamelde oorlogsfilms. Full Metal Jacket, The Deer Hunter, Red Dawn, Rambo... *hij had ze allemaal. Zijn video's stonden keurig gerangschikt op planken boven de tv in de woonkamer. De meeste films waren 16+, maar dat weerhield Hidde er niet van om me als jochie met hem mee te laten kijken.*

Tante Sandra wist van de situatie bij ons thuis. Ik denk dat ze medelijden met me had. Ze betaalde me in elk geval wel eens om de papegaai gezelschap te houden als zij en Hidde op stap gingen. Soms had ik hele weekenden lang de flat voor mezelf. Dan keek ik alleen maar oorlogsfilms. Sommige banden spoelde ik meteen door naar de geweldsscènes. Die heb ik zo vaak bekeken dat ik ze tot op de dag van vandaag uit mijn hoofd ken.

Op een avond, op zoek naar illegale importsigaretten waarvan ik wist dat Hidde ze ergens verstopt had, vond ik die andere films. Ze lagen in een plastic zak onder de bodem van zijn kledingkast. Guinea Pig: Flower of Flesh and Blood, Salò, A Clockwork Orange, Faces of Death... *Oom Hidde kende zijn controversiële klassiekers en – daarvan ben ik vrijwel zeker – hield die goed verborgen voor tante Sandra en de rest van de familie. Ademloos bekeek ik scène na scène. De films inspireerden me niet alleen, ze hebben me deels gevormd. Sommige technieken die ik destijds voor het eerst zag, pas ik nu nog steeds toe.*

Daarna kwam internet. Thuis sloegen we elkaar de hersens in om een plekje voor het scherm, maar bij Hidde en Sandra had ik de computer voor mezelf. Rotten.com was mijn favoriete site – ongecensureerd, authentiek fotomateriaal, geschoten op plaatsen delict. Het wereldwijde web werd vanaf dat moment alleen maar interessanter, een ontwikkeling die nog steeds in volle gang is, maar die mijn interesse niet meer heeft.

Want zoals de oorlogsfilms niet meer voldeden nadat ik die andere filmcollectie had ontdekt, zo voldeed internet niet meer toen ik eenmaal ware angst had geroken, gevoeld en geproefd.

16

‘Rook je?’

‘Nee. Hoezo?’

‘Vannacht zag ik iemand bij de auto staan roken. Ik dacht even dat jij dat was.’

Mischa lijkt ineens minder op zijn gemak. ‘Ben je naar buiten gegaan?’

‘Nee. Ik heb even naar buiten staan kijken omdat ik niet kon slapen.’

‘Hoe laat?’

‘Eh... Iets na drieën, geloof ik.’

Zijn ogen schieten naar de zijspiegel.

‘Het maakt mij niet uit, hoor. Je moet het helemaal zelf weten als –’

‘Ik zei toch dat ik niet rook!’ snauwt hij.

Mischa’s heftige reactie komt zo uit de lucht vallen dat ik even geen woord meer kan uitbrengen.

‘Sorry,’ zegt hij snel. ‘Ik bedoelde het niet zo.’ Hij balt zijn vuist en ontspant hem weer. ‘Waarom dacht je dat ik het was?’

‘Wie had het anders kunnen zijn?’

‘Aan de binnenkant van het hek?’

Ik schud mijn hoofd. ‘Dat kon ik niet goed zien.’

‘Het zal wel een hotelgast geweest zijn die niet kon slapen.' Hij buigt naar voren, trekt midden in 'Suspicious Minds' van Elvis de cassette uit de speler en duwt er een andere in.

'Land of Confusion' van Genesis vult de cabine.

Mischa neemt de positie in waarin ik hem inmiddels kan uittekenen: van me weggedraaid, met zijn bovenlichaam in de richting van het zijraam. Hij zit met zijn horloge te spelen en negeert me volledig.

Het ergert me.

Hoe durft een man die van zichzelf zegt dat hij o zo losjes en open in het leven staat – en mij daarover nota bene de les probeert te lezen – zó heftig te reageren op een onschuldige vraag?

Er zit me nog meer dwars: dat hij onze enige mogelijkheid om samen de nacht door te brengen heeft afgeslagen, bijvoorbeeld.

Hij wil me niet.

Genesis maakt plaats voor 4 Non Blondes en Mischa zit daar maar, nu met zijn ogen gesloten, zijn armen over elkaar.

'Mischa?'

Hij reageert niet.

Ik zet mijn knipperlicht uit en stuur Toet naar de berm. Stof dwarrelt het interieur in.

'Ik praat tegen je,' zeg ik, terwijl ik de handrem aantrek.

Mischa schiet rechtop en kijkt me gealarmeerd aan. 'Wat is er aan de hand?'

'Ik begrijp het helemaal als je vannacht niet goed hebt geslapen. Maar ik ben niet je privéchauffeur.'

De manier waarop hij naar me kijkt – nadenkend, zoekend naar woorden. 'Je chauffeur?'

'Je geeft me dat gevoel, ja.'

'Dat is niet mijn bedoeling. Echt niet.' Hij haalt zijn

vingers door zijn kortgeknipte haar. 'Ben je moe? Heb je liever dat ik rijd?'

'Nee. Ik...'

Ik wil dat je me niet afsnauwt.

'Wat is er dan?' dringt hij aan.

'Ik wil dat... dat...'

Ik wil dat je me leuk vindt.

Hij schuift naar me toe. Plotseling is hij zo dichtbij dat ik de goudkleurige spatjes in zijn donkere irissen kan zien, het zonlicht dat glinstert op zijn wimpers. Ik voel zijn adem op mijn verhitte huid en het volgende moment grijpt hij mijn nek vast. Hij streelt met zijn duim het kuiltje achter mijn oor.

Ik huiver. Voel me licht in mijn hoofd worden.

Hij blijft me aankijken. Het lijkt of hij me leest, of hij daadwerkelijk ín me kijkt.

Ik adem zijn adem.

Een keer. Twee keer.

Hij ademt uit, ik adem hem in.

Zijn duim draait kleine cirkels, hij speelt met de korte, zachte haartjes in mijn nek.

Ik ben me er nog nauwelijks van bewust dat we langs de weg in een snikhete auto zitten. Hij is nu zo dichtbij dat zijn lippen bijna de mijne raken.

Als ik mijn ogen sluit en me schrap zet voor wat ongetwijfeld de meest overweldigende, intense zoen van mijn leven gaat worden, laat hij me abrupt los. Zonder wat te zeggen schuift hij bij me vandaan. Hij haalt zijn vingers nog eens door zijn haar en drukt zijn kin naar zijn borst. Bijna onzichtbaar schudt hij zijn hoofd.

'Ik dacht dat je me leuk vond,' hoor ik mezelf zeggen.

Ik kan mijn tong wel afbijten.

17

‘Iris! Waarom laat je nou niets van je horen? Ik bránd van nieuwsgierigheid.’

‘Nou, ik eh...’ Ik sta in mijn hotelkamer met een handdoek om mijn natte lijf. Over krap tien minuten haalt Mischa me op voor het eten; er zit hier een pizzeria op loopafstand. ‘Sorry, Renate, ik had je moeten bellen, maar ik ben het eigenlijk vergeten.’

Ik zet de telefoon op de speaker en rag met de handdoek mijn haar droog – het is maar goed dat Renate me dat niet kan zien doen. Van haar mag ik het alleen droogdeppen. Als ik mijn reflectie vang in de spiegel zie ik dat mijn linkerarm nog roder is dan gisteren. Ik moet echt beter smeren.

‘Waar zit je nu?’ vraagt Renate.

‘Bij Bordeaux, in een hotel.’

‘Is het mooi daar?’

‘Ja, hoor.’

‘Dat klinkt niet enthousiast.’

‘Nou, het land is op zich hartstikke mooi, maar ik slaap nu voor de tweede keer in een hotel op een soort industrieterrein. Met een superidyllisch uitzicht op de parking.’

‘Geldkwestie misschien?’

‘Zou kunnen,’ zeg ik. ‘Maar, hé, er is airco, dus je hoort me verder niet klagen.’ Ik stap in een dun jurkje en vis het enige paar sandalen met hakken dat ik bij me heb uit mijn koffer. Terwijl ik ze aantrek, bedenk ik me.

Het is geen date. We gaan alleen maar een hapje eten voordat ik Mischa naar zijn camping breng. Ik wil niet dat hij denkt dat ik wanhopig ben, dat ik met die hakken alles in de strijd gooi om hem alsnog te versieren.

‘Hoe gaat het rijden?’ vraagt Renate.

'Boven verwachting.' Ik vertel haar dat ik vandaag bijna zevenhonderd kilometer heb afgelegd en me minder vermoeid voel dan gisteren. 'Ik begin het onder de knie te krijgen.'

'Dat had je niet verwacht, toch?'

Ik mompel iets instemmends, leg de sandalen terug in de koffer en trek een paar slippers aan. Loop met de telefoon naar de badkamer.

'Voel je je niet eenzaam, de hele dag alleen in die auto?' hoor ik haar vragen.

'Nou...'

Tegen Bo heb ik niets gezegd, maar Renate kent Mischa. De kans dat we hem nog eens in de sportschool tegenkomen is vrij groot, en dan is het natuurlijk raar als ik haar hier niets over heb verteld. In het kort praat ik haar bij, maar ik heb er al meteen spijt van als blijkt dat ze zich Mischa niet goed meer kan herinneren; ze verwart hem met een van de trainers. Ergens verbaast me dat niets. Hij zit niet in haar interessesfeer. Typische Renate-veroveringen hebben doorgaans een goede baan of een eigen bedrijf. Renate is een beetje een golddigger; van haar werk als kapster kan ze haar verzameling designertassen niet bekostigen.

'Maar als jij zegt dat hij een lekker ding is, neem ik dat meteen van je aan,' besluit ze. 'Veel plezier vanavond. Geniet ervan, je hebt het dubbel en dwars verdiend.'

Ik open mijn mond om te vertellen dat hij me waarschijnlijk niet eens ziet zitten, dat ik niets snap van deze man en van de tegenstrijdige signalen die hij uitzendt, maar dan wordt er op de kamerdeur geklopt en moet ik snel een eind maken aan het telefoongesprek.

Ik beschouw mezelf graag als een mensenmens. Als me wordt gevraagd wat ik doe voor de kost, zeg ik dan ook meestal dat ik met mensen werk – daar komt het feitelijk ook op neer.

Mijn specialisme is mensen en hun drijfveren. Ik vind het leuk om hun gedrag te observeren en ze op het verkeerde been te zetten. Om een beetje met ze te spelen. Het wordt nog leuker als je hun zwakke plekken hebt leren kennen en weet waarmee je ze het hardst kunt treffen.

Met mensen werken verveelt eigenlijk nooit.

Noem het een roeping.

18

'Jij, afgestudeerd psycholoog?'

'Had je dat niet verwacht?'

Ik schokschouder. 'Nou, je bent sportinstructeur.'

'Nog niet zo lang.' Mischa haalt een stuk pizza los van de rest. 'Hiervóór heb ik zeven jaar in de jeugddetentie gewerkt. De laatste jaren als teamleider.'

'In de gevangenis?'

'Jeugdgevangenis.' Hij noemt de naam van een instelling die ik niet ken. 'Ik heb bij ons in de wijk vroeger veel shit gezien. Jongens die domme dingen deden, hulpverleners die het alleen maar verergerden. Ik wilde verschil gaan maken, heel idealistisch.' Hij neemt een slok van zijn bier. 'Toen mijn ouders overleden studeerde ik Sociaal Pedagogische Hulpverlening. Achteraf nog een wonder dat ik dat in een keer gehaald heb. Daarna kon ik een verkort traject toegepaste psychologie volgen, dus dat heb ik toen gedaan.'

'Zelfhulp,' flap ik eruit.

Hij glimlacht vreugdeloos. 'Het standaardprofiel van een psychologiestudent. We zijn allemaal getroebleerd.'

Ik draai een sliert tagliatelle om mijn vork en eet hem plichtmatig op. Honger heb ik nauwelijks nu ik tegenover Mischa zit. De knoop in mijn maag zit danig in de weg.

Mischa heeft nergens last van. Hij werkt met smaak nog een pizzapunt weg en bestelt een tweede biertje. Om ons heen is het druk en rumoerig, maar de sfeer in Ristorante Del'Arte is beter dan in het restaurant waar we gisteren aten.

Mischa's mobiel zoemt. Hij pakt hem van tafel en klapt het cognackleurige flapje open.

'Vragen ze zich af waar je bent?'

Hij kijkt op, plotseling alert.

'De mensen van je werk, de camping,' verduidelijk ik.

'O, dat.' Hij ontspant zichtbaar en richt zich opnieuw op zijn telefoon. Als buiten een donkere auto het parkeerterrein op draait, volgt hij die nauwlettend met zijn ogen.

'Is er iets?'

Hij schudt zijn hoofd.

Ik wijs op zijn mobiel. 'Zijn er problemen?'

'Nee, hoor.' Met een laatste blik op het scherm sluit hij het leren flapje. Ik zie hem nadenken, alsof hij naar woorden zoekt, en dan breekt er plotseling een glimlach door op zijn gezicht. 'Weet je wat? Laten we het een beetje gezellig houden.' Het volgende moment voel ik zijn sterke hand op de mijne. Hij streelt met zijn duim mijn vingers.

Ik probeer er niet al te hevig op te reageren, maar het is tevergeefs. Mijn hele lijf staat in brand. Het is onmogelijk om niet terug te denken aan vanmiddag. Aan die intense, verwarrende, abrupt afgebroken liefkozing.

'Ça a été?' De serveerster kwakt twee dessertkaarten op tafel en begint af te ruimen. Dat mijn bord nog lang niet leeg is, maakt haar blijkbaar niets uit.

Mischa laat mijn hand los en slaat een van de kaarten open. 'Willen we iets toe?'

Ik staar hem aan. 'Hoe ben jij eigenlijk zo geworden?'

'Zo onweerstaanbaar, bedoel je?'

'Gecompliceerd, zou ik zeggen.'

Hij knijpt zijn ogen tot spleetjes. 'Definieer gecompliceerd.'

'Ik begrijp niks van jou.'

Er speelt een flauw glimlachje rond zijn mond. Hij recht zijn schouders. 'Zeg het maar. Wat wil je weten?'

'Je hebt twee hbo-diploma's op zak, maar je woont op een kamer en zwerft min of meer rond. Waarom?'

'Omdat ik dat wil,' zegt hij. 'Als je genoeg ellende van dichtbij hebt meegemaakt, ga je andere dingen waarderen.'

Ik neem aan dat hij met ellende doelt op de dood van zijn ouders, maar iets zegt me dat dat niet het enige is. 'Is er iets in die jeugdgevangenis gebeurd?'

Hij kijkt zwijgend naar een punt in de verte. Secondelang blijft het stil. Net op het moment dat ik wil zeggen dat het me niet aangaat, zoekt hij oogcontact. 'Ik wilde die jongens helpen. Af en toe lukte dat, maar vaker niet. Je bent geen eiland. Je moet werken binnen een systeem, met collega's die niet allemaal even...' Er glijdt een schaduw over zijn gezicht. 'Nou ja, je zult er vast wel wat van hebben meegekregen. Het is volop in de media geweest.'

Ik herinner me uitgelekt beeldmateriaal uit een jeugdgevangenis: drugs, vervuilde cellen, seksuele relaties tussen gevangenen en hulpverleners. Was dat in de instelling waar hij gewerkt heeft?

Mischa schuift de dessertkaart met korte, vinnige bewegingen heen en weer over het tafelblad. 'Ik sportte toen al veel, als uitlaatklep. Uiteindelijk was ik er zo klaar mee dat ik besloot om me alleen nog maar op sport te richten. Het blijft werken met mensen, maar stukken minder frustrerend.' Hij pakt zijn bierglas en neemt een flinke slok. 'Die carrière komt wel weer.'

‘We zijn allebei zoekende,’ concludeer ik.

‘Daar lijkt het wel op, hè?’ Hij werpt een blik naar buiten, waar Passepartout geduldig in de schaduw van een conifeer op ons staat te wachten. Haar volgende rit voert naar een camping die dertig kilometer verderop aan de Atlantische kust ligt.

Morgen reis ik alleen verder.

‘Ik heb eigenlijk wel genoeg gegeten,’ zegt Mischa. ‘Jij?’

‘Die... die pasta was best machtig.’

Hij wenkt de serveerster en net als gisteren betaalt hij onze rekening. Het geld dat ik over de tafel naar hem toe schuif, duwt hij vriendelijk, maar resoluut naar me terug.

Ik stop het in mijn portemonnee en sta op, met lood in mijn schoenen. ‘Nou, dan ga ik je maar wegbrengen.’

Mischa blijft zitten. Hij kijkt naar me met een blik die ik niet goed kan plaatsen.

‘Wat is er?’ vraag ik.

‘Vanwaar die haast?’

Time: 20h59
MK70: OK

Ze heette Nienke en ze kwam uit Goes. Na de zomervakantie zou ze naar de brugklas gaan, vertelde ze me, zittend op een muurtje dat nog warm was van de zon die er de hele dag op had geschenen. Nienkes haar was met een elastiekje boven op haar hoofd bijeengebonden, wat resulteerde in een soort piekerig blond fonteintje.

Ze droeg een nieuwe jurk, zei ze, terwijl ze liefkozend over de ruches aaide die onder aan het rokje gestikt waren. Speciaal voor het feest. Het rokje was aan de korte kant en haar benen wiebelden onrustig heen en weer. Af en toe ving ik een glimp op van haar onderbroekje – een keurig geval van roze katoen. Ik kan me als de dag van gisteren herinneren wat voor gevoel dat me gaf. Intens, toen al, ik kon mijn ogen er nauwelijks van afhouden. Maar het valt in het niet bij wat er nog zou volgen.

Nienke was net als mijn ouders en broers en zussen en ik uitgenodigd op het trouwfeest van opa en oma, die ik in mijn hele leven misschien vier keer eerder had gezien en die geen flauw idee hadden wie dat veertienjarige jochie was dat hun wat ongemakkelijk een hand gaf en hen feliciteerde met hun veertigjarige huwelijk. We woonden gewoon te ver bij elkaar vandaan. Onze omvangrijke familie leefde verspreid over het hele land. Op dat feest in Assen zag ik veel ooms en tantes voor het eerst.

Terwijl het hele gezelschap in de feestzaal aan lange tafels zat te drinken, was ik met een stel neefjes en nichtjes naar bui-

ten gegaan. We dolden een beetje in het maisveld naast het zalencentrum, we rookten, we dronken lauw bier uit een krat dat we van een binnenplaats achter het restaurant hadden gestolen.

Nienke benaderde ons nieuwsgierig. Geen spoor van behoedzaamheid in die open blik. Ze vond iedereen aardig, dat werd me al snel duidelijk. Ik denk niet dat Nienke ooit zomaar klappen kreeg van haar vader. Of dat ze broers had die haar bed in brand staken als zij er nog in lag te slapen.

Geschrokken sloeg ze de sigaret af die ik haar aanbood, maar ze bleef wel naast me zitten. Toen het begon te schemeren viel het groepje uit elkaar. Nienke bleef bij me. We liepen weg van het zalencentrum, langs het maisveld, naar een vervallen, houten schuur. Daar wilde ik in kijken, zei ik. En misschien wilde ik dat ook wel, maar ik wilde vooral alleen zijn met Nienke. Ze had een fijne stem en al behoorlijk wat vlees op de botten, zeker vergeleken bij andere meisjes van haar leeftijd. Haar huid was heel licht, doorschijnend leek het wel, met zichtbare adertjes. Nienke was anders dan de meisjes die ik toen kende. En ze leek in niets op mijn zussen en hun vriendinnen, die al wisten wat er te koop was in de wereld.

De schuur kreeg ik makkelijk van het slot. Het was schemerig binnen en het rook er naar dieren – paarden of koeien of zo – maar die stonden er niet. We troffen aangekoekte droge mest aan, halfvergane balen hooi. Ik trok een flesje bier open en bood het haar aan. Ze sloeg het af.

Ik keek naar haar benen, waarvan de huid schrammen en krassen vertoonde van het lopen door de ondergroei. Dat rokje, dat omhoogkroop.

Misschien keek ik te lang.

Ze wilde terug, zei ze met een bibberig stemmetje. Ze had het koud gekregen. Toen ze opstond, trok ik haar aan haar arm naar me toe. Ze stribbelde tegen, wat ik heel plezierig vond, en toen, ik weet niet eens meer waarom, greep ik haar bij de keel en drukte haar tegen de grond.

Haar ogen. Ze werden groot, nog groter. Ze opende haar mond een beetje. Ik voelde haar angst. De siddering die door haar heen ging. Het bonken van haar hart.

En toen begreep ik het.

Het hoefde geen film te zijn. Foto's, beelden op internet, het hoefde daar niet bij te blijven. Het kon werkelijkheid worden. Nu, met haar, op deze plek.

Ik kon zo iemand zijn. Iemand die zulke dingen deed. Ik hoefde ze alleen maar te doen.

'Stil blijven liggen,' snauwde ik.

Tot mijn verbazing deed ze wat ik haar opdroeg, haar ogen nog steeds groot, en ze verroerde zich evenmin toen ik een poos met haar speelde en mijn nieuwsgierigheid bevredigde. Toen ik haar broekje bevoelde, wat eronder zat. Alles.

Zo makkelijk was het dus, om meisjes als Nienke aan je te onderwerpen. Om met hen te doen wat je maar wilde. Al die tijd bewoog ze nauwelijks. Durfde ze amper te ademen.

Verrukkelijk.

Maar het kon nóg intenser, voelde ik. Er zat meer in het moment dan ik eruit haalde.

'Ik kan je vermoorden zonder dat iemand het te weten komt,' zei ik zacht.

Het waren maar woorden, maar ze verstijfde. De tranen liepen over haar gezicht en ik likte ze weg. Vloeibaar verdriet. De zoute smaak ervan is hemelser dan welke drug dan ook.

Ze smeekte me haar te laten gaan. Ze zou alles voor me doen, álles.

Ik snoof haar angst op. Genoot van de geur en de smaak, en van het gevoel van dat kronkelende, vaste vlees onder me. Haar hartje, dat roffelde achter haar ribben, ik kon het voelen kloppen.

'Als je dit ooit tegen iemand zegt, kom ik je opzoeken,' fluisterde ik in haar oor. 'En dan maak ik je dood.'

19

‘Je reisbureau houdt niet veel rekening met je wensen.’ Mischa staat achter me op de parkeerplaats van het hotel. Zijn rugzak hangt nonchalant over zijn schouder.

Ik kijk met hem mee naar het gebouw. Vier verdiepingen, grauw en onpersoonlijk. ‘In elk geval kun je hier overal eten. Bewaakte parking. Philippe is gewoon...’

‘... gierig?’ grapt hij.

‘Eerder praktisch.’ Ik probeer het luchtig te brengen, maar de spanning is op mijn stem geslagen. Vanaf hier kan ik de deur van mijn hotelkamer zien. Felgeel, een klein vierkant raampje ernaast. Er is een andere wereld achter die deur. Een koele kamer met een zacht tweepersoonsbed, een cocon waarin Mischa en ik samen kunnen zijn. Zijn adem streelt mijn hals.

Aan de rand van mijn bewustzijn hoor ik iets zoemen.

Ik vouw mijn vingers om de hotelsleutel en knijp erin. Koudwatervrees.

‘Kom je niet in de problemen als ik je morgenvroeg pas wegbreng?’ vraag ik.

‘Ik waag het erop.’

‘Moet je ze niet even bellen?’

‘Ik heb nu andere prioriteiten.’ Hij staat nu zo dichtbij dat ik zijn warmte op me voel afstralen.

Het gezoem houdt aan.
Of het klinkt opnieuw, ik weet het niet.
'Ik wil je graag beter leren kennen, Iris.' Mischa slaat zijn arm om mijn middel. Zijn lippen strelen de verhitte huid van mijn hals en zijn hand glijdt naar mijn buik. 'Heel veel beter.'
Ik sluit mijn ogen en stoot een kreun uit. Ik smelt waar hij me aanraakt.
'Wauw,' fluistert hij, en nu merk ik dat zijn stem al even onvast is als de mijne. 'Voel je dat ook?'
En of ik het voel.
Ik krijg nauwelijks mee dat zijn hand de mijne omvat. Hij opent hem en pakt de hotelsleutel van me over.
Dat gezoem.
Het is mijn telefoon.
De hele tijd al.
'Ga ik te snel?' fluistert hij.
'Nee, ik –'
Mischa's hand ligt nog steeds op mijn buik, hij trekt me met een kort rukje naar achteren, tegen zich aan. Duwt zijn neus in mijn haar. Hij mompelt iets wat ik niet versta.
Ik voel zijn opwinding tegen mijn onderrug. Mijn benen verliezen aan kracht. Ik kan amper nog nadenken. 'Mijn... mijn telefoon.'
'Lekker laten gaan.'
'Het kan Levi zijn.' Met tegenzin diep ik mijn mobiel op uit mijn tas. 'Ik had beloofd hem te bellen.'
Levi's nummer licht op in mijn schermpje. Ik neem meteen op.
'Ben jij dat, mama?' vraagt Levi. 'Je stem klinkt raar.'
'O, ja?' Ik probeer mijn ademhaling onder controle te krijgen, maar ik geloof niet dat ik erin slaag. 'Ik eh... ben geloof ik een beetje moe.'

‘Ik heb je twee keer gebeld.’

‘Sorry, schat, mama was nog aan het eten. Hier in Frankrijk gaan de restaurants pas om zeven uur open.’ Ik grijp de telefoon met twee handen vast. ‘Maar vertel eens, lieverd, wat hebben jullie vandaag allemaal gedaan?’

Kijk ze daar staan, tussen de geparkeerde auto's als een stel verliefde pubers. Hij heeft zijn armen om haar heen geslagen en kust haar in de nek. Zijn bekken wrijft tegen haar kont – reken maar dat hij haar nu laat voelen wat hij in huis heeft. Die gelukzalige grijns staat in zijn kop gebeiteld.

En ze laat het allemaal toe.

Zijn hand gaat omhoog. Hij tast haar af, probeert hoe ver hij kan gaan.

Ver, vriend. Verder dan je denkt. Die behoedzaamheid kun je laten varen. Ze is er klaar voor.

Zo zie je maar weer. Iris van der Steen leek zo puur, zo rechtschapen, maar nu blijkt ze niet vies te zijn van een onenightstand.

Ik stel mijn verrekijker scherp, net op tijd om te zien dat hij zijn handen over haar ribben omhoog laat gaan. Met zijn vingertoppen beroert hij de onderkant van haar borsten.

Ik zet mezelf ertoe te blijven kijken. Zoom in op het zachte vlees van haar bovenbenen, en het blanke reepje buikvet dat onder haar shirt uit stulpt nu ze zich ruggelings tegen hem aan vlijt. Ik observeer haar reacties op zijn aanrakingen, elke minieme verandering in haar expressie.

Hoe beter ik haar leer kennen, hoe meer plezier ik straks van haar zal hebben.

20

Hij drukt me met zijn harde lijf tegen de koele wand van de hotelkamer. 'Ik wil dit al doen sinds ik je voor het eerst zag,' fluistert hij hees. Bezitterig omvat hij mijn bil.

'Mischa, ik –'

Zijn ogen lijken op te vlammen in de schemer. Met zijn vrije hand pakt hij mijn kin en tilt die op, streelt mijn lippen met de zijne – warm, stevig, en neemt dan bezit van mijn mond. Onze tongen cirkelen om elkaar heen, gretig, fluweelzacht.

Het maakt me duizelig, dronken.

Gelukzalig.

Hij trekt ongeduldig mijn jurkje uit. Onder de gladde stof van mijn bh richten mijn tepels zich op. Mischa streelt ze met zijn duimen; bijna achteloze liefkozingen die als stroomstoten via talloze zenuwdraden naar mijn onderbuik schieten. Ik voel de kracht uit mijn benen vloeien.

'Kijk me aan.' Met een liefdevolle beweging haalt hij de bandjes van mijn schouders. Hij maakt de sluiting op mijn rug los. Als ik halfnaakt voor hem sta, bekijkt hij me vanonder zijn wimpers, zijn mond een beetje open. 'Je bent prachtig.' Zijn ogen schitteren.

Jij ook, wil ik zeggen, maar mijn woorden komen vervormd uit mijn keel, ze klinken als een langgerekte kreun.

Een gekmakende hitte verspreidt zich door mijn lichaam.

Mischa trekt zijn shirt uit en werpt het van zich af.

Ik neem zijn lichaam in me op, elke trilling van dat prachtige mannenlijf, de welvingen, de donkere haartjes bij zijn broekband, zijn borst die op en neer gaat in het snelle tempo van zijn ademhaling, terwijl ik mijn handen verkennend over zijn getrainde lijf laat gaan. Ik volg met mijn vingertoppen de lijnen van zijn tatoeage. Buig naar voren en lik in weerwil van mezelf de licht zoute, soepele huid die over zijn spieren spant. Mijn mond gaat als vanzelf naar beneden en trekt een vochtig spoor over zijn maag naar zijn buik, die huiverend samentrekt.

'Wacht.' Mischa pakt mijn gezicht vast en haalt me naar zich toe, kust me vol op mijn mond, met halfgesloten ogen. Vervolgens tilt hij me van de grond alsof ik niets weeg.

Ik zweef door het luchtledige en het volgende moment voel ik het koele matras onder me.

Mischa is meteen bij me. Krachtig, verhit. Hij omvat ruw mijn billen en trekt me tegen zich aan, zijn mond sluit zich om mijn tepel.

Ongegeneerd druk ik mijn verhitte kruis tegen zijn bovenbeen, dat onwaarschijnlijk hard aanvoelt, als staal. Zijn erectie drukt tegen mijn buik.

Ik wil hem. Ik wil hem in me.

Ineens stopt hij. Hij verroert zich niet meer.

Verward zoek ik zijn blik.

'Weet je zeker dat je dit wilt?' vraagt hij schor.

Zijn bezorgdheid ontroert me.

'Tweehonderd procent,' fluister ik.

Terwijl zijn tong mijn mond binnendringt, glijdt zijn hand tussen onze lichamen naar beneden. Met zijn mond halfopen van genot streelt hij me tussen mijn benen. Ik word boterzacht, vloeibaar waar hij me aanraakt, ik smelt. Een vinger. Ik duw met een kreet mijn bekken omhoog, trillerig, mijn onderbuik trekt samen. Een tweede vinger. Dieper. Het is niet genoeg. Zonder gêne stoot ik mijn onderlijf tegen zijn hand. Ik klamp me vast aan zijn rug, die hard en gespierd aanvoelt en versmalt naar zijn middel.

Hij wrijft zijn neus langs de mijne en kust me, maar als ik zijn kus wil beantwoorden, trekt hij zijn hoofd terug. 'Zeg het,' fluistert hij, terwijl zijn vingers daarbeneden de druk opvoeren, dieper gaan, sneller. Een derde.

'Ik wil jou,' fluister ik.

'Waar?'

Ik voel zijn erectie zwaar en warm tegen mijn buik. 'In me. Alsjeblieft, Mischa, ik...'

Het volgende moment grijpt hij mijn polsen beet en brengt ze boven mijn hoofd. Met zijn knie duwt hij mijn benen uit elkaar.

Ik geloof dat ik kreun, dat ik hem aanmoedig, maar mijn stem klinkt niet als die van mezelf. Die behoort toe aan een vrouw die ik net pas heb leren kennen.

Time: 22h59
RVB: ?

Time: 23h09
RVB: ?

21

Getsjirp van krekels dringt gedempt de hotelkamer in, vermengd met het geraas van de snelweg.

Ik lig tegen Mischa aan, een arm over zijn borst. Het laken bedekt onze lichamen maar half. Ik geloof niet dat ik me ooit zo ontspannen heb gevoeld. Zo gelukkig. 'Ik heb dit nog nooit meegemaakt,' fluister ik.

'Juist degenen die dat zeggen...'

'Hé!' Ik geef hem een vinnig duwtje, dat hij grinnikend incasseert.

'Het is waar.'

Hij kijkt met een glimlachje op me neer.

Ik wrijf mijn wang tegen zijn borst, snuif zijn geur op en realiseer me dat dit moment me eeuwig zal bijblijven. Dit gevoel zal me nooit meer ontglippen. Daarvoor is het te sterk.

Mijn god, ik heb het serieus te pakken.

'Dit is voor mij ook nieuw,' zegt hij.

'Sure.'

Hij pakt mijn kin vast. 'Jij raakt mij net zo goed, ik wil dat je weet dat wat er ook gebeurt...' Er glijdt een schaduw over zijn gezicht. 'Dat ik over dit soort dingen niet lieg.'

'Over andere dingen wel dan?'

Hij draait zich op zijn zij en laat de bovenkant van zijn vingers over mijn wang gaan. 'Ik vind het knap hoe je het allemaal doet. Levi treft het met zo'n moeder.'

Ik smelt van de manier waarop hij mijn zoons naam uitspreekt. Dat deed hij eerder ook al. Zo liefdevol. 'Het is niet altijd makkelijk, maar ik hou zielsveel van hem.'

'Had je hem niet liever meegenomen?'

'Tuurlijk, maar Levi wordt snel wagenziek. Zo'n lange reis is voor hem de hel. En dan zit hij aan het einde ook nog eens opgescheept met zijn moeder en oma in the middle of nowhere. Een camping met andere kinderen is voor hem veel leuker.' Ik vertel hem over Bastiaan en Duifje en dat Levi ook zo graag een hond zou hebben, die ik hem niet kan geven omdat ik vier dagen per week werk.

'Honden zijn geweldige beesten,' zegt Mischa. 'Maar voor mij geldt hetzelfde, ik ben bijna nooit thuis.' Zacht voegt hij eraan toe: 'Misschien ooit, later.'

Ik zie ineens een toekomstbeeld voor me. Levi, Mischa, een labrador. Een mogelijkheid om een nieuw en gelukkig gezin te vormen.

'Goed, dus jij wilde een keer in je eentje op vakantie,' zegt hij.

'De intentie was er, maar het pakte iets anders uit. Gelukkig maar.' Ik knijp in zijn arm.

Hij lacht, maar zijn ogen lachen niet mee. Er verandert iets in zijn houding, zijn energie voelt anders.

Misschien denkt hij hetzelfde als ik: vanaf morgen zal hij aan het werk moeten en reis ik alleen verder.

'Ben je goed in loslaten, Iris?'

Ik schud mijn hoofd. 'Helemaal niet.'

'We hoeven elkaar niet los te laten.'

Het duurt een paar seconden voor ik begrijp waar hij op doelt.

‘Ik ga met je mee naar Portugal,’ zegt hij zacht.

‘En je baan dan?’

Hij kijkt van me weg.

‘Je hebt het geld nodig.’

‘Dat los ik wel op.’ Hij komt overeind op een elleboog. ‘Maar eh... belangrijker is de vraag of je moeder het wel oké zal vinden.’

‘Bedoel je dat je –’

Een knikje. ‘Ik ga met je mee. Of...’ Zijn blik glijdt aftastend over mijn gezicht en zijn stem klinkt aarzelend als hij verdergaat: ‘Of wil jij dat niet?’ Hij probeert het luchtig te brengen, maar ik merk dat hij gespannen is.

‘Ja. Jawel, natuurlijk wil ik dat wel! Ik had het alleen niet –’

‘Cool.’ Hij grijpt mijn gezicht vast, drukt grijnzend een zoen op mijn lippen. ‘Ik verheug me erop.’

‘Maar mijn moeder kent je niet eens. Wat moet ik tegen haar zeggen?’

Hij kijkt me ernstig aan. ‘De waarheid. Dat je de liefde van je leven hebt gevonden.’

Time: 01h59
RVB: ?

Time: 02h09
RVB: ?

Time: 02h19
RVB : Dit zijn geen grappen!

Time: 02h24
MK70: ...---...

Ik heb haar laten lopen, Nienke, mijn blonde, goedlachse nichtje uit Goes. Struikelend over haar eigen voeten draafde ze voor me uit, langs het inktzwarte maisveld, terug de verlichte feestzaal in.

De rest van de avond heeft ze bleekjes bij haar ouders aan tafel gezeten, de knietjes zedig tegen elkaar aan gedrukt. Als ik haar blik zocht, sloeg ze haar ogen neer.

Jaren later heb ik nog geprobeerd om haar op te zoeken. Haar geur, het gevoel dat ze me had gegeven – ik kon het maar niet van me af zetten.

Ze bleek niet meer in leven te zijn.

Een of ander ongeluk, kort na het feest, vertelde haar moeder me in tranen, toen ik in hun rijtjeswoning in Goes naar mijn nichtje informeerde.

Ziedend was ik.

Op mezelf, vooral.

Dat ik Nienke die avond heb laten lopen, ervaar ik als de grootste fout in mijn leven.

Dag drie

Zondag

22

Er kriebelt iets in mijn nek. Ik veeg het vliegje, of wat het ook is, weg. Slaapdronken zie ik de eerste zonnestralen onder het gordijntje door naar binnen schijnen, als glijbanen uit een sprookjeswereld. Ik sluit mijn ogen weer en geniet van het moment tussen waken en slapen. Mijn lichaam draagt de sporen van vannacht. Het voelt een beetje beurs daarbeneden, maar het maakt me niet uit. Gelukzalig duw ik mijn neus in mijn kussen. Het hele bed geurt naar testosteron. Naar Mischa.

De liefde van mijn leven.

Ik glimlach bij de herinnering en draai me naar hem om, strek mijn arm uit.

Niets.

Ik reik verder onder de lakens naar dat warme, gespierde lichaam dat ik vannacht zo goed heb leren kennen, maar ik voel alleen het matras. Koel.

Onbeslapen.

Ik wrijf in mijn ogen.

Mischa ligt niet meer naast me.

Dan pas merk ik het op. Een subtiele luchtverplaatsing. Een onbekende geur. Een schaduw op een plek waar die eerder niet was. Het angstige besef dat er iets helemaal mis is treft me als een stomp in mijn maag.

Half versuft kom ik overeind, het laken zakt van me af.

Op een stoel in de hoek van de kamer zit een man naar me te loeren. Als onze blikken elkaar ontmoeten krullen zijn mondhoeken omhoog in een onaangename grijns.

De ervaring die ik met Nienke had, hoe onschuldig die ook nog was in het licht van mijn latere daden, heeft mij de ogen geopend. Die avond begreep ik dat ik geen genoegen zou nemen met een burgerleven. Ik zag in dat ik me nooit zou kunnen settelen, zoals mijn ouders, in een met teleurstellend nageslacht volgepropte huurwoning, alle dagen even dof en grauw.

Zelfinzicht is een groot goed.

Geïnspireerd door de oorlogsfilms van oom Hidde besloot ik op mijn veertiende dat ik me zou gaan aansluiten bij het Korps Commandotroepen.

23

Rechtop en onbeweeglijk zit hij naar me te kijken. Asblond, een wijkende haargrens. Blanke huid, diepliggende ogen. Zijn dunne lippen krullen steeds verder omhoog, geamuseerd, alsof hij geniet van de aanblik. Alsof ik een dier ben dat in zijn val is gelopen.

Ik grijp snel het laken en trek het omhoog, probeer mezelf te bedekken.

'Doe geen moeite. Ik zit hier al even,' zegt hij kalm, in accentloos Nederlands.

Waar is Mischa?

Mijn blik schiet naar de badkamer. 'Mischa! Mí –'

De man veert op. Hij grijpt me bij mijn nek en drukt zijn ruwe hand over mijn mond en neus. Prompt kan ik niet meer ademen. Ik trap wild om me heen.

De man is zwaarder en veel sterker dan ik. Met zijn hele gewicht drukt hij op me, hij stoot opzettelijk de lucht uit mijn longen. Ze branden.

Ik probeer tussen zijn vingers door zuurstof naar binnen te zuigen, maar hij houdt me in een ijzeren greep. Klemvast. Alsof ik niets weeg. Niets bén.

Ik kan dit op geen enkele manier winnen. Instinctief besluit ik om mijn krachten te sparen. Ik blijf stilliggen met mijn ogen stijf dicht.

Meteen verlicht hij de druk. Halverwege mijn dankbare ademteug drukt hij zijn hand weer vol op mijn gezicht. Het geluid dat ik voortbreng klinkt dof en gesmoord; het is niet luid genoeg om verder te dragen dan de kamermuren.

Hij brengt zijn gezicht dichtbij.

Ik kan de bloedvaatjes in zijn oogwit zien. De donkere stoppels op zijn kaken.

'Je hebt geen schijn van kans,' gromt hij. 'Als je wilt blijven leven, doe je precies wat ik zeg.'

Ik was bijna vergeten hoe makkelijk het is om een vrouw te overmeesteren. Hoe teer het gestel is en hoe breekbaar. Ik voel de geribbelde luchtpijp onder mijn vingers heen en weer bewegen, de lymfeklieren als twee gladde amandelen aan weerszijden ervan. Talloze dunne pezen die als strakgespannen gitaarsnaren haar hoofd met haar romp verbinden. Een fragiel en kwetsbaar geheel, afgezet tegen de constitutie van een man in goede conditie – het type doelwit waarop ik me de afgelopen jaren voornamelijk heb gericht.

Het is veel te lang geleden dat ik mezelf in een vrouw verloor.

Maar ik zou Iris van der Steen tekortdoen als ik haar alleen maar zag als een welkome afwisseling, als bijvangst. Iris verdient het om de hoofdact te zijn. Dat wist ik al toen ik haar voor het eerst sprak op de sportschool. Ze bezit die unieke, hemeltergende combinatie van naïviteit en sensualiteit. Iris van der Steen is een vrouw die geen flauw benul heeft van haar potentieel.

Ik kom zelden een vrouw tegen die me aan mijn nichtje doet denken, maar als het gebeurt dan weet ik dat ik een speciale tijd met haar tegemoet ga. Dit wordt een intense ervaring, voor ons allebei.

Ik zou er bijna sentimenteel van worden.

24

Shorts, bh. Bij elke beweging voel ik zijn blik op me gericht. Ik gris een T-shirt uit de koffer. Mijn handelingen zijn schokkerig en mijn bewustzijn flakkert aan en uit, op dezelfde manier als wanneer ik hoge koorts heb.

Nu ik aangekleed ben maant hij me met een ongeduldige handbeweging naar de badkamer.

'Doe wat je normaal ook doet,' snauwt hij als ik in de witbetegelde ruimte ben aanbeland. Met zijn massieve lijf en over elkaar geslagen armen verspert hij de enige vluchtweg. 'Tanden poetsen, kam je haar.' Hij pauzeert even. 'Of had je liever eerst nog een douche genomen?'

Werktuiglijk volg ik zijn instructies, maar de douche ontwijk ik en mijn plas houd ik op. Ik hoop met heel mijn wezen dat hij van dat douchen geen halszaak gaat maken, want ook al heeft hij me naakt in bed aangetroffen en zich niet aan me vergrepen, wie verzekert me dat hij dat niet alsnog zal doen? Terwijl ik de kraan uitzet schrik ik van mijn eigen spiegelbeeld: wild starende ogen in een strakgespannen masker. Er zitten vegen mascara op mijn wangen. Ik poets ze zo goed en zo kwaad als het lukt weg. Daarna stop ik mijn toiletspullen in mijn make-uptas en rits hem met onvaste hand dicht.

De man staat roerloos in de deuropening.

‘Wat wil je van me?’ vraag ik.

Hij reageert niet.

‘Waar is Mischa?’

Er speelt een sinister lachje om zijn smalle mond.

‘Wat heb je met hem gedaan?’

‘Ik? Waarom zou ik iets gedaan hebben?’ Hij stoot een geluid uit dat het midden houdt tussen een kuch en een lach. ‘Die jongen is er zelf vandoor gegaan.’

‘Dat geloof ik niet.’

Er glinstert iets duisters in zijn diepliggende ogen. ‘Nee? Waarom sloop hij anders hiermee naar buiten?’ Hij haalt een sleutelbos uit zijn zak en rammelt ermee: het zijn mama’s autosleutels aan haar langwerpige metalen hanger.

Hij moet ze uit mijn tas hebben gepakt toen ik nog sliep.

Hij, of Mischa?

‘Die jongen had nogal haast,’ gaat hij verder. ‘Hij heeft de deur niet eens dichtgedaan. Dus ik denk toch echt dat hij ervandoor ging.’

Ik schud mijn hoofd. ‘Nee, dat zou hij niet doen.’

‘Jij hebt wel veel vertrouwen in je mensenkennis. Zou jij, als alleenstaande moeder, niet een beetje voorzichtiger moeten zijn met het uitkiezen van je onenightstands?’

Mijn nekharen springen overeind.

Moeder. Onenightstand.

‘Hoe weet je d-dat?’

Hij werpt een blik op zijn horloge. ‘Genoeg gekletst. We moeten ervandoor. Heb je alles? Je koffer, je tasje?’ Hij werpt me onderhands de rinkelende sleutelbos toe. ‘Jij rijdt.’

25

Werktuiglijk zet ik mijn ene voet voor de andere en trek mijn koffer achter me aan de parking op. Passepartout staat verderop in de volle zon. Met haar letterstickers en ronde koplampen ziet mama's lieveling er misplaatst vrolijk uit.

De man loopt vlak naast me. Hij draagt een Adidas-sporttas en cargobermuda en heeft een welvaartsbuikje. In alles wekt hij de schijn van een doodnormale man. Een doorsneetoerist. Zou iemand ons hier samen zien, dan zou diegene in de verste verte niet vermoeden dat ik door hem gegijzeld word.

'Waar gaan we heen?'

Hij loopt zwijgend door.

'Wat wil je van me?' dring ik aan.

Geen reactie.

Zijn ogen gaan schuil achter een donkere zonnebril.

Ik meen ooit te hebben gelezen dat wanneer iemand je overmeestert je te allen tijde moet voorkomen dat je ergens anders naartoe wordt gebracht. Moordenaars en verkrachters verplaatsen je om je te isoleren van de buitenwereld; ze willen je naar een plek brengen waar zij ongestoord hun gestoorde gang met je kunnen gaan.

We zijn bijna bij Toet.

Behalve wij is er niemand anders op het parkeerterrein, maar aan de andere kant van het hoge hekwerk en de struiken rijden auto's. Daar moet ik zien te komen. Over het hek klimmen gaat niet, er zit prikkeldraad bovenlangs. De uitgang van het terrein is aan de zijkant van het hotel, om de hoek. Kan ik het halen als ik een sprintje trek? En hoe groot is de kans dat er precies dan een auto voorbijkomt? En dat de bestuurder voor me stopt? *Hoe zeg je 'help' in het*

Frans? Stel dat ik van pure paniek niets meer kan uitbrengen? Of dat ik struikel en deze engerd me te pakken krijgt voordat iemand me heeft opgemerkt?

Dan heb ik hem alleen maar kwader gemaakt.

Ik ga langzamer lopen en loer vanuit mijn ooghoeken naar het hotel. Gisteravond was de balie onbemand – we hebben ingecheckt bij een machine. Ik durf er niet op te gokken dat er nu wel iemand is.

Bij de hotelmuur beweegt iets. Een jongen. Halflang, donker haar, zwart shirt. Hij maakt zich los uit de schaduw en kijkt onze kant op.

Ik zoek nadrukkelijk oogcontact. Sper mijn ogen open, draai ze in de richting van mijn belager. En nog een keer. Nog eens. Mijn hart beukt tegen mijn ribben.

De jongen gaapt en pakt zijn mobiel erbij. Hij heeft niets door.

Drie... twee... één. Ik laat het handvat van mijn koffer los en zet een sprint in. Die poort is mijn enige redding; ik moet van het terrein af zien te komen.

Het volgende moment word ik van achteren om mijn middel gegrepen. Ik klap dubbel, word opgetild alsof ik een lappenpop ben. De man draait me om en trekt me tegen zich aan, met één arm, zo stevig dat ik mijn ruggengraat voel kraken. Tranen schieten in mijn ogen.

Hij sluit zijn vrije hand om mijn hals, drukt met zijn duim tegen mijn luchtpijp, en geeft me dan een nijdige kus in mijn nek, en nog een, bij mijn oor, terwijl zijn duim druk blijft uitoefenen.

Ik kan geen kant op.

Ik kan niets meer.

‘Gisteren was je gewilliger,’ gromt hij, en hij begraaft zijn gezicht in mijn hals, die vochtig is van het zweet. Snuift mijn geur op. ‘Jullie stonden toch ongeveer hier, gisteravond?’

Een ijskoude huivering verspreidt zich razendsnel door mijn lijf.

'Ja, hier was het.' Zijn neus strijkt langs de mijne. Ik begrijp dat hij een toneelstukje opvoert om de jongen, en wie er mogelijk nog meer toekijken, te doen geloven dat we een hartstochtelijk, ruziënd stel zijn.

Maar dat is niet alles.

Ik merk dat hij er opgewonden van raakt. Zijn ademhaling stokt. Zijn stem klinkt minder vast.

Ik wil om hulp gillen, maar het lukt me al nauwelijks om te ademen. Het is alsof mijn hals in een bankschroef zit.

'Genoeg gespeeld, Iris,' lispelt hij in mijn oor. 'Je moet even goed luisteren. Als je doet wat ik zeg, zal je niets gebeuren.' Hij kijkt me aan, intens, doordringend. 'Dat beloof ik je.'

Zijn ogen zijn grijs, zie ik nu. Groengrijs, met een waaier aan fijne, rode adertjes in het wit. De opwinding is verdwenen. Hij is weer rustig geworden, duizendmaal rustiger dan ik ben. Hoe kan iemand in deze situatie zo beheerst blijven, zo onmenselijk kalm?

Hij heft zijn kin. Zijn aandacht wordt getrokken door iets schuin achter me. Hij vermindert de druk op mijn keel, zodat ik mijn hoofd kan bewegen om te zien wat hij ziet.

De jongen is onze richting op komen lopen en staat nu halverwege de parking. Weifelend, peilend. *'Are you all right?'* roept hij.

De tranen schieten in mijn ogen. *'No, no, I –'*

De duim op mijn strottenhoofd is terug. De massieve arm die mijn ribbenkast samendrukt. 'Wil je de dood van dat jochie op je geweten hebben?' fluistert hij in mijn oor. 'Ga je gang, probeer me uit. Maak het interessant.'

De jongen kijkt onzeker van mij naar de man en weer

terug. Het veel te grote Slipknot-shirt hangt om zijn schonkige schouders. Op zijn onderarm staan balpentekeningen.

Hij is nog maar een jongen, nog lang geen man. Levi over een jaar of vier, schiet het door me heen.

'No, it's... it's okay,' roep ik.

'Lachen,' klinkt het bij mijn oor. 'Laat zien dat hij zich vergist.'

Op een of andere manier weet ik er een grijns uit te persen. *'Eh... it's really okay.'*

De jongen slaat zijn ogen neer. Met een halfslachtige groet draait hij zich om en loopt terug naar de ingang van het hotel. Ik zou willen dat hij alleen maar doet of hij erin trapt en daarbinnen groot alarm slaat, maar zijn houding drukt alleen maar schaamte uit.

Mijn wangen worden nat van de tranen terwijl ik me laat meevoeren. Mijn voeten kunnen me amper nog dragen, ik beef over mijn hele lijf.

'De auto is geld waard, een oldtimer,' weet ik uit te brengen. 'En ik heb een telefoon. En een b-bankpas. Ik geef je de pincode.'

Zwijgend pakt hij mijn koffer van de grond en trekt hem met ratelende wieltjes achter ons aan. Met zijn hand klemvast om mijn bovenarm opent hij het portier aan de bestuurderszijde. 'Flik me dit niet nog eens,' bijt hij me toe.

In de weerspiegeling van zijn zonnebril zie ik mezelf staan. Angstig.

Weerloos.

'Beloof het,' zegt hij.

'Ik... ik beloof het.'

Hij kijkt me een paar seconden zwijgend aan. 'Werk mee, dan ben je gauw genoeg van me af.'

Het klinkt oprecht en in weerwil van de hele afschuwelijke situatie komt hij menselijk op me over.

Ik wil hem graag geloven. Niets liever dan dat.

Ik doe mijn uiterste best om mijn ademhaling onder controle te krijgen en probeer oogcontact met hem te maken. Het is volkomen duidelijk dat ik het op snelheid en kracht nooit van deze man zal winnen, maar misschien, heel misschien, kan ik erachter komen wie hij is. En wat hij van me wil.

'Goed zo. En nou instappen,' zegt hij. 'We hebben een lange dag voor de boeg.'

Ze gelooft me. Het stond op haar gezicht geschreven. Ze deed zelfs een aandoenlijke poging om contact met me te maken. Iris van der Steen verkent mijn terrein als een blinde die een teen in een oceaan steekt en daar conclusies uit trekt. Nat, koud en pijnloos. Geen idee van de onmetelijke diepte, de talloze onderstromen, het leven en de dood, de strijd die er woedt. De duisternis. De andere dimensie.

26

Jaren geleden heb ik in een overmoedige bui eens een joint gerookt. Eén keertje, om het te proberen. Het was alsof ik loskwam van mijn omgeving. Kleuren werden feller, geluiden intenser. Wanneer ik mijn hoofd draaide, sleurde ik alles binnen mijn gezichtsveld in slow motion met me mee. Meubels, schilderijen, personen; ze vervormden in de ruimte tot een kleverig tafelkleed in 3D waaraan alle voorwerpen bleven plakken. Mijn gevoel voor tijd verdween. Een halfuur trok binnen enkele seconden voorbij, en andersom. Ik kreeg maar geen grip op de werkelijkheid.

Zo voel ik me nu weer.

We zijn dicht bij de Spaanse grens. De motor loeit als een zware landbouwmachine en het dashboard kraakt. Er staat veel wind, ik moet het stuur stevig vasthouden om op mijn weghelft te blijven. Af en toe worden we ingehaald.

De man praat niet met me, niet echt. Hij geeft alleen korte instructies. Links, rechts. Afremmen, harder.

In gedachten heb ik talloze keren een ongeluk veroorzaakt en van het ontstane opstootje gebruikgemaakt om ervandoor te gaan. Het is bij gedachten gebleven, want als ik flink de aandacht wil trekken moet ik met een behoorlijke vaart tegen een winkelpui, huis of andere auto aan rijden, en Toet is zo groot en zwaar dat er een reële kans bestaat dat daarbij mensen gewond raken – of erger.

En er is nog iets wat me tegenhoudt: de reactiesnelheid van de man naast me. Hij observeert me constant van achter zijn donkere brillenglazen. Ik ben ervan overtuigd dat hij het meteen doorheeft als ik iets wil proberen, en op tijd zal ingrijpen.

Ik wil hem niet kwaad maken.

Ik moet hem te vriend houden.

Zijn ingehouden agressie is bijna tastbaar.

Ik heb even vermoed dat hij op de vlucht is, en bij mij is ingestapt omdat degene die hem zocht uitkijkt naar een man alleen in een bepaalde auto, en niet naar een vakantie vierend stelletje in een oldtimer.

Maar dat kan het niet zijn. Er is meer aan de hand.

Moeder. Onenightstand.

Dit is geen toevallige ontmoeting.

27

Ik hoopte op politie bij de grensovergang, of toch ten minste mensen in uniform wier aandacht ik zou kunnen trekken, maar het bleek een weg te zijn zoals alle andere en er waren geeneens slagbomen. We reden probleemloos Spanje in.

Nu volgen we al een poos een weg die parallel loopt aan de kust. Voor ons rijdt een auto met surfplanken op de dakdrager, vlak achter ons een camper. Tussen de gele huizenblokken door kan ik af en toe de zee zien. Er is daar ook een boulevard, en een strand met parasols.

De man naast me heeft zijn hand losjes op zijn sporttas

liggen die op de bank tussen ons in staat. Het zou me niet verbazen als er een pistool of mes in zit – al heeft hij zulke wapens helemaal niet nodig om dodelijk te zijn.

'Hoe heet je eigenlijk?' vraag ik. Het klinkt schor; mijn keel is nog steeds pijnlijk.

Hij trekt een knie op en zet de zool van zijn canvas sneaker tegen het dashboard aan. Geeft geen antwoord.

'Ik zou je graag bij je naam noemen. Niet "hé" of "meneer".'

Stilte.

Net als ik me erbij heb neergelegd dat hij me ijskoud blijft negeren, zegt hij: 'Noem me maar Nick.'

Dat is tenminste iets.

'Mooie naam.'

'Nickname,' zegt hij grinnikend.

Hij speelt met me, maar we zijn in elk geval in gesprek.

'Mag ik je iets vragen?'

Hij gromt iets wat ik als een aanmoediging interpreteer.

'Wil je me alsjeblieft vertellen waar Mischa is? Ik weet dat hij de auto niet wilde stelen, want die kans heeft hij al eerder gehad.'

Nick draait zijn hoofd naar me toe. 'Maar had hij *jou* toen al gehad?'

Ik blijf strak voor me uit kijken.

'Je moet de seksuele drift van een man nooit onderschatten.'

Het steekt me. Heel even. Dan realiseer ik me dat Mischa de eerste nacht niet alleen weigerde de autosleutels bij zich te houden, maar ook de mogelijkheid om de nacht met mij door te brengen heeft afgeslagen. Het klopt dus niet wat Nick – of hoe hij in werkelijkheid ook heet – me wil doen geloven. 'Wat heb je met hem gedaan?'

Stilte.

'Ik geloof gewoon niet dat –'

'Bek dicht.' Hij haalt een pakje Gauloises tevoorschijn, tikt er een sigaret uit en steekt hem op, zijn hand beschermend om het vlammetje heen. De rook wervelt door de cabine.

Ik voel me koud worden.

'Was jij dat?' fluister ik hees. 'Eergisteren in Rouen, bij het hotel? Ben jij ons gevolgd?'

Terwijl hij treiterig rook naar me toe blaast, herinner ik me weer Mischa's nerveuze gedrag in het restaurant gisteravond. Het gedoe met zijn telefoon.

'Ken je hem? Ken je Mischa?'

Stilte.

'Hebben jullie –'

Als Nick in beweging komt duik ik onwillekeurig in elkaar. Een tegenligger claxonneert. Een boze schreeuw. Het volgende moment kijk ik recht in het geschrokken gezicht van een fietser.

Nick geeft een ruk aan het stuur en brengt de auto terug op de rechterbaan. Met een paar vingers houdt hij Passepartout in het spoor. 'En nou ga je normaal doen,' blaft hij, de sigaret in zijn mondhoek. 'Of ik leg je achterin.'

Trillerig neem ik het stuur weer over.

Van een carrière als commando is uiteindelijk niets terechtgekomen. Het was achteraf gezien nogal dwaas van me om te denken dat ik zou kunnen gedijen in een hiërarchisch systeem waarin ik als rekruut onderaan moest beginnen. Ik prikte vanaf de eerste dag al door het hele toneelspel heen. De protocollen, de onzin van bepaalde trainingen, de psychologie erachter. Ik zag de angst en onzekerheid in de ogen van de andere rekruten, maar ook in die van mijn meerderen.

Misschien liet ik dat te veel doorschemeren, want ze werden nerveus van me. Ik was een van de besten van mijn lichting, toch stuurden ze me naar huis, met een lafhartige smoes – iets vaags over mijn karakterstructuur. Ik vond het best. Dat leger was pure tijdsverspilling. Wat ze me daar hebben geleerd kan iedereen met een goed stel hersens zelf ook wel uitvogelen. Bovendien had ik mijn talenten als militair nooit ten volle kunnen benutten. En zou ik al zeker niet de erkenning en beloning hebben gekregen die me nu toekomen.

28

Het Noord-Spaanse binnenland is dor en uitgestrekt. Desolaat bijna, met rotsen en verdroogde velden en hoog daarboven de brandende zon. De hitte is nauwelijks te verdragen. Het is alsof we door een heteluchtoven rijden.

Mijn haar kleeft in mijn nek en mijn shirt is doorweekt. De geur die uit mijn kleding opstijgt is in de afgelopen uren penetrant geworden. Ik vind het niet erg – integendeel. Hopelijk stoot het Nick af. Ik ben de huivering in zijn stem niet vergeten. De beving in zijn ademhaling, toen hij vanochtend zijn vingers om mijn keel sloot en zijn neus langs de mijne wreef. Alleen al daarom wil ik dit niet aan hem hoeven vragen, maar ik houd het al op sinds vanochtend. De pijn in mijn onderbuik is te nadrukkelijk aanwezig.

We komen in de buurt van een paar gebouwen. Ze lijken schokkerig heen en weer te bewegen in de luchtlagen; volgens de borden zijn daarginds een restaurant en een pompstation.

'Ik moet naar de wc,' zeg ik.

'Pis maar in de berm.'

Ik schud mijn hoofd. 'Dan kan ik het niet.'

'Dan hoef je niet echt nodig.' Hij rekt zich uit alsof ik hem verveel met mijn gezeur.

'Sorry, ik...' Ik kijk naar de benzinemeter. Bijna leeg. 'We moeten ook tanken.'

'Weet ik.'

'Mag ik daar alsjeblieft naar de wc? En... en mezelf een beetje opfrissen? Ik beloof –'

'Wat beloof je?'

'Dat ik niet zal weglopen.'

Hij grinnikt alleen maar.

'Ik meen het.'

'Als je wegloopt, haal ik je terug,' zegt hij kalm. 'Dan kun je de rit voortzetten in de laadbak met een zak over je hoofd. En heel veel pijn.'

Mijn mond voelt op slag droog. 'Ik loop niet weg.'

Nick zegt niets meer. Als ik snel een blik naar opzij werp, zie ik dat hij grimmig voor zich uit zit te kijken, het petje diep over zijn voorhoofd getrokken. Hij lijkt minder last van de hitte te hebben dan ik, al tekenen zich donkere vlekken op zijn polo af en is zijn huid roder dan vanochtend.

Het pompstation doemt als een booreiland op uit de vallei. Ik slik mijn teleurstelling weg als ik het terrein op rijd. Het complex is bij lange na niet zo groot en modern als ik had gehoopt. Ik zie geen bewakingscamera's, er zijn geen toeristen. En geen politieauto's. Voor een aftands ogend restaurantje staan Spaanse vrachtwagens geparkeerd en een handjevol stoffige auto's met Spaanse kentekens. Er is ook een merkwaardig motel, met een betegelde gevel en neonverlichting boven de deur. Alles op deze plek ademt voorbije tijden; ik krijg de gewaarwording dat ik ben teruggeflitst naar een tijdperk van ver voor mijn geboorte.

Tussen het restaurant en het pompstation is een klein toilettenblok. Ik rijd erheen en zet de motor uit. Op het moment dat ik het portier wil openduwen grijpt Nick mijn pols vast en trekt me hardhandig naar zich toe. Ik voel de botjes kraken.

'Eerst tanken.'

Ik volg zijn bevel op. Bij elke beweging en bij elke stap die ik zet vrees ik dat mijn blaas het zal begeven, maar het vooruitzicht dat Nick me naar het toilet wil laten gaan, maakt dat ik me bijna euforisch voel.

Nick loopt vlak achter me de shop in en legt een hand op mijn rug terwijl ik afreken. Ik durf het jonge meisje dat de kassa bedient amper aan te kijken, zo bang ben ik dat Nick mijn acties verkeerd interpreteert en haar erbij betrekt. Bij het naar buiten lopen pakt hij me zogenaamd liefdevol bij mijn middel en drukt een kus in mijn hals.

Ik parkeer schuin voor het lage toiletgebouwtje in de schaduw van het restaurant. De overige parkeervakken zijn leeg, maar achter een raam zie ik een paar oudere mannen koffiedrinken. Ik zet de motor uit en wil mijn tas pakken, maar Nick heeft er zijn hand op gelegd. Hij trekt hem naar zich toe, ritst hem open en biedt me de inhoud aan alsof het een zak snoep is. 'Haal er alleen uit wat je nodig hebt.'

Ik merk nu pas zijn noordelijke accent op. Lichtjes, in de verte, maar het is er.

'Mag ik alsjeblieft mijn hele tas? Vrouwenzaken.'

Secondelang staart hij me aan, van zo dichtbij dat ik de grijze spikkels in het groen van zijn irissen zie. Als hij eindelijk begint te praten, is zijn stem niet meer dan een fluistering. 'Je kunt nergens heen, Iris. Nergens. Dus denk goed na wat je doet.'

'Ik... ik weet het.'

'Is dat zo?' Hij maakt een snelle handbeweging.

Ik krimp in elkaar. Met mijn ogen stijf dicht wacht ik gespannen op de klap.

Ik hoor Nick grinniken. 'Er is hier iemand die je wil spreken,' zegt hij en hij laat me zijn telefoon zien. LEVI staat er in het schermpje.

'Camping De Klaverweide,' gaat hij verder, met hoorbaar plezier in zijn stem. 'Eén-na-laatste veld. Derde caravan rechts. Hij slaapt met zijn vriendje in de blauwe tent.'

Elk woord dat hij uitspreekt voelt als een stomp in mijn maag. Mijn oren beginnen te suizen. 'Nee,' fluister ik. 'Nee, nee.' Ik schud mijn hoofd, blijf mijn hoofd schudden. 'Niet Levi. Je moet –'

'Hallo?' klinkt het door het speakertje. 'Mam?'

Levi's stem. Zo klein, zo jong.

'L-Levi...'

Nick beweegt de telefoon treiterig heen en weer. Zijn voorhoofd rust bijna op het mijne. Ik ruik zijn adem.

'Mam, ben jij dat?'

'J-ja,' hakkel ik. 'Waar ben je?'

'Gewoon bij Bastiaan. Wat praat je raar, mam? Van wie is dit nummer?'

Bij Bastiaan. Goddank. Tranen schieten in mijn ogen.

Nick trekt zijn telefoon bij me weg. 'Mama belt je zo terug,' zegt hij, en hij verbreekt de verbinding.

Ik staar hem perplex aan.

'Je zoontje is veilig. Of dat zo blijft, heb je zelf in de hand.' Hij wijst met zijn kin in de richting van het toiletenblok en duwt me mijn tas in mijn handen. 'Je hebt vijf minuten.'

Nadat ik was ontslagen uit het leger waren Frank en Remco al elders, los van elkaar, bezig hun eigen armzalige gezinnen te stichten. De zolder was voor mij alleen. Ik trok de oude bedden eruit, poetste de residuen van alle varianten aan lichaamsvocht van de muren en plinten, smeet er een paar blikken verf tegenaan en richtte de boel enigszins behoorlijk in. Het werd een prima uitvalsbasis, luxer dan ik in het leger gewend was en bovendien gratis. Niemand legde me een strobreed in de weg.

Mijn vader voegde zich instinctief naar de natuurwetten die elke aftakelende alfawolf begrijpt als hij op een dag tegenover zijn volwassen zoon komt te staan, en met mijn zussen Moni en Alexandra had ik de eerste tijd nauwelijks iets te maken; ze leefden hun eigen levens, we bestonden niet eens voor elkaar.

Ik stoorde me wel eens aan mijn moeder, die doorzichtige pogingen ondernam om onze verstandhouding te verbeteren. Een goedmakertje voor alle jaren waarin ze ons – haar zoons – nauwelijks in haar nabijheid had gedoogd. Het was aandoenlijk. Het schijnheilige roepen onder aan de trap: of ze nog wat voor me kon meenemen van de snackbar? De parkeerboete die ze voor me betaalde – 'Zeg maar niets tegen je pa.'

Misschien was het wel geen inkeer, maar zelfbehoud dat haar dreef om het mij naar de zin te maken. Vrouwen hebben een scherpere intuïtie dan mannen, waarmee ze hun gebrek aan agressie en kracht compenseren. Ma voelde aan dat ik nu iemand was om rekening mee te houden.

Ze is niet oud geworden. Ik kan niet anders dan concluderen dat ik in grote mate aan haar vroegtijdige dood heb bijgedragen. Ze was al jaren ziekelijk, maar uiteindelijk moeten de stress en het verdriet om mijn daad haar te veel zijn geworden. Ik kon er toen geen seconde om rouwen, en nu nog steeds niet. Uiteindelijk is elk mens de schepper van zijn eigen lot.

29

Ik haast me naar het toilettenblok met mijn tas onder mijn arm geklemd. Bij de ingang kijk ik om.

Nick is uit de auto gestapt en steekt een sigaret op, een gekromde hand om de aansteker. Zijn ogen zijn verscholen achter zijn zonnebril, maar ik voel dat ze op mij gericht zijn.

Gejaagd duw ik een smoezelige deur open waarop SEÑORAS staat. Er zijn drie toiletten, met saloondeuren van donker hout. Ernaast is een wasbakje met een verweerde spiegel erboven.

Terwijl ik mijn blaas leeg op een van de toiletten rits ik mijn tas open. Lipgloss, borstel, portemonnee. Ik probeer het zijvak. Voel in het vakje aan de binnenkant. Herhaal mijn zoektocht. Transpiratiedruppels sijpelen mijn nek in.

Ik doorzoek alles nog eens. *Lipgloss, borstel, portemonnee...* Mijn handen trillen en mijn zicht wordt troebel. Tegen beter weten in schud ik de inhoud van mijn tas uit over de bruine plavuizen. Geen telefoon. In mijn portemonnee zit alleen nog wat kleingeld. Ook de pasjes zijn eruit. En mijn ID-kaart is weg. Dat moet Nick zojuist nog hebben gedaan, direct na het afrekenen.

En ik heb er niets van gemerkt.

Ik sla mijn handen voor mijn gezicht en probeer na te denken. Nick heeft Levi's telefoonnummer. Hij kent niet alleen de camping, maar weet ook de kleur en standplaats van de tent waar Levi en Bastiaan in slapen. Dat soort informatie kun je alleen maar hebben als je daar bent geweest.

Hij volgde me dus in Nederland al.

Waarom? Wat betekent het?

Ik zie Levi's gezicht voor me. Dat van mijn vader. Van Bo en Maarten. Mischa – *waar hangt hij in hemelsnaam uit, kennen Nick en hij elkaar?* Van Renate. Mijn moeder, Philippe. Sander. Fabienne en mijn andere collega's. Hun gezichten draaien om elkaar heen, sneller, steeds sneller, een caleidoscoop van lachende gezichten, zorgeloos, in een andere dimensie, en ineens treft me het besef dat als Nick besluit me te vermoorden en mijn lichaam ergens in dit onherbergzame gebied achterlaat, niemand ooit te weten zal komen wat er met me is gebeurd. Misschien word ik niet eens gevonden en blijf ik voor eeuwig vermist, zoals zo veel mensen die nooit zijn teruggekomen van een reis naar het buitenland.

Ik geloof dat ik huil, bijna geluidloos, terwijl ik met onvaste bewegingen mijn spullen terug in mijn tas stop. Nu is er nog maar één gezicht dat ik voor me zie. Dat van Levi.

Gelukkig heeft hij zijn vader nog.

Niet zo denken, Iris.

Niet doen.

Het wc-papier is op. Ik kijk om me heen, draai me om op zoek naar een nieuwe rol, en dan zie ik het raampje vlak onder het plafond. Of eigenlijk is het geen raam, maar een gehavend kozijntje waar gaas tussen is gespannen, met plastic ervoor. Het ritselt een beetje door de wind.

Ik knoop mijn shorts dicht, ga op de pot staan en trek zo goed en zo kwaad als het lukt het plastic weg. Meteen voel ik een warme bries in mijn gezicht. Ik wip op mijn tenen en trek me op met mijn ellebogen, zet één voet tegen de wand en de andere op het gammele wandcloset. Het houdt. Daarbuiten zie ik een stukje van de achterkant van de gebouwen. Verder weg, aan het einde van het dal, rijzen hoge bergen op. In het veld staat een metalen hangar midden in een groepje dorre bomen. Er is daarbuiten geen mens te bekennen.

Het gaas heeft in de loop van de tijd allerlei dode insecten, spinrag en vuil verzameld. Ik klauw erin, trek eraan. Het draad is dun en geeft mee, rekt geleidelijk uit. Ik trek harder, nog harder. Het ijzer snijdt in mijn vingers, maar de pijn voel ik nauwelijks.

Hoorde ik nu iets? Ik kijk over de wanden van de toiletunits heen naar de deur. Die blijft gesloten. Ik ga door. Het gaas laat los aan één zijde, het ijzerdraad glijdt onder de nietjes en kromgeslagen spijkers vandaan. Ik duw het aan de kant. Het gat is groot genoeg. Als ik me optrek zie ik pas dat er bloedvegen op mijn handen en polsen zitten.

Ik wurm me door het raampje heen, laat me in het warme zand vallen en druk me plat tegen de muur. Uit het dorre landschap stijgt een krekelconcert op. Een paar stoffige weggetjes kronkelen in de richting van het gebergte. Hoog in de diepblauwe lucht zweeft een roofvogel.

Het enige wat ik nodig heb, is een telefoon. Ik moet Bo en Maarten waarschuwen, desnoods Sander. Levi moet meteen naar een veilige plek.

De rest is bijzaak.

Er beweegt iets links van me. Ik druk me dichter tegen de muur. Een man loopt tussen de gebouwen door naar de hangar. Hij is van de leeftijd van mijn vader en minstens een halve kop kleiner dan ik. In zijn hand draagt hij een canvas tasje.

Ik ren op hem af. *'Mister, señor, help!'*

Hij wandelt verder zonder op of om te kijken.

'Señor! Hello!'

Hij lijkt me niet te horen.

Ik sta inmiddels in het open veld, een flink stuk bij de gebouwen vandaan. Als Nick om het toiletgebouw heen loopt, ziet hij me hier meteen.

'Mister, mister!' Ik versper hem de weg en zwaai met mijn armen. *'Please, help!'*

Zijn ogen liggen diep in een gezicht van rimpelig leer. Nieuwsgierig neemt hij me op.

'Telephone, I need a phone,' roep ik.

Uiterst traag tikt hij met zijn wijsvinger tegen zijn oorschelp en draait de zijkant van zijn hoofd naar me toe. Een gehoorapparaat. Ik geloof dat hij me duidelijk probeert te maken dat het niet goed werkt.

Zenuwachtig kijk ik om me heen.

Dit is zinloos. Het duurt nu al veel te lang. Ik vecht tegen de impuls om weg te rennen, de bergen in, zo ver mogelijk bij Nick vandaan. Ik moet terug. In het restaurant waren mensen. Er zijn daar telefoons, zodat ik Bo kan bellen. En het alarmnummer.

Is dat in heel Europa hetzelfde?

Als ik weer terug ben bij de gebouwen voelt het alsof er een halfuur is verstreken sinds ik uit de auto ben gestapt, maar het zullen in werkelijkheid misschien niet meer dan vijf, zes minuten zijn geweest.

Ik ren in de harde schaduw tussen de gebouwen door naar voren toe. Mijn benen trillen en mijn mond is kurkdroog, maar ik voel me scherper dan ooit. Bij de hoek houd ik mijn pas in. Schuin voor het toiletgebouw staat

Toet nog steeds op dezelfde plek als waar ik haar heb achtergelaten. Iemand heeft er een busje naast geparkeerd, waardoor ik niet kan zien of Nick in de auto is gaan zitten of daar nog ergens staat.

Ik schat mijn kansen in. Als Nick bij de auto is, zal hij me meteen zien rennen. Maar als ik snel genoeg ben, kan ik het misschien halen.

Nee: ik *moet* het halen.

Dit is mijn enige kans.

Wat er ook gebeurt, ik mag me door niets of niemand laten afleiden totdat ik in het restaurant ben.

Op het moment dat ik naar voren schiet, voel ik een luchtverplaatsing. Ik word ruw naar achteren getrokken en klap met mijn rug tegen iets hards aan. Een hand over mijn gezicht, sterke vingers die zich om mijn keel sluiten. Ik herken zijn geur – mannenzweet vermengd met nicotine.

'Waar bleef je nou?' klinkt het in mijn oor. Kalm, te kalm.

Ik begin in het wilde weg naar achteren te trappen en raak Nick waar ik hem kan raken. Tussen de gesloten vingers van zijn hand door probeer ik zo veel mogelijk geluid te produceren. Ik worstel, ik spartel. Het heeft nauwelijks nut. Het lijkt alsof hij precies weet wat er gaat komen, eerder nog dan ik het zelf heb kunnen bedenken. Zijn vingers sluiten zich steviger om mijn hals. Ik kan bijna niet meer ademen, voel me licht in het hoofd worden. Ik probeer hem te bijten, open mijn mond zo ver als het lukt en krijg grip op zijn taaie huid. Ik drijf mijn tanden in het stugge vel, bijt me erin vast als een dier in doodsnood, harder, zo hard als ik kan, terwijl ik blijf trappen, mijn lichaam heen en weer wring en met mijn ellebogen naar achteren hoek. Er kraakt iets. Ik voel het tussen mijn lippen.

Nick slingert me met een vloek van zich af.

Ik kom hard op mijn rug op de grond terecht, tussen steengruis, planken en ijzer. Er ligt hier bouwafval, half overwoekerd door verdord onkruid. In een opwelling grijp ik een stuk ijzer van de grond. Het is hoekig, roestig en zwaar, maar het gewicht deert me niet. Op het moment dat Nick me aan mijn schouders omhoogtrekt, haal ik uit. En nog eens. Hij wankelt, knippert met zijn ogen, en als zijn greep verslapt trek ik me los. Ik werp het ijzer met kracht naar zijn gezicht en zet het op een lopen. Ik vlieg. Er bestaat geen zwaartekracht meer. Ik jaag over het asfalt, langs de auto's, naar het restaurant. Andere mensen, getuigen.

Redding.

'Met mij. Houd je commentaar voor je graag, maar Iris is ervandoor.'

'Hoe kan dat nou?'

'Ik heb haar onderschat. Ze vocht als een leeuw.'

'Waar is ze nu?'

'In een restaurant.'

'Ga haar halen, dan.'

'Gaat niet. Het is daar te druk.'

'Dus wat nu?'

'Ik heb je nodig, vrees ik.'

...

'Ben je daar nog?'

'Ja, ik ben er. Ik loop alvast die kant op. De kinderen zijn de hele middag al aan het voetballen.'

30

Schrootjes, een houten bar en bruine meubels – het schemerige restaurant lijkt rechtstreeks uit een cultfilm van voor de eeuwwisseling te komen en hetzelfde geldt voor de gasten. Kaartspelende senioren bij het raam, een jong stel met een baby in het midden van de zaak, een eenzame twintiger met een ouderwetse bril: ze staren me zwijgend aan, en allemaal zijn ze te warm gekleed voor deze snikhete zomer. Dit zijn geen toeristen, besef ik.

Het wegrestaurant is een dorpscafé.

'Telephone,' weet ik hijgend uit te brengen. Ik beef over mijn hele lijf.

Alle ogen zijn op me gericht. Ik word bekeken met een mengeling van argwaan en nieuwsgierigheid.

Niemand komt in beweging. Niemand reageert.

'Please? I need to make a call.'

Ik realiseer me dat als Nick nu naar binnen stormt en me mee naar buiten sleurt, geen van de aanwezigen me zal helpen. Ze staren me aan alsof ik een buitenaards wezen ben.

Achter de bar staat een vrouw met een smal gezicht, haar vingers liggen als bevroren om de hendel van de biertap.

Ik loop op haar af. *'Help me!'*

Ze deinst terug.

Ik maak het universele belgebaar, mijn duim en pink naast mijn gezicht. *'I need a phone. Please, now! Police!'*

Ze keert me haar handpalmen toe alsof ze me wil afweren.

Ik trek me op aan de bar en kijk erachter. Er ligt geen telefoon. Er hangt er ook geen aan de muur. *'Telephone!'* schreeuw ik nog eens. Mijn stem slaat over en de tranen schieten in mijn ogen. Ik sla met mijn platte handen op het marmeren blad van de bar. *'Now, nów!'*

Gejaagd werp ik een blik in de richting van de deur. Nick is ziedend, zoveel is zeker. Misschien heb ik zijn vinger wel gebroken. Ik durf er niet aan te denken wat hij met me zal doen als hij me te pakken krijgt. Hij zal niets van me heel laten.

Je zoontje is veilig. Of dat zo blijft, heb je zelf in de hand.

Mijn god, wat heb ik in gang gezet?

Ik ren paniekerig naar het rookglazen raam waar de kaartende mannen zitten. Toet staat er daarbuiten verlaten bij. Geen Nick te zien.

Ik kijk verschrikt op als ik iets hoor piepen. Achter in het lokaal gaat een deur open. Er stapt een vrouw van middelbare leeftijd naar binnen, kort van stuk en met een rond, vriendelijk gezicht. Ze draagt een gehaakt vest dat als vitrage afhangt aan weerszijden van haar boezem. Vanachter de tap ratelt de barvrouw in het Spaans naar haar en wijst naar me. De vrouw hoort haar aan, knikt, kijkt naar mij, knikt nog een keer. Een van de gasten bemoeit zich ermee.

De vrouw maakt oogcontact met me. Ze wenkt, ongeduldig. *'Vamos, vamos.'*

'Telephone, police,' herhaal ik, al minder hard dan zojuist.

Ze heft haar handen. Ze begrijpt het. Tenminste, dat hoop ik.

Ik draaf tussen de tafeltjes door naar haar toe.

Ze gaat me voor een benauwd gangetje in, een trap op, weer een gang door. Langs de muren staan dozen en kratten opgestapeld. Pakken papier. Trays met blikken. We komen langs de restaurantkeuken.

Aan het einde van de gang is een deur. Door de kieren eromheen komt zonlicht naar binnen.

Ik houd mijn pas in. *'No, no!'*

De vrouw draait zich om.

Ik herhaal dat ik een telefoon nodig heb.

Geduldig knikt ze en hoewel we verschillende talen spreken, begrijp ik wat ze bedoelt: *rustig maar, ik breng je naar een telefoon.*

Maar ik wil niet door die deur.

Niet naar buiten.

Ik leg mijn handen om mijn keel, doe alsof ik stik en beeld dan een menselijke figuur uit. Mijn armen strek ik hoog boven me uit: *groter dan ik.* Wijs dan in de richting van de deur.

'Vale, vale,' zegt ze, gevolgd door een waterval aan woorden waarvan ik er geeneen versta. Dan pakt ze met beide handen mijn pols vast en draait mijn handpalm naar boven.

Een rafelige snijwond loopt van het midden van de palm naar mijn duim. Het bloed glinstert als vloeibaar teer. Op mijn andere hand zit ook bloed. Vegen op mijn polsen. Krassen van het gaas, herinner ik me. De diepere wond is van het stuk ijzer dat ik naar Nick heb gegooid.

De vrouw bekijkt mijn wond met een ernstige uitdrukking. Ze beweegt haar hand erboven, in een cirkel, als een bezwering, en wijst dan naar buiten. Daar moeten we heen, maakt ze me duidelijk. *'Teléfono,'* voegt ze eraan toe, en ze maakt de deur open.

Hij komt uit op een portaal, een ijzeren raamwerk met getrommeld glas. Aarzelend stap ik over de drempel en laat me mee naar boven nemen, een betonnen trap op die naar een veranda leidt. Op de treden ligt kinderspeelgoed en er staan plastic potten met geraniums. Ik hoor stemmen daarboven. Iemand lacht – een vrouw. Op de veranda ligt een kat met zijn pootjes gekromd onder zijn borst naar ons te loeren.

De vrouw trekt een hordeur open en wenkt me ongeduldig. We komen terecht in een woonkamer. Tegelvloer, gele wanden, eiken meubels. Een vrouw die sprekend op de bardame lijkt – ze heeft eenzelfde smal gezicht, met katachtige, dicht bij elkaar staande ogen – is bezig rollers in het haar van een bejaarde vrouw te draaien. In een fauteuil zit een man van middelbare leeftijd tv te kijken. Onder de tafel zijn twee peuters aan het spelen.

Iedereen kijkt me nieuwsgierig aan. Als de vrouw haar stem verheft komt de jongere vrouw meteen in beweging. Ik word bij de arm gepakt en meegenomen naar een keukentje. De jonge vrouw draait een kraan open, de oudere duikt een keukenkastje in en pakt er een EHBO-blik uit.

Met het blik tegen zich aan geklemd wijst ze naar haar borst. 'Monza,' zegt ze, en ze wijst naar de jongere vrouw: 'Ana.'

'Iris,' breng ik uit.

Ze herhalen allebei mijn naam en knikken er vriendelijk bij. *'Alemania? Holanda?'*

'Holanda,' herhaal ik.

Ana geeft me een glas vruchtensap, dat ik amper kan vasthouden omdat ik zo tril. Mijn gewonde hand wordt door Monza onder stromend water gehouden. Het prikt hevig en ik wend mijn hoofd af in de richting van het raam.

Tussen de vitrage door zie ik de doorgaande weg liggen: een zwarte reuzenslang waarvan de staart aan de horizon tussen de bergen verdwijnt.

Ik vraag opnieuw om een telefoon, maar ze schudden allebei het hoofd. Monza dept al pratend mijn hand droog, druppelt een bijtend goedje op de wond en drukt er een gaasje op. Ana trekt met haar tanden een rolletje verband open. De twee werken perfect samen. Ik vermoed dat ze moeder en dochter zijn, en dat deze familie het restaurant en misschien ook wel het pompstation beheert.

Ik drink mijn glas met een paar grote teugen leeg en zet het op het aanrecht. De wond prikt al minder.

Als ik weer naar buiten kijk, zie ik een auto in de richting van de bergen rijden. Zonlicht weerkaatst op de lak. Ik knijp mijn ogen samen. Die vorm. Het reservewiel.

Het is Toet.

Ik kijk mijn moeders auto na tot die in de zanderige verte is verdwenen.

Na mijn kortstondige legeravontuur brak een verwarrende periode aan. Thuis werd ik met respect behandeld, maar daarbuiten stelde ik zonder opleiding of cv geen moer voor. Ik kende mijn potentieel nog niet en pakte alles aan wat me werd aangeboden. Mijn broers hielden destijds hun kop boven water met een uitkering en vage handeltjes – een populaire combinatie bij ons in de wijk. Frank en Remco waren niet de stomsten en misschien hadden ze hun leven nog een positieve wending kunnen geven, maar pa's armzalige genen trokken harder aan die twee. Ze snoven en zopen alles stuk.

Ik heb een tijd achter een kraam op de markt gestaan, een blauwe maandag huishoudelijke artikelen verkocht en ten slotte werd ik pizzakoerier, wat me nog het beste beviel. Niet door het werk zelf, maar door wat er na sluitingstijd gebeurde. Corné, de eigenaar van de pizzeria, heeft uiteindelijk een cruciale rol in mijn loopbaan gespeeld. In zijn kantoor leerde ik mensen kennen die me mijn eerste serieuze opdrachten gunden.

Maar toen was dat ene al gebeurd, thuis.

Dat ene waardoor alles kantelde.

31

Alle spieren in mijn lijf zitten vast. Ik heb mijn schouders zo hoog opgetrokken dat mijn rug aanvoelt als een schild. Van elk geluidje dat van buiten komt schrik ik – tegen beter weten in blijf ik bang dat Nick plotseling in de deuropening verschijnt en niet alleen mij, maar ook dit lieve gezin iets aan zal doen. Nick lijkt me niet het type dat het zomaar opgeeft, dus ik moet hem goed hebben geraakt met dat stuk ijzer.

Monza is nu de politie aan het bellen. Ik hoop dat het niet lang zal duren voordat ze hier zijn.

Ana geeft me een mok koffie, waar ze ongevraagd drie suikerzakjes in leegstrooit. De kristallen knarsen onder mijn lepeltje als ik achter haar en Monza aan de woonkamer in loop. Ana's kinderen spelen aan de voeten van hun vader, die uit zijn fauteuil is opgestaan om interesse in de ongewone situatie te tonen. De goede wil is er, maar communiceren gaat heel moeizaam. Ik hoop dat de politie wel Engels spreekt.

Monza overhandigt me haar telefoon en maakt me duidelijk dat ik mag bellen. Ik neem het toestel dankbaar van haar over, maar dan blijven mijn vingers als bevroren boven de toetsen hangen. Bo's nummer ken ik niet uit mijn hoofd. Dat van Levi wel. Van de zenuwen vergeet ik tot twee keer toe het landnummer te kiezen en daarna gaat het nog eens mis. Pas bij de vierde poging gaat de telefoon over. Ik sluit mijn ogen en haal diep adem. Bo en Maarten mogen Levi geen moment meer alleen laten. En ze moeten meteen de politie inschakelen. Ik realiseer me echt wel dat Nick, zelfs als hij het voor elkaar krijgt om vanmiddag nog een vliegtuig naar Nederland te nemen, nooit voor vanavond laat op de camping kan zijn, maar toch.

De telefoon gaat drie keer over. Vier keer.

'Eh... hallo?' Levi klinkt timide. Hij herkent dit nummer natuurlijk niet.

'Hoi schat, hier is mama.'

'Mama, er –'

Gerommel aan de andere kant van de lijn.

'Iris?' Een vrouwenstem die ik niet herken, metalig en scherp.

'Eh, ja?'

'Het is te hopen dat er nog geen politie bij betrokken is. Anders heb je daarmee het doodvonnis van je zoontje getekend.'

Moni werd ruim vijf jaar na mij geboren; ma noemde haar 'de toegift' en bekeek haar met een blik in haar ogen die ons alle vier diep jaloers maakte. Het nakomertje kreeg op haar zevende een eigen kamer. De zon leek daar altijd te schijnen, terwijl het bij ons bedompt en schemerig was. Pa heeft de muren eigenhandig nog roze staan sauzen, sjekkie in zijn mondhoek, een lok haar voor zijn ogen. In reactie op onze protesten riep hij: 'Jullie mankeren toch niets aan je klauwen, of wel? Breng dat smerige rovershol zelf maar op orde.'

Moni's bed was meestal opgemaakt – dat deed ma voor haar – en op haar deur zat een slot. Haar kamer was als een neutrale zone in oorlogsgebied en Moni zelf bewoog zich door het huis als een heilige, met een teflon gecoate glimlach. Om haar bigachtige gezicht straalde een aureool van onschuld. Zij was de enige die nooit werd geslagen, dus het kan eigenlijk niet anders of Moni heeft onze jeugd heel anders ervaren dan Frank, Remco, Alexandra en ik.

In de loop van de jaren raakte iedereen eraan gewend dat Moni het gewenste kind was en wij door onze ouders werden beschouwd als een lagere levensvorm. Ik kon de aandacht die ze kreeg niet goed hebben, maar ik had geen last van haar. Onze levens raakten elkaar nauwelijks.

Daar kwam verandering in toen ik alweer een poosje thuis woonde. Moni was veertien en in korte tijd onherkenbaar veranderd. Ze had haar blonde haar wit gebleekt, droeg kunstna-

gels en veel te veel make-up. Moni begon zich aan te stellen en maakte constant bijdehante opmerkingen, waarmee ze me met de dag meer irriteerde. Achteraf denk ik dat ze dat deed in een reactie op ma die zich zo opzichtig bij me aan het inlikken was, maar waar iedereen me instinctief uit de weg ging, zocht zij de confrontatie juist op. Ze daagde me uit. Steken onder water tijdens het eten, dingen 'lenen' van mijn zolder, opmerkingen over vriendinnetjes (of eerder het ontbreken daarvan); er ging geen dag voorbij of ze probeerde me uit. Het werd tijd dat ik haar duidelijk ging maken dat de dynamiek in huis was veranderd.

32

'Doodvonnis?' Alle haartjes op mijn lijf staan rechtop.

'Heb je de politie gebeld?'

'Nee,' zeg ik hees. Dat is ook zo, ik hoef niet te liegen – ík heb dat telefoontje niet gepleegd. 'Met w-wie spreek ik?'

De vrouw negeert mijn vraag. 'Waar ben je nu?'

Ik kijk om me heen. Naar de peuters die verderop aan het spelen zijn. Ana's echtgenoot die naar de tv zit te staren. Monza en Ana, hier aan de keukentafel, die me afwachtend en een beetje bezorgd aankijken. Ik mag deze familie niet in gevaar brengen.

'In een restaurant bij een benzinepomp,' zeg ik schor.

'Is er iemand bij je?'

'Ja.'

'Luistert diegene mee met dit gesprek?'

'Nee.'

'En er is nog geen politie gebeld?'

Ik knijp mijn ogen stijf dicht. Het zweet gutst over mijn rug. 'Nee, nog niet,' zeg ik, en ik kan alleen maar hopen dat de Spaanse politie nog even wegblijft.

Ze zegt niets meer.

Ik druk mijn andere oor met mijn vlakke hand dicht en luister geconcentreerd. Kinderstemmen, een voorbijrijdende scooter.

Hoor ik muziek?

'Oké,' klinkt het ineens. Haar stem komt een beetje vervormd binnen. De metalige klank komt misschien door de slechte verbinding. 'Ga nu meteen naar buiten en loop naar de weg. Volg die in westelijke richting en blijf doorlopen, goed zichtbaar voor passanten. Nick pikt je op.'

'Goed.'

'Zeg tegen niemand waar je heen gaat. Kom alleen. Zorg dat je niet wordt gevolgd.' Ze praat ineens zo zacht dat ik haar nog nauwelijks kan verstaan, maar ik voel de kille betekenis tot diep in mijn botten doorsijpelen. 'Als je niet alleen bent, of Nick het niet vertrouwt, zul je Levi nooit meer zien.'

Ik proef bloed aan de binnenkant van mijn wang.

Harder vervolgt de stem: 'Begrijp je wat ik zeg?'

'Ja. Laat me alsjeblieft met mijn zoon praten.'

'Maak een verstandige keuze, Iris.'

De verbinding wordt verbroken.

Een snerpend tuut-tuut-tuut resoneert in mijn hoofd.

Om me heen is het doodstil geworden. Monza, Ana en haar man, de kinderen – hun blikken zijn op mij gericht.

Monza verbreekt als eerste de stilte. Ik versta niet wat ze zegt, maar dat ze zich zorgen maakt is duidelijk. Ze neemt de telefoon van me over en kijkt van mij naar het toestel en weer terug.

Ik spring op. Mijn stoel valt naar achteren en komt met een klap op de grond terecht. 'Sorry,' zeg ik, en ik pak hem bij de rug op en zet hem onhandig terug op zijn plaats. *'Sorry, I have to go.'*

Monza fronst.

'No problem. No problemo,' stamel ik.

Ana kijkt me bijna beschuldigend aan met haar grote, donkere ogen. Monza zegt iets tegen me. Ik versta het woord *policia*.

Maar de politie kan niets voor Levi doen.

'Sorry,' herhaal ik, terwijl ik achterwaarts naar de hordeur loop. Ik steek mijn verbonden hand omhoog en probeer te glimlachen. *'Gracias, mucho gracias.'*

'Heeft ze de politie gebeld?'

'Ik denk het niet, maar ik weet het niet zeker. Wees voorzichtig. Ik blijf hier stand-by.'

'Lukt dat?'

'Maak je geen zorgen, ik heb het onder controle.'

33

Hoog in het eindeloze blauw cirkelen roofvogels op de thermiek, schijnbaar moeiteloos, hun vleugels wijd uitgespreid. Hierbeneden voelt elke stap die ik zet zwaar en moeizaam. Fijn zand waait op van de gortdroge aarde, het prikt in mijn ogen en blijft plakken aan mijn bezwete huid. De zon brandt op mijn schouders.

Ik draai me om en houd mijn hand boven mijn ogen. In de verte zindert het gebouwencomplex als een fata morgana. Nog even en het verdwijnt achter de horizon. Hoelang loop ik hier nu al? Zonder telefoon heb ik geen idee van de tijd. Af en toe passeert er een auto of vrachtwagen, maar Nick is er niet bij.

Ben ik de verkeerde kant op gelopen?

Heb ik die vrouw wel goed begrepen?

Wat als Nick is opgepakt door de politie?

Ik veeg met mijn onderarm het zweet van mijn voorhoofd. Plukken haar kleven in mijn nek.

Waar is Levi nu?

Wordt hij gevangengehouden?

Ik probeer uit alle macht het ondraaglijke beeld van een angstige Levi uit mijn hoofd te zetten. Met wat voor monsters heb ik te maken? Wie is die vrouw? Waar gaat dit om?

Ik put een beetje hoop uit de gedachte dat als Levi daadwerkelijk is ontvoerd, er nu in Nederland groot alarm geslagen moet zijn. Misschien is er al een AMBER Alert uitgegaan. Het hele land kijkt uit naar mijn zoon. Mijn telefoon staat nu vast roodgloeiend. Bo, Sander, mijn vader: iedereen zal proberen me te bereiken.

Maar Nick heeft mijn telefoon.

Ik ben zo diep in gedachten verzonken dat ik de naderende auto niet meteen in de gaten heb. Pas als hij naast me tot stilstand komt, merk ik hem op.

Nick duwt het portier open. ‘Instappen.’

Ik schrik van zijn gezicht. Een kartelige snee loopt van net boven zijn mondhoek schuin weg naar zijn jukbeen. De wond is bedekt met geronnen bloed en eromheen is de huid dik en blauw. Zijn oog zit aan die kant een beetje dicht. Maar de wond is niet het ergste.

Het is de blik in zijn ogen die me doet terugdeinzen.

De dag waarop alles kantelde waren Moni en ik alleen thuis. Ze was in de badkamer en blèrde mee met de radio. Ik werd er gek van, het gejammer dreinde dwars door de houten vloer heen. Ik stampte een paar keer op de grond, zij deed of ze me niet hoorde.

Ik rende de trap af.

Trok de deur open.

Ze zat in bad. Naakt. Keek me uitdagend aan.

Ze schold.

Ik schold terug.

Ik zette de radio uit.

Zij zette hem weer aan en draaide het volume zo hard open dat de boxjes begonnen te krassen.

Ze lachte me uit. Ik was een sukkel. Een loser. Ik moest maar weer met geweertjes gaan spelen in dat stomme leger met al die andere losers – o, wacht, nee: daar wilden ze me niet meer hebben.

Haar naaktheid, de huid glad en glanzend van de zeep, haar onvolgroeide borsten, die ze niet eens bedekte, de schaamteloosheid ervan. Zwarte vegen onder haar ogen van de uitgelopen mascara, of wat het ook was dat ze op haar gezicht smeerde.

Hé, eikel, kun je het zien?

Loser.

De föhn lag op het plankje boven de wastafel met de stekker in het stopcontact. Ik greep het ding vast en hield het dreigend boven het bad.

'Bek houden,' schreeuwde ik. 'Je moet je bek houden!'

Misschien heb ik meer gezegd. Vreemde dingen. Woorden die ik niet graag herhaal. Maar op het moment dat ik het apparaat, werkend en wel, in het badwater wilde smijten, begon ik toch te twijfelen.

Oorzaak en gevolg. Ik wist wat het resultaat kon zijn. Dat had ik gezien op rotten.com en in talloze films.

Moni zei niets meer.

Ik zei niets meer.

Toen hoorde ik een stem achter me. Helder. Duidelijk. 'Doe het.'

34

Nick verlaat de doorgaande weg. Hij draait een karrenspoor op dat parallel loopt aan een greppel – in nattere tijden waarschijnlijk een beek. Er groeien doornstruiken en overal liggen enorme keien. Toet bokt, maar Nick heeft het stuur stevig vast. Hij rijdt door totdat we uit het zicht van de weg zijn, remt af en zet de motor uit.

Er is nu alleen nog het getsjirp van de krekels. Fijn zand dwarrelt de cabine in. Ik kijk om me heen. Rotsen, kiezels. Een dode boom.

Nick steekt een sigaret op. Hij inhaleert diep en blaast de rook expres mijn kant op. Nu pas valt het me op dat zijn vinger verbonden is.

'Waar is Levi?' vraag ik.

'Mooi concept is dat, de liefde van een moeder voor haar kind.' Hij grijnst onaangenaam. *'Once you care, you're fucked.'*

Ik klem mijn kaken op elkaar.

'Niet alle kinderen mogen dat geluk ervaren, weet je.'

'Wie is die vrouw?' vraag ik.

'Mijn back-up is op de camping bij je zoontje.' Hij tuurt bedachtzaam naar de rook die hij uitblaast. 'Levi's vakantie blijft leuk voor hem, zolang zijn moeder zich gedraagt.'

Mijn telefoon gaat.

'Speaking of the devil,' mompelt Nick, terwijl hij mijn mobiel uit zijn zijzak opdiept. Hij tikt ermee op zijn knie en kijkt ernaar alsof het een waardeloos ding is en hij twijfelt wat hij ermee zal doen – houden of weggooien.

Het vrolijke deuntje heeft nog nooit zo sinister geklonken.

'Alsjeblieft,' zeg ik.

Nick doet alsof hij mijn telefoon uit het raam wil gooien, maar overhandigt hem dan alsnog aan me. Meteen legt hij zijn vrije hand op het toestel, de smeulende sigaret tussen wijsvinger en verbonden middelvinger. 'De spelregels. Smalltalk. Niet te veel vragen stellen.'

Ik knik.

'Mocht hij naar mij vragen: je hebt me onderweg leren kennen.'

Ik knik nog eens en neem haastig op. 'Levi?'

'Hoi, mam,' klinkt het opgetogen.

'Ik... ik hou van je, Levi.' Tranen stromen over mijn wangen. 'Is alles goed?'

'Ja, het is hier superchill.'

Ik hoor een hond blaffen. Kinderstemmen. Is dat Bo die daar lacht? Het lijkt er inderdaad op dat Levi op de camping is, zich onbewust van de surreële hel waarin we samen terechtgekomen zijn.

En dat moet zo blijven.

'Eh... wie zijn daar bij je?'

'Bastiaan en zijn ouders.'

'Niemand anders?' Met moeite onttrek ik me aan Nicks indringende blik.

'Nou, er zijn hier heel veel mensen, hè, mam,' zegt hij belerend, en hij begint enthousiast te vertellen over een pizzeria in het dorpje waar ze gisteren met z'n vieren hebben gegeten.

Geen woord over een vrouw die zijn telefoon heeft afgepakt. Mijn hersens werken op volle toeren: is zij een campinggast? Kan het zijn dat zij buiten gehoorafstand van Levi met me heeft gebeld? Wat er ook is voorgevallen, het heeft totaal geen indruk op hem gemaakt.

'En weet je wat ze daar als toetje hadden, mam? Een Nutella-pizza! Met poedersuiker en alles.'

'Jij boft maar.'

Ik hoor Maarten lachen op de achtergrond. Alles klinkt angstaanjagend normaal.

'Mam, als je weer thuis bent, gaan we dan ook een keer zo'n pizza maken?'

'Ja, hoor.'

'O, écht?'

Zijn blijdschap over zoiets simpels als een pizza scheurt dwars door mijn ziel. Ik proef nattigheid en zout op mijn lippen en besef met enige vertraging dat het mijn eigen tranen zijn.

'Ben je eigenlijk al bij oma?'

'Nog niet.'

'Waar ben je nou?'

'In het noorden van Spanje.'

Bo zegt iets wat ik niet versta. Ik zou wel door de verbinding heen willen kruipen. De mogelijkheid dat Nicks handlangster een campinggast is, laat me niet los.

'O, mam, wie was eigenlijk die meneer?'

'Eh... meneer?'

Nick gaat verzitten. Zijn ogen smeulen.

'Ja, die meneer die zei dat je zou terugbellen. Bo vraagt het.'

'O, dié meneer,' antwoord ik zo luchtig mogelijk. 'Die eh... rijdt een stukje met mama mee.'

'Maar wie is hij dan?'

Ik blokkeer.
Ik kan geen woord meer uitbrengen.
'Mam?' dringt hij aan.
Zou Levi dan toch voelen dat er iets niet in orde is? Of geeft hij simpelweg uiting aan zijn bestaande angst: dat zijn moeder interesse heeft in een andere man dan zijn vader?
'Gewoon iemand,' zeg ik schor. Ik zoek vergeefs naar meer woorden. Normale, geruststellende woorden. 'Een... een...' Mijn adem stokt. Zweetdruppels sijpelen over mijn gezicht en vermengen zich met mijn tranen. 'Een aardige man met autopech.' Mijn stem klinkt een octaaf hoger als ik vraag: 'Hoe gaat het eigenlijk met Duifje, slaapt hij nog bij jullie in de tent?'
Tot mijn opluchting gaat Levi enthousiast in op mijn afleidingsmanoeuvre. Bastiaans labrador laat 'dikke vette scheten' en ligt daarom nu 's nachts weer aan de lijn bij de caravan.
Nick maakt een kapbeweging.
'Maar eh... mama moet weer gaan rijden, lieverd.' Mijn gemaakte vrolijkheid schuurt tegen het hysterische aan. 'Pas alsjeblieft goed op. Ga nergens alleen heen, altijd samen met iemand die je goed kent, beloof je dat?'
'Mám...'
'Beloof het!'
Nicks ogen schieten vuur.
'Jahaa...'
'Dag lieverd, ik hou –'
Nick grist de telefoon uit mijn hand, zet hem uit en propt hem in zijn zak. 'Dat was op het randje.'
Ik kijk zwijgend voor me uit. Seconden tikken voorbij zonder dat iemand iets zegt of zich alleen maar verroert. Ik voel zweetdruppels in mijn nek glijden. De snijwond in mijn hand is weer gaan prikken.

'Wat willen jullie van ons?' vraag ik, met mijn blik op een punt in de verte gericht. 'Waarom hebben jullie mij en Levi uitgekozen? Zo interessant zijn we niet.'

Zijn mond plooit zich in een geamuseerd glimlachje.

Nu of nooit. 'En, Nick... Ik weet dat je er niet over wilt praten, maar...' Ik haal diep adem. 'Waar is Mischa? Jij hebt hem voor het laatst gezien. Ik kan me echt niet voorstellen dat hij –'

'Uitstappen.' Hij trekt de sleutel uit het contact en drukt zijn peuk uit in het asbakje, dat door mijn ouders nooit als zodanig is gebruikt. Dan springt hij uit de auto.

Ik aarzel, maar hij is al bij me en trekt me aan mijn schouder eruit. Half vallend, half struikelend kom ik op de harde aarde terecht.

Nick wijst met zijn kin naar de achterkant van de auto. 'Lopen.'

Ik krabbel op en loop onvast voor hem uit.

De sleutelbos rinkelt terwijl hij de achterdeur openmaakt. De veertig jaar oude scharnieren kraken.

Ik blijf als aan de grond genageld staan. Daar, recht voor me, op de houten laadvloer, tegen de bank, ligt Mischa's rugzak. Zijn slaapmat ligt ernaast, keurig opgerold.

'Hopelijk was je niet te veel aan hem gehecht,' hoor ik Nick naast me zeggen.

'Nee,' weet ik uit te brengen. 'Ik geloof je niet.'

Nick zet een stap dichterbij. Zijn ogen glijden over me heen. Over mijn gezicht, mijn buik, mijn borsten. Ongegeneerd neemt hij me in zich op. Ik voel zijn onrustige, duistere energie op me afstralen.

Als ik naar achteren wil stappen om de afstand tussen ons te vergroten, grijpt hij me bij mijn haar vast en trekt me dichter naar zich toe. Hij verstevigt zijn greep, spant zijn spieren en trekt me omhoog.

Ik moet op mijn tenen gaan staan, balanceer van de ene voet op de andere in een poging houvast te krijgen op de oneffen ondergrond.

'Ik denk niet dat hij het overleefd heeft,' zegt hij.

En dan haalt hij uit.

Het was niet de bedoeling dat we hier zo lang zouden blijven. Ik wilde haar alleen maar even tot de orde roepen. Het moment daarvoor was aangebroken. Ze had pijn nodig om tot het besef te komen dat het menens is. Dat ze moest stoppen met al die vragen, dat gepraat, het voortdurende zoeken naar een uitweg die er niet is. Die ik haar niet zal geven. Nooit.

De tijd dringt, we moeten door.

Ze staat voorovergebogen, snakkend naar lucht. Haar hele lijf beeft. De inhoud van haar maag ligt in een plasje bij haar voeten. Spetters op haar sneakers. Ze kokhalst opnieuw. Ik heb haar vast aan dat blonde, fluwelen haar. Er zijn plukken losgekomen door de kracht waarmee ik haar heen en weer heb gesmeten. Ze wordt er niet mooier op.

Dat worden ze eigenlijk nooit, mooier. Wel interessanter.

Ik trek haar weer omhoog, op haar voeten, en verder omhoog, zodat ze zich wel moet uitstrekken en zich niet meer kan verstoppen voor mijn blikken, mijn aanrakingen. De pijn. Ik voel haar weerstand afnemen, de spierspanning van een lichaam dat op begint te raken, de geest die zich begint af te sluiten.

Op haar tenen, hoger. Haar armen bungelen krachteloos langs haar lichaam, er zitten krassen op haar ontblote onderlijf. Ze kreunt.

Het voelt zo goed. Veel te goed.

35

Ik ben negen en ik zit tussen mijn ouders in. De zon schijnt. We rijden langs de hei; roze en paars, zo ver je kijken kunt.

Papa zingt luid mee met de muziek: *'Thank God I'm a country boy.'* Hij kent de tekst uit zijn hoofd, klapt lachend in zijn handen en ik doe met hem mee.

'Het had net zo goed een bakkerslied kunnen zijn,' zegt papa.

Mama stopt met neuriën. 'O?'

'Well, I got me a fine wife, I got me an ole fiddle, when the sun's comin' up I got cakes on the griddle. Dus: ik heb een leuke vrouw en –'

'Ik kan Engels.'

'Nou dan.'

Ik klap nog steeds, maar papa niet meer.

Mama kijkt een beetje bedroefd voor zich uit, terwijl ze net nog zo vrolijk was. 'Ik denk dat het leven op een boerderij in Amerika wel een beetje anders is dan dat van een warme bakker in een wijkje in Utrecht, hè?'

Papa wrijft in zijn handen. 'Het gaat om het idee. Je eigen plek onder de zon, je werk en je gezin onder één dak. Iets mooiers bestaat er niet.'

'Voor jou, ja,' sneert mama. 'Lekker overzichtelijk.'

‘Zulke dingen zíjn belangrijk.’ Papa is van streek. Hij bijt op zijn onderlip. Dat doet hij altijd als hij zich rot voelt, zoals toen er eens iemand aan de deur kwam vertellen dat oma in het ziekenhuis lag. ‘Daar draait het hele leven toch om?’

‘Voor jóú!’ Mama schreeuwt het.

Het was net nog zo gezellig, nu ineens hebben ze ruzie. Papa zoekt mijn hand en knijpt erin. Hij knipoogt samenzweerderig en glimlacht, maar ik voel dat hij verdrietig is. En mama... mama is dat ook.

‘Wat wil jij dan, mama?’ vraag ik.

Ze is even stil.

‘Nou?’

Ze klemt haar handen om het stuur. ‘Ik wil heel, heel graag doorrijden.’

Ik begrijp niet goed wat ze bedoelt. We rijden toch al?

‘Waarheen?’ vraagt papa.

‘Kan me niet bommen, als ik maar niet terug hoef. Ik stik hier, Bart.’

‘Sonja, niet waar Iris –’

‘Hoor je nou een keer wat ik zég?’ schreeuwt ze, en haar vingers omklemmen het stuur zo hard dat haar knokkels wit worden. ‘Ik stík!’

*

De laadvloer is hard en de hitte is bijna ondraaglijk. Ik kan nauwelijks ademen. Mijn armen en voeten zijn bij elkaar gebonden. Een zak over mijn hoofd belemmert mijn zicht: ik zie alleen licht, schaduw, licht, schaduw, als een stroboscoop, en af en toe de contouren van een vrachtwagen die we passeren. Mijn keel voelt aan als schuurpapier, achter mijn ogen bonst het. Water, ik heb water nodig.

Zo'n dorst.

Ik hoor Nick af en toe snuiven. Een nijdig kuchje als hij een sigaret opsteekt, waarvan de scherpe rook door de jute dringt. Hij heeft nog niet gepauzeerd sinds ik bij kennis ben.

Ik was ervan overtuigd dat hij me voor dood zou achterlaten op dat verlaten stuk land. Als dat zijn doel was, had hij het daar ongestraft kunnen doen. Hij had alles met me kunnen doen. 'Ik wil je niet beschadigen,' zei hij op een gegeven moment. 'Het is alleen maar pijn.'

Een helse pijn, die nu is afgenomen tot een zeurderige kramp.

Nick heeft een plan, dat moet wel. Hij is onderweg naar iets, of iemand. We volgden steeds min of meer de route die Philippe voor me heeft uitgestippeld, maar waar we nu naartoe rijden, weet ik niet.

Een vreemd soort gelatenheid begint bezit van me te nemen. Ik weet het zeker, ik kom hier nooit meer uit. Nicks back-up is bij Levi in Nederland. Als ik iets doe wat dit monster niet bevalt, betaalt Levi de prijs. Daar twijfel ik geen moment aan.

En Mischa is dood.

Hopelijk was je niet te veel aan hem gehecht.

'Als jij het niet doet, doe ik het.'

Ik had durven zweren dat ik alleen thuis was met Moni. Ik draaide me met een ruk om, niet eens geschrokken, eerder verbaasd over wie daar met glinsterende ogen in de deuropening stond.

We bleven elkaar een paar lange seconden aanstaren. Aftasten.

Toen zei ik: 'Nee, ik wil het zelf doen.' Het klonk vele malen kalmer dan ik me voelde.

Moni zette grote ogen op. Ze begon te schelden. Waren we gék geworden of zo? Ze maakte geen aanstalten om uit bad te gaan. Ze bleef gewoon zitten: kin opgericht, trots, uitdagend. Ik geloof niet dat ze ook maar een moment heeft doorgehad hoe zorgwekkend de situatie er voor haar uitzag. Mama's adoratie moest haar naar de bol zijn gestegen.

Ik hield de loeiende föhn hoog boven Moni's hoofd en smeet hem toen met kracht in het water.

Er verschenen geen lichtflitsen of rookwolken, zoals ik half en half gehoopt had. Feitelijk viel het schouwspel enigszins tegen. Maar effectief was het wel. Als gevolg van de kortsluiting sloegen de stoppen in huis door. Het werd stil. Muisstil.

Ik weet niet bij wie de fascinatie groter was, bij mij of bij haar. Ze kwam naast me staan en pakte mijn hand vast. Het voelde onverwacht goed, die hand, die nabijheid. Verbondenheid.

36

Ik merk dat we vaart minderen. Nick remt af. Ik hoor hem in het Spaans een paar woorden wisselen met een vrouw. Het onduidelijke, krakende geluid duidt op een intercom.

'Número cinco,' zegt de vrouwenstem.

Toet rijdt langzaam verder. Een bocht. Metaal piept, geratel van een ketting, en dan is er plotseling schaduw. Koelte.

We zijn ergens naar binnen gereden.

Een parkeergarage? Het klinkt kleiner.

En het is hier doodstil.

Nick stapt uit. Hij zegt niets, geeft geen uitleg.

Opnieuw hoor ik metaal ratelen, en ik begrijp dat het een roldeur moet zijn.

Ik draai mijn hoofd van links naar rechts en probeer door de zak heen te gluren, maar het is zinloos. Ik zie alleen onduidelijke contouren in grijstinten. Tegen beter weten in probeer ik me los te trekken. Het doet alleen maar meer pijn. Mijn enkels en bovenbenen zijn strak bij elkaar gebonden, net als mijn polsen.

De tijd verstrijkt. Ik hoor ergens water stromen, gekletter, alsof iemand een douche neemt. Het zweet op mijn huid begint op te drogen. Het wordt kouder. Een afschuwelijke gedachte dringt zich aan me op. *Stel dat dit om mij gaat?* Nick stalkte me in Nederland al. Daar heeft hij veel tijd en energie in gestoken. Zou hij de plek waar hij me naartoe wil brengen al even zorgvuldig hebben voorbereid? Geprepareerd zelfs, tot in de details aangepast aan zijn... *wensen?* Ik herinner me afschuwelijke nieuwsberichten over kelders, bunkers en garages, compleet ingerichte ruimtes met geluidwerend materiaal, stromend water en afzuiginstallaties, cellen ver weg van de bewoonde wereld of daar juist alarmerend dichtbij, waarin voor langere tijd vrouwen of kinderen zijn opgesloten door hun belagers. Soms wisten de partners van zulke monsters af, maar zwegen ze uit angst. Of ze namen eraan deel – *zoals de vrouw die bij Levi is.*

Ik hoor een deur opengaan. Voetstappen, geschuifel. Een man, twee? Er rinkelt een sleutelbos. Toets achterdeur wordt opengetrokken.

'We zijn er,' hoor ik Nick zeggen, en hij grijpt mijn enkel beet. In een reflex trek ik hem terug.

'Ook goed. Als je liever hier wil blijven.'

'Waar zijn we?' Mijn stem klikt schor.

'In je hotel. Ik vond de reservering in je tas.'

Hij trekt me over de laadvloer naar zich toe, snijdt het touw los van mijn nek en haalt de zak van mijn hoofd.

Gedesoriënteerd kijk ik om me heen. We zijn in een kleine garagebox. Grijze muren. De roldeur is gesloten. 'Dit is geen hotel.'

'Toch wel. Motel Cancun.'

Die naam zegt me iets. Ik heb de hotelreserveringen die Philippe naar me heeft gemaild nauwelijks bekeken, omdat ik het leuker vond om me te laten verrassen, maar Motel Cancun is me bijgebleven.

Nick trekt me rechtop en zet een flesje water aan mijn

lippen. Gulzig begin ik te drinken. Ik probeer niet te letten op Nicks broeierige blik, zijn mond die een beetje openstaat. De perverse intensiteit waarmee hij van veel te dichtbij mijn bewegingen volgt. Dan merk ik pas dat Nick anders ruikt dan vanochtend. Hij ruikt niet meer naar zweet en nicotine, en zijn haar is vochtig – hij heeft gedoucht.

Achteloos gooit hij het lege flesje in de auto en haalt een mes uit zijn zijzak. Het lemmet glanst.

'Niet zo bangig, meisje. Nergens voor nodig.' Een vals glimlachje. 'Nóg niet.' In een paar routineuze bewegingen snijdt hij de plastic kabelbinders door die mijn benen en enkels bij elkaar houden. Mijn polsen laat hij vastgebonden zitten.

'Kijk maar of je kunt lopen.'

Ik schuif naar de rand van de laadbak en werk mezelf over de bumper heen, die nog steeds heet is van de zon. Na urenlang in dezelfde houding op een schuddende laadvloer te hebben gelegen, reageren mijn benen onwennig. Mijn enkel klapt bijna dubbel als ik probeer te gaan staan.

Nick leidt me aan mijn bovenarm naar een deur. Die komt uit in een geairconditionde motelkamer. Recht voor me is een kleine, witte badcel, rechts ervan een tweepersoonsbed met een enorme spiegel erboven.

37

Papa's grote handen rusten op de vensterbank. Hij tuurt de straat in en bijt constant op zijn onderlip. Met een sissend geluid gaat hij rechtop staan, wrijft in zijn nek en brengt zijn gezicht opnieuw dicht bij het raam.

Ik zit aan de keukentafel met een snee brood en een

kommetje soep uit blik die papa voor me heeft opgewarmd. Vlak voor me ligt de kaart van Europa. Morgen heb ik een topografieproefwerk, maar ik kan niet goed leren als papa zo onrustig is.

Toen ik thuiskwam stond hij in de winkel klanten te helpen. Ik liep meteen door naar achteren, de trap op. Het schemerde al een beetje, maar de lichten waren uit. In de keuken stonden geen pannen op het vuur.

Het gebeurt de laatste tijd steeds vaker dat mama niet thuis is als ik uit school kom. Ze gaat er veel op uit. Zo noemt ze dat: eropuit.

Maar nu blijft ze wel heel lang weg. Het is al etenstijd geweest.

'Kijk Iris, daar is ze,' hoor ik papa zeggen. Opluchting klinkt door in zijn stem. Hij lacht naar me, maar ik voel dat hij bedroefd is.

*

Nick heeft me op een stoel aan een bureautje gezet en me daarna grotendeels genegeerd. Ik zit daar nog steeds, in mijn shirt waar een scheur in zit, stinkend en onder het stof en het vuil, terwijl hij languit op het tweepersoonsbed ligt en in de weer is met twee telefoons. Een ervan is van Mischa. Af en toe kijkt Nick naar me over de rand van het cognackleurige hoesje. Zijn ogen smeulen als die van een roofdier dat zijn kans afwacht.

Waar wacht hij op – op iets, iemand?

Er wordt geklopt.

Ik draai verschrikt mijn hoofd in de richting van de deur, maar het geluid komt daar niet vandaan.

Nick veert op van het bed. Naast de badkamerdeur zit een luikje op borsthoogte, het is gemaakt van dezelfde soort houtfineer als het bureau en de bedombouw. Nick schuift het luikje opzij. Erachter verschijnt een draailoketje. Zoiets heb ik nog nooit gezien, in elk geval niet in een hotelkamer.

Nick pakt een bord tortilla van de draaischijf. In het volgende vak staat er nog een. Uit het derde pakt hij een flesje water en een blikje cola, die hij onder zijn arm klemt. Twee tortilla's en wat te drinken: het is de bestelling die Nick eerder telefonisch aan de receptie heeft doorgegeven. Het roomservicesysteem is hier blijkbaar zo ontworpen dat het motelpersoneel geen contact heeft met de gasten – niet eens oogcontact. Ik heb al gezien dat deze kamer geen aparte ingang heeft; je komt hier alleen binnen via de roldeur in de garage. Ik kijk over mijn schouder naar het raam. Ook daar zit een rolluik voor. Potdicht. Het hele motel lijkt op extreme discretie gebouwd te zijn, besef ik, als ik terugdenk aan de vrouwenstem. *Número cinco.* Verwees ze Nick via een intercom naar kamernummer 5?

'Je bent geen vegetariër, dacht ik.' Nick zet de tortilla voor me op het bureau. Er zitten blokjes ham in.

Mijn lijf hunkert naar voedsel, maar er zit een knoop in mijn maag. De geur van het eten maakt me misselijk. 'Ik heb geen honger.'

'Eet gewoon wat. Morgen is de grote dag.' Hij zet met een afstandsbediening het televisietje aan dat boven me tegen de wand is bevestigd, ploft met zijn bord op bed neer en begint te eten.

Morgen.

Vanavond gaat er niets gebeuren. Morgen pas.

Die gedachte helpt om me iets te ontspannen. Ik staar naar de tortilla, die glanst van het vet, en ik snuif de geur op van ei, ui, ham en aardappel. Bestek ontbreekt en mijn polsen zijn nog steeds aan elkaar gebonden. Ik zou Nick kunnen vragen of hij ze wil lossnijden, maar doe het niet. Met mijn rug naar hem toe gedraaid breng ik mijn gezicht vlak bij het bord. Ik schuif het eten zo goed en zo kwaad als het gaat met mijn vingers mijn mond in. Het gaat allesbehalve soepel. Ik smak en slurp, en er vallen stukken tussen mijn lippen uit op het bureau, maar het interesseert me niet. Ik had toch meer honger dan ik dacht.

De dorst komt er meteen achteraan, maar het lukt me niet om de dop van het waterflesje los te draaien. Ik kan te weinig kracht zetten met gebonden polsen.

Nick staat ineens naast me. Hij haalt de dop van de fles en houdt de opening bij mijn mond. Ik voel zijn adem op mijn wangen, bij mijn oor. Zijn gezicht raakt heel even het mijne, een neusrug langs mijn wang, een uitademing in mijn hals.

Ik verstar.

'Hadden jullie het leuk samen?' fluistert hij schor.

Ik sluit mijn ogen.

Hij beweegt de opening van het flesje plagend heen en weer tegen mijn samengeperste lippen.

'Ik heb jullie gezien,' gaat hij verder. Zijn stem klinkt onvast.

Ik durf amper te ademen.

'Je zult hem vast wel missen...'

Ik begrijp wat hij doet. Het windt hem op om me bang of verdrietig te maken. Ik wil hem niet aanmoedigen, maar het gebeurt toch.

'Hmm... huilen met gesloten ogen. Zo chic,' fluistert hij.

Mijn telefoon gaat.

Nick loopt geërgerd van me weg en diept mijn telefoon op uit zijn rugzak. 'Mama mobiel,' leest hij hardop voor.

'Mijn moeder,' weet ik uit te brengen. 'Wat moet ik tegen haar zeggen?'

'Niets.' Hij draait het toestel in zijn hand en legt het aan de oplader.

Het deuntje houdt aan.

'Ik kan haar niet negeren.'

'Tuurlijk wel.' Hij pakt mijn telefoon weer op en drukt op de zijkant. Prompt is het stil. 'Jij kunt haar nu niet te woord staan, in jouw toestand.'

'Nick, mijn moeder verwacht me morgen. Ze wil een diner –'

'Morgen. Niet nu. Je bent nu te overstuur.'

Ik staar hem zwijgend aan.

'Je krijgt een halve minuut om je water op te drinken.' Demonstratief kijkt hij op zijn horloge.

Ik klem de hals van het flesje tussen mijn vingers en zet het aan mijn lippen. Gulzig drink ik het leeg, zo goed en zo kwaad als het gaat. Ik moet ervan hoesten. Het plastic valt uit mijn trillende handen op de plavuizen.

'En nu is het bedtijd,' zegt hij.

Angstig staar ik naar het bed. De enorme spiegel.

Mórgen, schreeuwt een inwendige stem – morgen was de grote dag, niet vandaag. Niet nu.

'Wil je gezellig bij mij komen liggen?'

Ik schud fel mijn hoofd.

Zijn toon is scherp. 'Niet dat jíj dat uitmaakt, waar je slaapt.'

Ik kijk naar de grond. 'Nee, nee, natuurlijk niet.'

Hij is met een paar passen bij me, trekt me overeind en duwt me voor zich uit, terug de garage in. Daar opent hij Toets achterdeuren.

Bij de aanblik van Mischa's spullen krimpt mijn maag samen. 'Waarom heb je hem vermoord?'

Een minzaam glimlachje. 'Je hebt het echt te pakken, hè?'

Met een lichte schok besef ik dat Nick het niet tegenspreekt. Het is dus waar. Hij heeft hem vermoord.

'Mischa was onschuldig,' zeg ik schor. 'Ik gaf hem alleen maar een lift.'

Nick trekt Mischa's slaapmat naar zich toe. 'Ik heb een nieuwtje voor je: die jongen was niet onschuldig. En ook al geen lifter.'

'Wel waar, hij –'

'... deed alsof, en jij, naïef gansje, trapte erin.'

Ik hef mijn kin. 'Hij had wel degelijk een lift nodig.'

'Hoe weet je dat zo zeker?'

'Ik kende hem al.'

Hij rolt het matrasje uit over de grond. 'Waarvan?'

'Van de sportschool, we trainden op dezelfde avond.'

'Kende je hem of kende je hem alleen maar van gezicht?'

'We hebben ook wel eens zitten praten. En hij zei dat –'

'Je hebt daar ook met mij gepraat.' Nick slaat zijn armen over elkaar. 'Basic-Fit op de Eikenlaan. Jij bent daar altijd op donderdagavond met je vriendin. Renate. Rode krullenbol.'

Ik frons mijn wenkbrauwen. 'H-hoe –'

'Je bent aardig tegen iedereen, Iris. Je kletst nogal makkelijk.'

Het klinkt alsof hij me dat verwijt.

'Ik kan me jou niet herinneren,' fluister ik.

'Dat is omdat ik niet herinnerd wil worden. Mischa wilde dat juist wel. Je vraagt je af waarom?' Hij knikt naar de auto. 'Een verstandige meid laat geen vreemde kerel instappen. Welopgevoede meisjes doen zulke dingen niet. Dus zorgde hij ervoor dat jullie elkaar van tevoren al een beetje kenden.' Zijn ogen glinsteren. 'En aardig vonden.' Hij kijkt even weg, met een zuinig glimlachje. 'De sportschool, gedeelde interesse. Prima referentiekader. Niet slecht bedacht.'

Ik ben met stomheid geslagen.

'Je dacht echt dat het toeval was? Dat die gast daar zomaar stond te liften bij dat pompstation waar jij ging tanken?'

Renate, Levi, de camping, Mischa, Basic-Fit, tanken... Hoelang houdt Nick me al in de gaten?

En van hoe dichtbij?

Je hebt daar ook met mij gepraat.

Hij wijst naar me. 'Het was vooropgezet. Mischa stond op jou te wachten.'

'Nee, dat kan niet. Ik heb hem aangereden!'

Nick grinnikt. 'Hij smeet zijn rugzak op je motorkap. De rest was toneel.'

'Toneel? Hoe kan... Nee. Hij was gewond.'

Ik denk terug aan hoe Mischa op de afrit van de benzinepomp stond. Zijn armen gespreid, grijnzend van oor tot oor: 'Toeval bestaat niet, Iris! Het heeft zo moeten zijn.'

Hij had toen nog zo veel last van zijn knie dat hij amper kon lopen, maar de genezing verliep wonderbaarlijk snel. En de enige zichtbare verwonding was een schaafwond.

'I'm sorry to rain on your parade,' zegt Nick, met een gezicht dat het tegenovergestelde uitstraalt. 'Maar je dode vriendje was een crimineel. En hij maakte volop gebruik van jouw goedgelovigheid om zijn doel te bereiken.' Hij steekt een vinger op, alsof hem dit nu pas te binnen schiet. 'En van zijn looks. Nou, dat stadium zijn wij tweeën in elk geval voorbij.' Nick heeft zijn mes uit zijn broekzak gepakt en knipt het open. Hij grijpt mijn arm vast en

snijdt de plastic kabelbinder door. 'Draai je om, handen op je rug.'

Ik doe wat hij vraagt, maar het gaat niet snel. Door de plotselinge beweging beginnen mijn armen afschuwelijk te prikken. Het voelt alsof er honderden naalden in worden gestoken.

'Het zou niet nodig moeten zijn, maar ik weet niet hoe stom je bent, en ik wil vanavond pitten,' mompelt hij.

Er rinkelt iets. Metaal op metaal. Hij bevestigt iets zwaars aan mijn armen.

'Au, dat doet zeer.'

'Niet als je gaat liggen. Slaap lekker. Morgen is de grote dag.' Zonder op of om te kijken loopt hij de motelkamer in en sluit de deur achter zich.

Als ik een stap naar voren wil zetten, merk ik dat ik vastzit. Nick heeft me met een ketting aan Passepartout vastgelegd.

Het was volkomen helder dat hij daar niet zomaar stond, de lifter die opvallend veel aandacht besteedde aan zijn telefoon en ook de weg aan beide zijden in de gaten hield. Een kaal sportschooltype in een oude Volkswagen was toen al vier keer voorbijgereden. Die twee stonden met elkaar in contact, merkte ik. Dus ik wachtte af. Ze kwamen in actie toen Iris het terrein op reed.

Ze had geen idee. Iris tankte, ze betaalde, ze stapte in. Hield de telefoon aan haar oor. De kale reed zo'n beetje tegen Iris' achterbumper aan terwijl er bij de andere pomp genoeg ruimte was. Hij claxonneerde, hief zijn vuist. Toneelspel, bedoeld om haar op te jutten, bleek al snel.

Daarna kwam de lifter naar voren. Ik zag het gebeuren door mijn verrekijker: op het moment dat Iris aan kwam rijden stormde hij op de auto af en zwaaide zijn rugzak met volle kracht omhoog, op de motorkap. Knap gedaan. Uitstekende timing.

Geen domme jongen, dat moet ik hem nageven, want toen hij gisternacht naar buiten kwam om de boel te inspecteren, zag hij me. En hij begreep het meteen.

Ik had geen andere keus dan hem uit te schakelen.

Hij was er toch wel aan gegaan, maar ik had liever een beter moment willen afwachten om het stokje van hem over te nemen. Veel later, op een afgelegen plek in plaats van een industrieterrein vol hotels.

Ik kon niet schieten. Ondanks het tijdstip waren er nog te veel mensen op de been.

Ik ben op hem afgelopen. Mijn sociale vaardigheden betalen zich steeds weer uit. Ik zei dat ik wist waar hij mee bezig was en voor wie hij werkte, en dat ik het vanaf hier van hem overnam. Dat de baas dat had opgedragen. Zoiets.

Hij twijfelde net iets te lang. Een moment van onoplettendheid.

Tasers zijn mooie dingen. Bám. Hij zakte meteen in elkaar. Gelijk stil.

Ik kon het niet afmaken zoals ik gewend was. Niet daar. Hem meenemen ging ook niet. Er reed een politieauto op het terrein rond. Weinig tijd, weinig speling. Ik trok het slappe lichaam de struiken in, in de richting de snelweg. Bosschages, een donkere poel. Kabelbinders, tape, een zetje. Het water heeft de rest gedaan.

Hij heeft niet lang meer geleefd, denk ik.

38

Er komen al een hele poos geen geluiden meer uit de motelkamer, dus ik denk dat Nick slaapt. Dat zou ik ook moeten doen nu ik de kans heb, maar het lukt niet. Ik lig op mijn zij op Mischa's matrasje, tussen Toet en de garagewand in, en staar naar de muur. Klaarwakker. Al vroeg in mijn leven heb ik mezelf ervan overtuigd dat ware liefde een verzinsel is. Voor elkaar bestemd zijn, vlinders in je buik – allemaal flauwekul, pure fictie. Sprookjes waar mensen nu eenmaal graag in geloven. Ik wist oprecht niet dat het bestond, dat je zo intens in de ander kon opgaan. Dat je het liefst elke stembuiging, elk littekentje, elke minieme beweging, elk lachje, geurtje, welk futiel detail dan ook, zou willen absorberen, in je op zou willen nemen, doodsbang dat ze je ontglippen.

Maar ik was dan ook nog nooit verliefd geweest, zelfs niet op Sander.

Op Mischa was ik het wel.

En nu blijkt de man om wie ik rouw niet eens te hebben bestaan. *Mischa was een crimineel.*

Ik wil graag geloven dat dit weer een van Nicks valse spelletjes is, maar ik vrees dat het wáár is.

Mischa hield de omgeving constant in de gaten. Zowel tijdens het rijden als tijdens het eten bleef hij steeds alert, en hij werd geregeld afgeleid door zijn telefoon.

Ik heb hem er zelfs op aangesproken.

Toen hij dat nummer van John Denver meezong, raakte hij me recht in het hart. '*Het was het lievelingsnummer van mijn...*' Hij heeft zijn zin nooit afgemaakt. Had hij toen bijna iets waarachtigs uit zijn privéleven met me gedeeld? En dat verhaal over zijn vroeggestorven ouders, en de frustraties over zijn werk – was het allemaal verzonnen? Hij leek zo bezield, zo betrokken. Zo écht. In alles. De liefdevolle blik in zijn ogen, zijn aanrakingen, zijn kussen...

Ik zou me nu druk moeten maken over heel andere dingen, maar op dit moment, woelend op de slaapmat die zijn geur nog draagt, vraag ik me af of hij gewoon walgelijk handig was in me bespelen of dat hij, los van zijn leugens, oprecht gevoelens voor mij heeft gehad.

Dat laatste wil ik misschien te graag geloven.

Alles beter dan het harde besef dat ik naïef ben. Een makkelijk slachtoffer. Dat ik me door hem heb laten gebruiken.

Waarvoor eigenlijk?

Wat wilde Mischa van me, en wat wil Nick?

Er zit me nog iets dwars. Nick zei dat Mischa me stond op te wachten. Maar hoe kon hij nou weten dat ik juist dáár zou gaan tanken? Niemand had dat kunnen voorspellen; ik tank daar nooit.

Dag vier

Maandag

39

YOU NEVER KNOW HOW STRONG YOU ARE
UNTIL BEING STRONG IS THE ONLY
CHOICE YOU HAVE.

Deze spreuk hangt op het prikbord in mijn keuken. Ik moet eraan denken nu ik wakker word van het ochtendlicht dat in een dunne streep onder de roldeur door schijnt, en de realiteit van de nachtmerrie waarin ik ben beland me treft met de kracht van een blikseminslag. Ik betrok de spreuk altijd op het vertrek van mijn moeder en mijn eigen scheiding, op mijn veerkracht en die van Levi, maar ik geloof dat nu pas ten volle tot me doordringt wat ermee bedoeld wordt.

Het is me een raadsel hoe ik toch nog in slaap ben gevallen, maar het verbaast me nog meer dat ik nog steeds samenhangend kan redeneren. Dat ik nog niet volledig ben ingestort.

Ik rol op mijn buik. Mijn armen slapen doordat ik urenlang in dezelfde houding heb gelegen, mijn huid tintelt en prikt onaangenaam. Ik beweeg mijn vingers en wiebel met mijn schouders in een poging het vervelende gevoel te laten ophouden.

Uit de motelkamer klinkt het opgewekte deuntje van

mijn telefoon. Twee, drie keer gaat hij over. Vier keer.

De hotelkamerdeur zwaait open. Nick knipt het licht aan. Onder de auto door zie ik zijn voeten. Sneakers, sportsokken, gespierde kuiten met blonde haartjes. De duivel heeft geen hoorns en hoeven, maar het voorkomen van een doorsneeman.

Nick hurkt naast me. De huid rondom zijn ene oog is nog steeds gezwollen. Zijn wang is blauwpaars verkleurd en op de snee zit nu een korst. 'Goed geslapen?'

Ik geef geen antwoord.

Hij snijdt me los en zet me overeind. 'Dat hoop ik dan maar. Het is een belangrijke dag vandaag. En er is iemand die je voor vertrek nog even wil spreken.'

In de motelkamer is het bed strak opgemaakt. Nick heeft zijn weekendtas al ingepakt.

Het rolluik voor het raam is nog gesloten, zodat het lijkt of het nog avond is.

'Eet wat.' Nick knikt naar het bureau. Er staat een bekertje koffie en er ligt een in plastic verpakt cakeje.

Mijn telefoon gaat opnieuw.

Nick haalt hem uit de zijzak van zijn broek en kijkt met een scheef gezicht naar het scherm. 'Daar hebben we hem weer.'

'Wie?'

'Je zoontje. Eerst eten.'

Ik schrok de cake in twee happen weg en houd mijn hand op terwijl ik de lauwe koffie in mijn keel giet.

Nicks ogen vernauwen zich. Tergend langzaam haalt hij mijn telefoon weer uit zijn zak. Het lampje knippert nerveus.

'Je blijft rustig, alles is in orde,' zegt hij zacht. Hij tikt dan op het schermpje en overhandigt me mijn telefoon.

Levi neemt meteen op. 'Mam, ik heb je wel tien keer gebeld!'

'Wat vervelend, schat.' Ik vecht tegen mijn tranen. 'Mama was aan het douchen. Daarom hoorde ik je niet. Maar wat bel je vroeg, is er iets?'

'Nou... Bo zegt dat papa me zaterdag al komt halen, maar ik wil liever hier blijven.'

Mijn hart klopt in mijn keel. Ik was bijna vergeten dat Sander Levi van de camping zou ophalen om vakantie te gaan vieren bij zijn ouders.

'Je vindt het toch altijd leuk met papa?' vraag ik, in de hoop dat Levi niet uit zichzelf over opa en oma en Ouddorp begint – al kan ik niet uitsluiten dat Nick dat allang weet.

'Jawel, maar mam, luister nou...' Levi vertelt enthousiast over een ophanden zijnde speurtocht en een disco-avond, waar zijn vader en opa en oma met hun huisje-bij-zee in de verste verte niet mee kunnen concurreren. Zijn woorden dwarrelen argeloos de benauwde motelkamer in.

'Ik ben de enige die zaterdag al weg moet, mam. Iedereen blijft hier nog een week.'

Ik zou willen dat zijn vader hem vandaag nog ophaalde, weg van de dreiging, uit de invloedssfeer van die vrouw vandaan. Ik wil Levi naar haar vragen, maar ik begrijp dat Nick dat niet laat gebeuren.

'Mam? Hoor je me wel?'

'Ja, ik hoor je. Maar met papa wordt het ook geweldig. Je vindt het toch hartstikke leuk om te vissen en hutten te bouwen?'

Die vooruitzichten lijken hem enigszins op te vrolijken.

Nick geeft aan dat ik het gesprek moet afkappen.

'Ik eh... ik moet ophangen. Pas goed op jezelf. Mama houdt van je.'

Levi's reactie krijg ik niet meer mee. Nick verbreekt

de verbinding en wijst met zijn kin in de richting van de badkamer. 'Neem een douche, zorg dat je er presentabel uitziet. Je hebt twintig minuten, dan vertrekken we.'

'Presentabel?'

Hij grinnikt. 'Je wil toch geen slonzige indruk maken op je moedertje en die vriend van haar?'

Ik staar hem perplex aan.

Als het tot me doordringt dat hij het meent, schud ik mijn hoofd. 'Nee. Niet mijn moeder. Laat haar er alsjeblieft buiten.'

Hij grinnikt. 'Jammer. Te laat. Je hebt haar net geappt dat je haar tegen elven even zult bellen.' Hij houdt triomfantelijk mijn telefoon omhoog. 'Ik heb er alvast een teasertje tegenaan gegooid: je hebt een verrassing bij je.'

'Verrassing?'

'Je komt niet alleen.' Zijn ogen schitteren. 'Je hebt onderweg een leuke man leren kennen.'

Moni stierf door een fataal ongeluk. Zo ging het voorval de boeken in. De recherche, buurtbewoners, de familie: niemand heeft eraan getwijfeld dat mijn kleine zusje, dat algemeen bekendstond als ijdel en niet al te snugger, in bad haar haar heeft willen föhnen, waarna de föhn uit haar hand is gegleden, recht het geurende schuim in.

Haar lichaam werd pas uren later gevonden door mijn moeder. Omdat Moni niet reageerde op kloppen en roepen heeft ma het draaislot open moeten wrikken met een muntje. Ik denk dat ze op dat moment echt al wel doorhad dat het mis was, maar ze was niet voorbereid op de groteske aanblik van een onvrijwillige dood.

Dat ik er zo makkelijk mee wegkwam gaf een extra kick. Ik werd niet eens verdacht. Waarom zouden ze me ook verdenken?

De meeste ongelukken gebeuren in huis, dat weet iedereen. Er kan van alles misgaan met elektriciteit. Maar ook met water, open ramen, medicijnen en schoonmaakmiddelen. Koolmonoxide. Gas. Remleidingen, parachutes. Voortrazende treinen. Giftige slangen. Drugs. Paarden. Steile hellingen. Een mens is zijn leven nooit zeker. Bij iedere sterveling is een passend ongeluk te construeren, een noodlot uit de Moni-categorie. Het geeft me nog altijd een boost om ze te bedenken en uit te voeren, maar voor elke creatieve geest is het goed, misschien wel noodzakelijk, om af en toe iets totaal anders te doen.

De laatste keer dat ik mezelf vrij werk toestond is al te lang geleden. Nu ben ik er zo dichtbij.

Ik heb er de halve nacht van wakker gelegen.

40

We zijn pas een halfuur onderweg, maar er is niets presentabels meer aan mij. De mascara die ik heb aangebracht is door de hitte uitgelopen. Mijn shirt kleeft aan mijn borst en de geur van hotelzeep is grotendeels vervaagd.

'Wat voor huis is dat, waar je moeder woont?' vraagt Nick ineens.

'Een soort klooster, geloof ik. Oud, het staat in de bergen.'

'Gelóóf ik?'

'Ik ben er nog nooit geweest. Philippe en mijn moeder wonen er nog niet zo lang.'

'Dus je ziet haar weinig.'

Ik reageer niet.

'Heeft dat een reden?'

'Geld en tijd.'

'Ryanair vliegt ook op Portugal.' Hij houdt zijn hand om zijn aansteker en steekt een sigaret aan.

'Ik had andere prioriteiten.'

'Als pas gescheiden moeder?' Nick blaast de rook uit.

Ik reageer niet. Mijn persoonlijke leven gaat hem niets aan.

'Dat huis,' gaat Nick door. 'Vertel daar eens wat meer over?'

'Ik ben er nog nooit geweest, dat zei ik al.'

'Toch wel eens foto's gezien?'

'Een paar.' Ik schakel naar de vijfde versnelling. De lauwe wind geeft een beetje verkoeling.

Ik weet nog goed hoe opgetogen mijn moeder was toen Philippe haar voor het eerst het huis had laten zien. Ze belde me dezelfde avond op, in jubelstemming. 'Het is een soort sprookjeskasteel, Iris,' zei ze. Het was totaal anders dan de villa aan de Costa del Sol waar ze tot die tijd met Philippe had gewoond. Later heeft ze me foto's gestuurd van een ommuurde binnenplaats met een voorname houten poort, een *infinity pool* met uitzicht over het dal, een moestuin en een enorme kelder. Er zaten ook luchtfoto's bij, waarop je kon zien hoe afgelegen het huis ligt. Een oprit van een kilometer lang, een eigen bos, en dan was er ook nog een kapel, die mama inmiddels in gebruik heeft genomen als schilderatelier – schilderen is haar nieuwe hobby. Het leek inderdaad een sprookje, toen. Nu voel ik mijn maag omdraaien bij de gedachte aan dat huis met die uitgestrekte, donkere bossen eromheen.

Nick haalt een rol koekjes uit zijn weekendtas. Hij houdt me de geopende verpakking voor, alsof we een gezellig ritje maken.

Ik sla het af.

'Wat vind je van je stiefvader?' vraagt hij met volle mond. 'Mag je hem?'

Ik beschouw Philippe niet als mijn stiefvader, want hij heeft me niet grootgebracht, maar om ervanaf te zijn, zeg ik: 'Ja, hoor.'

Nick stelt meer vragen over Philippe en mijn moeder. Hij wil weten wat ze voor de kost doen en wanneer en hoe ze elkaar hebben leren kennen.

Ik denk niet dat het kwaad kan er antwoord op te

geven – dat Philippe een botenbedrijf heeft kun je ook op internet vinden – maar ik houd het kort. Moeilijk is dat niet, want ik weet vrij weinig over het leven dat mijn moeder en Philippe leiden. Ze kregen een relatie toen ik van Sander aan het scheiden was. Mijn hoofd stond toen op z'n zachtst gezegd niet naar mijn moeders enthousiaste verhalen. Bovendien was ik zo onderhand de tel kwijtgeraakt. Ik geloof dat mama zelf niet eens meer weet hoeveel relaties ze precies heeft gehad na papa. 'Ik ben nog nooit zo gelukkig geweest, Iris,' kreeg ik bij elke nieuwe verovering te horen, gevolgd door een opsomming van allerlei kwaliteiten waar de man in kwestie over beschikte: handig, gul, slim, goed haar, sterk, sociaal, bemiddeld, lief, nuchter, charmant, creatief... Het moet gezegd: mama kreeg het met haar flair en open uitstraling steeds weer voor elkaar om onalledaagse mannen aan zich te binden. Volgens papa is ze na de scheiding gaan 'zwalken'. Hij is ervan overtuigd dat ze juist behoefte heeft aan kaders, aan liefdevolle beperking, maar dat een deel van haar daartegen vecht, waardoor ze nooit gelukkig zal worden, met niemand. Het vrat aan hem, ooit.

Nu is hij alweer een poos gelukkig met zijn Martine, die niet eens een rijbewijs heeft, maar wel twee keer in de week met hem gaat linedancen.

Ik richt me op de weg, een inktzwarte lijn die het eentonige, zandkleurige landschap doorklieft. De hemel is diepblauw, zonder een spoor van wolken.

'Ik heb antwoord gegeven op jouw vragen, Nick,' probeer ik. 'Nu ben jij aan de beurt.'

'Nee, hoor.' Met een vlakke uitdrukking houdt hij de wikkel van de koekjes bij het geopende raam. Het plastic wappert woest heen en weer in de wind en scheurt dan af. In de achteruitkijkspiegel zie ik het afval door de lucht buitelen.

'Waarom ik?' vraag ik.

Hij buigt naar voren en graait een stapel cassettebandjes uit het open dashboard. Trekt een enkel op zijn knie en begint ze quasigeïnteresseerd door te nemen. Cassettes die hij blijkbaar niet boeiend vindt, volgen dezelfde weg als de wikkel.

'Wie is Mischa en hoe kennen jullie elkaar?'

Hij geeft geen antwoord.

'Heeft dit iets met Philippe te maken?'

'Vintage,' mompelt Nick. 'Beste album ooit gemaakt.' Hij stopt het bandje in de speler en draait aan de volumeknop.

Ik herken de begintonen, het slagwerk, de synthesizer – Genesis. Maar pas als Nick begint mee te zingen, besef ik welk nummer het is.

'I can't see you, mama. But I can hardly wait. Ooh, to touch and to feel you, mama.'

Mama.

Er trekt een ijskoude rilling door me heen. 'Mijn moeder. Heeft dit allemaal met haar te maken?' Ik kijk snel naar opzij.

Met een geamuseerd glimlachje om zijn mond, zijn ogen gesloten, zingt hij: '*So get down, down here beside me... Oh, you ain't going nowhere.*' Plotseling spert hij zijn ogen open, alsof hij wakker schrikt. Zijn blik is die van een waanzinnige. 'Jij bent ook een moeder. Of was je dat vergeten?' Hij grinnikt. '*No, I won't hurt you ma-maaa... But it's getting so hard...*'

Twee vrouwen.

Ik fantaseerde er vannacht al over – de ontlading was intens.

Iris' fysieke aanwezigheid voedt me, haar kwetsbaarheid zweept me op. Het wordt steeds moeilijker om het doel voor ogen te houden, om mijn blik niet te laten vertroebelen. Dat zachte, weelderige vlees. Die glanzende, sprekende ogen. Elke ademstoot, elk woord dat ze uitspreekt.

De hele dag in de auto met Iris vergt het uiterste van mijn zelfbeheersing, maar de beloning is er straks dan ook naar.

Moeder en dochter. Een goddelijk vooruitzicht.

41

We staan geparkeerd in de schaduw van een bosperceel. Het is benauwd. Alle ramen zijn open, maar de wind voert nauwelijks frisse lucht de cabine in.

Verderop staat een camper met een ouder echtpaar. De man laat een hondje uit, de vrouw verzamelt vuil uit de auto en loopt ermee naar een afvalcontainer. Schokkerige hologrammen uit een andere werkelijkheid.

Nick zet een flesje water aan zijn lippen. Zijn slapen zijn vochtig, transpiratiedruppeltjes glinsteren in zijn nek. 'Mijn belofte staat nog steeds. Als je meewerkt, komen jij en de mensen die je lief zijn hier heelhuids vanaf.'

'Ik weet niet of ik het kan.'

Hij overhandigt me de telefoon. 'Je weet wat je moet zeggen. Als je de boel saboteert, laat ik je hier ergens achter. En ik verzeker je twee dingen: niemand zal je lichaam ooit vinden, en na jou is je zoontje aan de beurt.'

Ik kies mijn moeders nummer.

Ze neemt vrijwel meteen op. 'Hè hè, daar ben je dan.'

'Ja, ik zag dat... dat je gebeld had.' Ik klink hijgerig.

'Gisteravond drie keer.'

'Ik eh... ben vroeg gaan slapen.'

'Nou, gelukkig maar. Ik was al bang dat er iets was gebeurd. Het is een hele ruk, hè, met die oude dame. Is de reis je tot nu toe meegevallen?'

'Nou, ik...' Mijn hart roffelt hoog in mijn borst, het voelt alsof ik buiten adem ben.

'Is er iets?'

Ik voel Nicks adem op mijn wang.

'Nee, nee, mam, ik ben gewoon moe. Het is best inspannend de hele dag in de auto, zonder airco.'

'Hè, natuurlijk, daar sta ik helemaal niet bij stil. Die hitte is niet te doen, ik zag het op het nieuws. Ongelooflijk. Het is hier in de bergen wel minder drukkend dan in dat binnenland waar je nu bent, hoor. Maar dan nog tikken we hier vandaag de dertig graden aan.'

Ik hoor een hond blaffen. Mijn moeder houdt haar hand over de hoorn. 'Nee, Bodil. Af!' Gerommel. Een zware mannenstem waarin ik die van Philippe meen te herkennen. Nu klinkt mijn moeder weer duidelijk. 'Maar, Iris, je hebt me wel nieuwsgierig gemaakt. Wat was dat nou voor verrassing waarover je appte?'

Ik denk aan Nicks instructies. Hij heeft ze me in het afgelopen uur constant laten herhalen, als een mantra. 'Ik heb een lifter bij me. Hij heet Mischa.'

'Niks voor jou.'

'Nee, inderdaad.' Ik lach nerveus. 'M-maar hij zit nu naast me en ik...' Mijn keel lijkt wel dichtgeknepen. Ik haal diep adem. 'Ik geloof dat we nog geen afscheid willen nemen van elkaar, dus... eh...'

Nick maakt ongeduldige handbewegingen waarmee hij me maant om door te praten.

'... dus ik hoop dat jij en Philippe het goedvinden als hij meekomt.'

Ik sluit mijn ogen.

Mama, trap er niet in!

Ik hoor de glimlach in haar stem. 'Jullie vinden elkaar leuk, begrijp ik?'

Ik open mijn mond, maar er komt geen geluid uit.

Nick geeft me een por.

'J-ja.'

'Wat goed, zeg! Ik ben blij dat je je eindelijk weer eens een beetje openstelt. Je bent veel te streng voor jezelf geweest. Maar je vraag is dus of wij het goedvinden als je die jongen meeneemt hiernaartoe?' Ze wacht mijn antwoord niet af. 'Ik kijk je stiefvader even lief aan. Je weet dat hij niet zo van de verrassingen is.'

'Hoe meer zielen, hoe meer vreugd,' hoor ik Philippe op de achtergrond zeggen.

'Nou, je hoort het. Dan zet ik er voor vanavond een bordje bij.'

Ik staar voor me uit. Mijn oren suizen.

Is er iets wat ik nog kan zeggen?

Iets wat ik kan doen om te voorkomen dat mijn moeder en Philippe de poort wijd openzetten voor Nick?

'Nou, dan zien we jullie straks wel verschijnen. Nog even volhouden, het zwembad is lekker koel.'

'Tot straks,' weet ik uit te brengen, en ik verbreek de verbinding.

Nick pakt de telefoon af. 'Hoeveel honden?'

Ik frons mijn wenkbrauwen.

'Ik wil weten wat me daar te wachten staat,' verduidelijkt hij.

'Vier.'

Mijn antwoord bevalt hem blijkbaar niet, zijn ogen worden donkerder. 'Waakhonden?'

'Nee, nee, ze zijn oud en ze doen geen vlieg kwaad. Mijn moeder heeft ze gered uit een asiel in Spanje. Het zijn hartstikke lieve beesten.'

Hij kijkt me indringend aan. Na een paar seconden die aanvoelen als minuten besluit hij blijkbaar dat ik de waarheid spreek. Hij trommelt met zijn vlakke handen op het dashboard. 'Hup, rijden.'

Ik grijp naar de contactsleutel, maar krijg het niet voor elkaar om hem om te draaien. Mijn vingers weigeren eenvoudigweg te gehoorzamen. 'Ik wil je niet meenemen naar mijn moeder,' fluister ik.

'En toch ga je het doen.'

42

Mama beschouwt zichzelf als dochter van een alleenstaande moeder. Haar vader, een gastarbeider uit Barcelona, heeft ze nauwelijks gekend. Toen ze nog een peuter was, verliet hij Nederland voor seizoenswerk op de Balearen en keerde nooit meer bij zijn gezin terug.

Oma maakte er het beste van. Het waren de jaren zestig, traditionele leefpatronen stonden onder druk. 'Dat kind komt wel groot,' was haar motto en dat van haar omvangrijke vriendenkring, die zich over het kind ontfermde alsof het een zwerfhondje was. Oma trok van commune naar commune, maar uiteindelijk settelde ze zich in de jaren zeventig in een huurflat in Utrecht. Daar leerde mama mijn vader kennen. Ze waren elkaars jeugdliefde en bleven ook na hun eindexamen contact houden. De zwangerschap was niet gepland, daar zijn mijn ouders altijd eerlijk over geweest, maar ik was daarom niet minder gewenst. Mijn vader kon de bakkerij en het bijbehorende bovenhuis van zijn ouders overnemen – jaren eerder dan eigenlijk de bedoeling was – en vanaf mijn geboorte vormden we met z'n drietjes een instituut.

Het was precies wat mama voor ogen had: ze wilde voor haar kind een plek op aarde dat het als thuis kon beschouwen, omdat ze dat zelf nooit had gekend.

De eerste elf jaar van mijn leven heb ik stevig kunnen wortelen in de Utrechtse grond, daar ben ik mijn ouders nog altijd dankbaar voor. Zelf kon mama er niet meer aan wennen, maar ik geloof oprecht dat ze haar uiterste best heeft gedaan.

*

Om mij te sarren heeft Nick 'Mama' van Genesis herhaaldelijk afgespeeld. Af en toe benadrukte hij smalend een zin of een woord.

Ik weet dat ik hem niet moet voeden, maar ik kon niet voorkomen dat ik over mijn hele lijf begon te trillen. Het scheelde weinig of ik was gaan hyperventileren.

Misschien ging de lol er voor hem vanaf toen hij in de gaten kreeg dat het me steeds moeilijker viel om mijn aandacht op de weg te houden. Hij trok de cassette uit de speler, gooide hem achteloos uit het geopende raam en heeft geen woord meer tegen me gesproken. Nu zit hij al een hele tijd met zijn voeten op het dashboard op Mischa's telefoon te kijken. Af en toe hoor ik ook op de mijne berichtjes binnenkomen, die door Nick met interesse worden gelezen. Ik vermoed dat hij ze ook beantwoordt. Zo moeilijk is het natuurlijk niet om gesprekken terug te lezen en mijn schrijfstijl na te bootsen.

'Daar links,' snauwt hij.

Ik volg zijn aanwijzingen op als een robot, maar het besef dat ik hem naar mijn moeder breng, drukt alsmaar zwaarder op mijn geweten. Ik zou willen dat ik iets kon doen om haar te waarschuwen.

Ze is nu vast in de keuken bezig. Ze snijdt groente, neuriet mee met de radio en kijkt af en toe uit het raam of ze ons daar in het dal al ziet rijden. Zo stel ik het me voor, terwijl ik Toet over het bloedhete asfalt stuur. De honden scharrelen om haar heen. Betsy met haar grijze smoeltje, Ozzy met maar drie poten. De aandoenlijke kopjes van kleine Bodil en Zizo, met hun komische zeiloren.

Mama hoort de auto en loopt naar voren. Ze veegt haar handen af aan een theedoek, roept Philippe om te zeggen dat we er zijn en haast zich over de binnenplaats naar de poort. De honden dartelen om haar heen, opgewonden, benieuwd naar het bezoek. Mama reikt naar de grendel, ze haalt de poort van het slot.

Ze ziet het niet aankomen. Ze heeft geen idee.

Hoe kan ze ook?

De wielen zingen op het asfalt. We komen in de uitlopers van de bergen terecht. Het lijkt hier alsmaar warmer te worden. Benauwder. Alsof we naar het midden van de aarde rijden, naar de allesverzengende kern.

De hel.

Daarin zal het prachtige huis van mama en Philippe veranderen zodra Nick er een voet aan de grond heeft gezet. Hij is vreselijke dingen van plan. Ik voel het.

Over drie kwartier zijn we er.

Philippe is een grote vent en hij zal zijn vrouw willen verdedigen, maar wat kan hij uitrichten op zijn leeftijd tegen een man als Nick – beresterk, gewetenloos en op alles voorbereid? Zelfs als Nick geen wapens gebruikt is Philippe volstrekt kansloos.

Mijn vingers sluiten verkrampt om het stuur. Ik proef bloed. Uit pure nervositeit heb ik mijn wang stukgebeten.

Je moet iets doen.

Mijn hart slaat hoog tegen mijn ribben, hard en onregelmatig, als een dier dat zich een weg naar buiten probeert te vechten.

Ik voel de druk in mijn oren toenemen. De weg slingert omhoog tussen de rotsen.

Moet iets doen.

Rechts van de weg is de rotswand uitgehouwen, links gaapt een afgrond achter een afrastering van planken. Markering, realiseer ik me. Geen bescherming.

Mijn bewustzijn verandert. De temperatuur lijkt plotseling te dalen, alsof er een schakelaar is omgezet. Ik voel me scherp, klaarwakker.

Iets doen.

De zon weerkaatst op Toets motorkap, stroboscooplicht dat me verblindt. De wielen razen. Mijn oren beginnen te suizen, eerst zachtjes, dan harder. Ik loer naar de reling, druk het gaspedaal dieper in. De motor loeit van inspanning.

Plankgas.

De diesel brult het uit.

Doen.

Een grote vrachtwagen komt de berg af, rakelings langs Toet. Ze schudt heen en weer in zijn slipstream. Ik sluit mijn handen nog vaster om het stuur. Verderop is een bocht naar links. Overzicht – geen andere weggebruikers. Mijn blik schiet naar de reling, terug naar de weg.

Kippenvel. Het wordt koud. IJskoud.

Het suizen klinkt luider, krachtiger.

Doen!

Op mijn twintigste kreeg ik mijn eerste betaalde opdracht. Cornés pizzeria liep behoorlijk, maar van zijn legale inkomsten kon mijn baas zijn hobby's niet bekostigen. Hij verzamelde limited edition-horloges, en zijn veel jongere vriendinnen nam hij graag mee naar Milaan of Rome, waar ze in dure hotels verbleven. In Nederland hing hij de hardwerkende, goedlachse ondernemer uit en wist hij slim onder de radar van justitie te blijven.

Maar in Cornés kantoortje achter de keuken, waar ik na werktijd regelmatig wat bleef drinken, kwamen de onder- en bovenwereld uit de stad samen. Ik voelde me aangetrokken tot die groep mannen die alles en iedereen naar hun hand wisten te zetten. Ik leerde veel van hun gesprekken en nog meer van de stiltes, de blikken die ze onderling wisselden. Aan alles merkte ik dat ik dicht bij het vuur zat. Dus toen een van hen op een avond openlijk vertelde dat hij een probleem had met een wanbetaler, bood ik aan om dat voor hem te gaan oplossen.

Vanaf toen ging het snel.

Binnen een halfjaar bracht ik geen pizza's meer rond, en had ik mijn roeping gevonden.

43

Er zit een scheur in de voorruit. Hij loopt van de linkerbovenhoek in een flauwe boog naar het midden. Ik herinner me de klap. Stukken hout die over de motorkap heen vlogen.

Het kraken. Piepend metaal.

Ik lig tegen het portier aan, de zwaartekracht drukt me half in de rugleuning. Links gaapt de afgrond.

We hebben geen vrije val gemaakt. Vlak nadat ik het stuur omgooide, greep Nick in. Een scherpe draai. Geknars.

Ik ben geloof ik een stuk kwijt.

Nick zit naast me, een hand om het dashboard geklemd. Hem aankijken durf ik niet.

'Dus je was bereid je leven te geven,' hoor ik hem zeggen. Het klinkt alsof dat hem verbaast.

'Nog steeds,' zeg ik schor, en ik grijp naar het contact, maar graai in het luchtledige. Er steekt geen sleutel meer in. Ik zoek op mijn schoot, in de zitting, kijk langs het stuur heen naar beneden, tot ik het vertrouwde gerinkel van mama's sleutelhanger hoor.

Nick houdt hem in zijn gekromde hand zodat ik hem kan zien, werpt hem op en sluit dan nadrukkelijk zijn vingers eromheen. Maakt een vuist.

Ik zet me schrap voor een uithaal, maar er gebeurt niets. Hij raakt me niet aan.

Als ik mijn ogen weer open, lijkt het wel of hij geëmotioneerd is.

'Ik had je niet bang moeten maken. Sorry. Dat was flauw van me.'

Sorry?

'Ik vrees dat je een verkeerd beeld van me hebt gekregen.' Hij wijst naar zijn borst. 'Is mijzelf aan te rekenen, mea culpa, maar ik speel nu eenmaal graag een beetje.' Er flakkert iets duisters in zijn ogen. Heel even. Dan knipoogt hij totaal onverwacht naar me en is zijn blik weer scherp. 'Het gaat me niet om jou, liefje, wees maar niet bang, en ook niet om je moedertje. Ik ben geen monster.' Hij knikt, alsof hij het helemaal eens is met zichzelf. 'Ik ben hier voor zaken.'

Er rijdt een auto met caravan voorbij. De inzittenden bekijken ons nieuwsgierig, maar de bestuurder mindert geen vaart. Er is langs deze weg ook geen mogelijkheid om veilig te stoppen.

'Jouw moeder,' gaat Nick verder, 'die ik trouwens nog nooit heb ontmoet, heeft mij helemaal niet nodig om zichzelf in gevaar te brengen. Dat kan ze namelijk prima zelf. Ze heeft een nogal ongelukkige hand van mannen kiezen.' Hij grijnst vreugdeloos. 'En de appel valt niet ver van de boom: die Mischa van jou was ook bepaald geen heilige.' Hij kijkt over zijn schouder en zet zijn zonnebril op. 'We moeten hier weg. Kun je rijden?'

'Ik... denk het wel.'

'De weg op, hè? Niet meer daarheen.' Hij wijst met zijn kin naar de afgrond. 'Doe dit nooit meer. Niet nodig. We rijden een stukje verder, tot we uit dit gebied zijn, en dan gaan we rustig ergens wat drinken en vertel ik je alles.'

44

De schrik zit nog steeds in mijn lijf als Nick en ik tegenover elkaar in een restaurantje zitten. Op de vloer liggen beige plavuizen, de wanden zijn bedekt met schrootjes van plastic. Achter de bar krast een radio. Verder is het stil – we zijn de enige gasten.

Zonder met mij te overleggen heeft Nick eten besteld. Stukken doorregen rundvlees met een gebakken ei en een berg frites. Ik heb mijn bord niet aangeraakt.

Nick heeft een wonderbaarlijke transformatie ondergaan sinds ik ons bijna te pletter heb gereden: hij gedraagt zich vriendelijk en praat rustig. Zoals hij daar zit in zijn poloshirt maakt hij een angstaanjagend normale indruk. Een doorsneekerel, maar wel een met helende wonden in zijn gezicht. Zijn oog wordt nog steeds een beetje dichtgedrukt door de zwelling.

'Mischa kwam op mij niet over als een crimineel,' zeg ik.

Nick veegt zijn mond af aan een papieren servetje. 'Dat zijn de besten.'

'Hij heeft in de jeugdgevangenis gewerkt.'

'Zei hij dat? Hij heeft er misschien wel eens gezéten, ja.' Nick priemt met zijn mes naar me. 'Neem het maar gewoon van me aan, die jongen was volop aan het werk toen hij bij jou instapte. Hij had een missie: met jou meerijden naar Portugal.'

'Waarom?'

'Komen we zo op.' Nick rijgt een stuk vlees aan zijn vork en haalt het door de saus. 'Dus hij vertelde je dat hij werkloos was en een zomerbaan op een Franse camping had aangenomen.'

'Ja.'

'En die camping lag toevallig op jouw route?'

Ik knik.

Hij schudt grinnikend zijn hoofd. Neemt dan een hap van zijn vlees en kauwt er met smaak op. 'Goed. Vraagje,' zegt hij, met volle mond. 'Heb je hem op zijn werkplek afgeleverd?'

'Daar kwam jij geloof ik tussen.'

'Jullie leken anders niet zo'n haast te hebben om op die camping te komen, wel?'

'De volgende ochtend zou ik hem daar hebben afgezet.'

'Dus hij had geen berichtje gehad dat het hele feest niet meer doorging, iets van die strekking?'

'Nee.'

'Misschien was dat... omdat het niet meer nodig was zoiets te verzinnen? Want...' Nick blijft me aanstaren. Zijn ogen vernauwen zich. Hij bezit het griezelige talent om mijn gedachten te lezen. 'Ja, je was inmiddels op hem gesteld geraakt. Je wilde geen afscheid meer nemen. En dat wist hij.'

In mijn schoot grijpen mijn handen in elkaar. 'Nou, hij... Er was –'

Nick slaat met vlakke hand op tafel. 'Verdomme, ja. Je zou hem maar al te graag hebben meegenomen naar Portugal. Misschien zelfs wel naar je moedertje.'

Ik wrijf in mijn nek en kijk naar buiten, waar de zon meedogenloos brandt op een rijtje schamele huisjes aan de overkant van de weg.

'Mee naar je moeder dus,' concludeert hij. 'Precies volgens zijn plan.' Hij leunt tevreden achterover. 'En wie kwam op dat idee?'

Nick heeft een punt: niet ik, maar Mischa stelde het voor. Het verraste me, omdat hij eerder had gezegd dat hij geld nodig had.

Nick heft zijn handen alsof hij wil zeggen: zie je wel?

'Mischa had opdracht gekregen om met je mee te rijden,' zegt hij zacht. 'Dat kon op verschillende manieren, zoals jij en ik nu weten. Maar onze mooiboy kon gebruikmaken van jouw opspelende hormonen. Minder gedoe, minder risico.'

'Opdracht gekrégen? Van wie dan?'

Hij prikt met zijn wijsvinger naar me. 'Eerst nog dit. Hij was geen vreemde, zei je. Je kende hem. Maar hoe goed? En hoelang al, maanden, jaren?' Hij buigt naar voren, trommelt met zijn vingertoppen op het geblokte tafelkleedje.

Ik zou niets liever willen dan vol overtuiging antwoorden dat ik Mischa al heel wat jaren ken, maar als ik er goed over nadenk is hij me pas vijf, misschien zes weken geleden voor het eerst opgevallen in de sportschool. Het voelt langer, ik weet ook niet waarom.

Seconden gaan voorbij zonder dat een van ons iets zegt. Alleen de radio maakt geluid – gepraat, ruis. De uitbaatster van het restaurant, een donkere vrouw in een lichtblauw schort, zit aan een andere tafel een kruiswoordpuzzel in te vullen.

'Stel dat je gelijk hebt,' zeg ik. 'Hoe kon Mischa dan weten dat ik precies op dat moment bij dat pompstation zou zijn? Ik bedoel, ik kom daar anders nooit, dus –'

'Was dat *jouw* besluit?'

'Wat?'

'Om daar te gaan tanken?'

'Eh... nee. Ze waren vergeten om de auto af te tanken. De garagehouder had een rekening lopen bij dat pompstation, dus ik kon daar op zijn kosten tanken.'

'Precies,' zegt hij grijnzend.

'Ik geloof niet dat ik je begrijp.'

Nick wijst naar mijn bord. 'Eet je dat niet op?'

Afwezig schud ik mijn hoofd.

Zonder omhaal trekt hij mijn bord naar zich toe en zet zijn vork en mes in het koude vlees. 'Mischa werd getipt door de garagehouder.'

'Werkt Mischa voor hem?'

'Werkte.' Hij trekt een wenkbrauw op. 'Nee. Ze werden allebei aangestuurd.'

Ik probeer de afschuwelijke strekking van zijn achteloze correctie niet tot me door te laten dringen, en vraag: 'Door wie, door jou?'

Hij grinnikt, alsof ik iets grappigs heb gezegd. 'Nee, nee, niet door mij.'

'Maar jij was daar ook, zei je.'

Hij knikt. 'Ik heb de garagehouder betaald voor die informatie. Hij is niet zo eenkennig.' Met volle mond gaat hij verder: 'Ik speelde met het idee om daar al bij je in te stappen, maar toen ik die jongen zag rondhangen, besloot ik om het even af te wachten.'

'Jullie kennen elkaar,' concludeer ik.

'Nee. Die kale gast die bij hem hoorde kwam me wel bekend voor.'

'Kale gast?'

'Het was zijn taak om je een beetje op te jutten.'

Ik weet het meteen weer. De man in de auto achter me, die agressief claxonneerde omdat ik niet snel genoeg plaatsmaakte. Die zijn middelvinger naar me opstak.

'Nou, dat is dan gelukt.' Ik pulk aan een draadje dat van het tafelkleed afhangt.

Ik kan wel huilen.

Ze werkten samen, die hork en Mischa. Het was vooropgezet. Gepland.

'Dus toen ben je ons gaan volgen.'

'Ik wilde het stokje van hem overnemen als ik meer zicht had op de situatie.'

Ik wrijf over mijn voorhoofd. 'Waar gaat dit om? Voor wie werkten Mischa en de garagehouder dan?'

'Raad eens?'

Er blijft maar één mogelijkheid over. 'Voor Philippe? Maar die heeft een botenbedrijf, wat –'

'Die boten zijn een dekmantel. Je stiefvader verdient zijn geld met andere dingen.' Hij wijst met zijn kin naar Passepartout. 'Die Defender, zoals die daar staat, is anderhalf miljoen euro waard.'

Ik kijk door de pui naar mama's terreinwagen. In het reservewiel zitten scheurtjes van ouderdom. De zwarte letters op de flanken zijn door de jaren heen flets geworden en laten hier en daar los aan de randen. 'Zit er iets ín de auto?' vraag ik. 'Maar waar dan? Heb ik iets bij me zonder het te –'

'Xtc.' Hij legt zijn vork en mes neer. 'De auto is vakkundig geprepareerd door dat garagebedrijf. Ze zijn wekenlang bezig geweest om elke loze ruimte vol te stoppen. Mischa werkt voor je stiefvader. Hij moest met je meerijden om het transport te beschermen.'

Ik had het bijna verknald, maar ze werkt weer mee.

Ze gelooft me.

En waarom ook niet? De beste leugens bevatten een flinke kern van waarheid en mijn verhaal is tot nu toe waar. De drugs, de garage, Mischa, Philippe. Niets van gelogen.

Laat haar zich daar maar op focussen de komende uren.

45

De eerste keer dat ik Philippe ontmoette was de scheiding met Sander nog niet rond. Ik woonde in het weekend met Levi bij papa boven de bakkerij en door de week sliep ik bij Sander in Nieuwegein – in de logeerkamer, uiteraard. Het was verre van ideaal, maar in afwachting van een goede, permanente woonruimte voor ons tweeën was Levi het beste af op zijn oude school. Het was een periode van rouw, met bergen formulieren en juridisch gedoe en vooral veel emotionele, moeilijke gesprekken. Ik twijfelde constant of ik wel de juiste keuze had gemaakt en ik voelde me schuldig. Verscheurd.

Mama en Philippe waren een paar dagen over uit Spanje. We hebben met z'n drieën geluncht; Levi was die dag bij zijn vader. Mama – gebruind door de Spaanse zon en met peper-en-zoutkrullen – kreeg het voor elkaar me te feliciteren met de scheiding. Ze had Sander 'altijd al zo'n dooie' gevonden, fluisterde ze in mijn oor, en al was ik het diep vanbinnen met haar eens, ergens kon ik het niet goed hebben. Ik had er ook moeite mee dat ze liep te stralen alsof ze licht gaf; zo vreselijk verliefd was ze op 'de botenman', zoals ze Philippe noemde. Met Philippe zou alles anders worden, want hij was een zielsverwant. Ze had haar Engelse Nigel, met wie ze vijf jaar had samengewoond, voor dit nieuwe avontuur verlaten, zoals ze vóór Nigel ook al ettelijke liefdes had ingeruild.

Wat voor indruk maakte Philippe toen op mij? Een grijzende kerel, lang en fors, met heldere, blauwe ogen en sterke, knoestige handen. Hij deed me een beetje aan mijn vader denken. Na die eerste kennismaking hebben we elkaar nog een paar keer gesproken, maar ik was totaal niet met Philippe bezig. Zolang hij vriendelijk was tegen mij en Levi – en dat was hij – en lief voor mijn moeder, vond ik het best. Ik was bezig met overleven.

Nu zou ik willen dat ik beter had opgelet. Wat weet ik over hem? Geboren in Hoorn, geen kinderen omdat zijn ziel onrustig is, 'al even onrustig als die van je moeder'. Kan goed zeilen en is dol op honden. In de buurt van Málaga had hij een kleine jachtwerf met een grotendeels Britse klantenkring – onder wie Nigel. Zo hebben mama en Philippe elkaar leren kennen.

En nu blijkt deze vriendelijke, ietwat gezette reus, die je kunt uittekenen in zijn gele Lacoste-polo's, een drugsbaron te zijn. Bij drugshandelaren heb ik heel andere associaties. *Maar dat Mischa een crimineel zou zijn, is ook geen moment in me opgekomen.*

Zou mama het weten, van Philippe en Mischa? Ik kan het me nauwelijks voorstellen. Ze klonk verrast en oprecht blij toen ik vertelde dat ik iemand bij me had. Dat was niet gespeeld.

Dus liegt Philippe mijn moeder voor. In elk geval over deze reis.

Anderhalf miljoen euro.

Dat verklaart Philippes voorliefde voor bewaakte, omheinde parkeerplaatsen en hotelkamers op de begane grond. En het verklaart ook waarom Mischa de eerste nacht ín de auto sliep en niet in mijn bed. Hij wilde misschien wel, maar hij had opdracht gekregen om de handelswaar in de gaten te houden. De tweede nacht is hij de hotelkamer uit geslopen nadat ik in slaap was gevallen, om alsnog aan zijn verplichtingen te voldoen. En buiten stuitte hij op Nick, die het tijd vond om 'het stokje over te nemen'.

*

'Je had me beloofd dat je alles zou vertellen,' zeg ik, als Nick en ik het restaurant uit lopen. Het is hier frisser en vochtiger dan in Spanje. De temperatuur is zeker tien graden gezakt.

'Ik heb je alles verteld.'

'Niet wat je met Mischa hebt gedaan,' zeg ik zacht.

Nick werpt me een zijdelingse blik toe. 'Hij heeft er weinig van gemerkt, als dat verschil maakt voor je. Ik begrijp dat het voor jou niet te bevatten is, maar hij wist dat hij dat risico liep. Dat weten we allemaal.'

'En mijn moeder, wat weet zij?'

'In de jaren dat ik met Philippe werkte hield hij privé en zaken gescheiden.' Hij wijst met zijn kin naar Toet. 'Maar het lijkt erop dat hij daar tegenwoordig wat soepeler over is gaan denken.'

'Je hebt voor Philippe gewerkt? Nu niet meer?'

Er valt een schaduw over zijn gezicht. 'Nee, niet meer. Stap in.' Hij maakt het portier voor me open en loopt om de auto heen naar de andere kant.

Ik staar naar de geopende deur.

Verroer me niet.

Nick stapt aan de bijrijderskant in. Hij kijkt me aan, een wenkbrauw opgetrokken. 'Nou?'

Ik laat mijn ogen door het interieur gaan. Er is me eerder niets afwijkends opgevallen aan Toet en nu nog steeds niet.

Nick lijkt mijn gedachten te lezen. Hij tikt tegen het dak en de zijkant van de deur. 'Het meeste zit achter het plaatwerk. Je kunt er heel wat platte pakken in kwijt.' Hij haalt zijn mes tevoorschijn en snijdt een reepje skai langs de stiknaad van de zonneklep los. Met zijn duim trekt hij het nepleer een beetje verder open. Ik zie het meteen: een vacuüm getrokken pakketje met groene pillen. Zorgvuldig duwt Nick het skai terug, wrijft erover met zijn duim. 'Overtuigd?'

Ik blijf staan, mijn handen over mijn neus gevouwen.

'Wat sta je daar nou?' snauwt hij en even breekt die andere Nick door het masker van welwillende vriendelijkheid heen; de Nick die me al twee dagen gijzelt, die me heeft geslagen en half ontkleed en me vannacht aan een ketting heeft vastgelegd.

Ik deins naar achteren. 'Alsjeblieft. Neem de auto mee, met alles wat erin zit. Ik zweer je dat ik hier met niemand over zal praten. Tegen mijn moeder zeg ik gewoon dat haar auto is gestolen.'

Nick klopt met zijn hand op de bestuurderstoel. 'Instappen, Iris.'

Ik schud mijn hoofd.

'Ik heb je nodig.'

'Nodig?'

'Ik kan je niet laten gaan. Nóg niet. Voor mensen zoals jullie zijn alle criminelen één pot nat, maar in de onderwereld bestaan er net zo goed specialismes als in de bovenwereld. Drugshandel is niet mijn *cup of tea*, ik heb er geen verstand van. Als het troep is, wil ik het niet verkocht hebben.'

'Maar wat heb ik daarmee te maken?'

'Philippe zal me niet met open armen ontvangen. Ik heb je nodig om bij hem binnen te komen. '

'Jullie hebben ruzie?'

'Zoiets,' zegt hij. 'Ik knapte klusjes voor hem op waaraan hij zelf zijn vingers niet wilde branden. Na ons laatste project is hij met de noorderzon vertrokken.' Nick tuurt zwijgend uit het raam, alsof hij zijn herinneringen ergens daarbuiten geprojecteerd ziet. Dan vervolgt hij zachter: 'Het duurde nog best een poos voor ik hem gevonden had. Die oude vos is behoorlijk paranoïde geworden. Overal rond het huis camera's, boobytraps. *No way* dat je daar ongezien naar binnen wandelt.'

Er begint me iets te dagen. 'Dus je doet alsof je Mischa bent.'

Hij knikt kort. 'Hij zal snel genoeg zien dat ik Mischa niet ben, maar dan sta ik al achter de poort.'

'En dan?'

'Als ik hem goed inschat, ziet hij zijn afnemers vanavond al. Ik rijd met hem mee naar de plaats van de overdracht, laat hem zijn zaken regelen en strijk het geld op.'

'En dan?'

Zijn blik verhardt. 'Dan dump ik hem ergens waar hij een poosje bezig zal zijn om los te komen, zodat ik een voorsprong heb.' Nick poetst de glazen van zijn zonnebril op met zijn shirt. 'Met zo'n bedrag kan ik verdwijnen. Voorgoed.'

Mijn telefoon gaat. Het geluid komt uit het binnenste van Nicks weekendtas.

Hij negeert de oproep. 'Stap in.'

'Wie verzekert me dat je Philippe niet vermoordt?'

'Ik.'

'Je hebt Mischa vermoord.'

'Philippe weet waar hij aan toe is als hij me ziet. Dit

gaat om zaken. Om geld. Dat snapt hij.'

'En mijn moeder en ik?'

'Zodra ik mijn geld heb, zijn jullie vrij om te gaan.'

'Ik weet niet of ik dat kan geloven, na alles wat er is gebeurd.'

Dat lijkt hem te irriteren. 'Ik ben een man van mijn woord, Iris. Ik doe wat ik beloof. Dat geldt ook voor dat ándere, voor het geval dat je dat vergeten bent.' Zijn ogen worden donkerder. 'Of moet ik je geheugen even voor je opfrissen?'

'Goed, jij wint,' fluister ik schor. Ik trek me op aan de zijsteun, ga achter het stuur zitten en sluit het portier.

'Het is geen wedstrijdje. Niet tussen ons.' Nick overhandigt me de sleutels.

'Hoe weet je zo zeker dat Philippe Mischa verwacht?'

'Mischa heeft hem zojuist nog een berichtje gestuurd.' Nick rommelt in zijn rugzak en haalt Mischa's telefoon eruit. Zwaait ermee. 'Hij spreekt zijn baas toe vanuit het graf, ik werp me op als medium.' Grinnikend stopt hij de telefoon weer weg en trekt zijn petje dieper over zijn voorhoofd. 'Sorry, fout grapje. Je vond hem echt leuk, hè?'

Natuurlijk laat ik Philippe niet vrij.

Zo veel coulance heeft hij niet verdiend.

Voor het werk dat ik doe bestaan geen officiële opleidingen. Er is geen LinkedIn, je stuurt je cv niet rond om te laten weten dat je in bent voor 'een nieuwe uitdaging'. Er is iets anders wat ervoor zorgt dat je interessante, goedbetaalde projecten krijgt toegeschoven: je reputatie. Die van mij stond ooit als een huis, totdat Philippe meende dat hij me een oor kon aannaaien. In deze branche kun je niet de politie bellen of naar een advocaat stappen. Wanneer je onrecht wordt aangedaan, moet je het zelf oplossen.

Dat is wat ik nu eerst ga doen.

46

De enige toegangsweg naar het huis zigzagt omhoog door een dichtbegroeid bos. Af en toe breekt het zonlicht door het bladerdek. Zwermen insecten hangen als spookachtige schimmen boven het asfalt; ze zijn de enige levende wezens die we tegenkomen sinds we het dorpje in het dal achter ons hebben gelaten.

'Houd op met dat gegrien,' snauwt Nick.

Ik haal mijn neus op en druk met mijn duim en wijsvinger in mijn ooghoeken. Het helpt niet. De tranenvloed is niet te stoppen.

Nick trekt ongeduldig zijn rugzak open en haalt er een handdoekje uit. Hij giet er water uit zijn bidon overheen. 'Fris jezelf op.'

Trillerig dep ik mijn gezicht.

Nick kijkt me ernstig aan. 'Ik ga je niets beloven wat ik niet kan waarmaken. Maar ik verzeker je, nogmaals: als je doet wat we hebben afgesproken, blijven jij en je moeder ongedeerd.'

'En Levi?' Mijn stem klinkt gedempt door de handdoek. 'Je zei –'

'Ik weet wat ik heb gezegd. Je zoontje is veilig. Breng mij achter die poort en jullie horen nooit meer iets van me.' Hij rukt de handdoek uit mijn handen en dept mijn voorhoofd en wangen ermee. Haalt ruw zijn duim langs mijn wenkbrauwen.

Ik trek geschrokken mijn hoofd terug.

'Sssh...' Zijn mondhoeken krullen omhoog. 'Zo, dat ziet er al een stuk beter uit.'

Hij laat de handdoek op de grond vallen en trekt zijn petje weer diep over zijn voorhoofd. Klopt met vlakke hand op het dashboard. 'Gas erop. Je moedertje wacht.'

Als een robot kom ik in beweging. Toets motor loeit. Op sommige stukken is de weg zo steil en ligt zo veel gruis dat de banden ervan slippen.

Tussen de boomstammen door vang ik een glimp op van de hoge, oude muur van de binnenplaats. Het huis zelf is nog steeds niet zichtbaar. Als de enorme poort opdoemt aan het einde van het weggetje – zwaar massief hout, met zwart beslag – vonkt er iets in mijn hoofd. Ik onderdruk de paniekerige impuls om Toet tegen een boom aan te rijden. Het is zinloos. Nick zal me voor zijn. Hij is me constant voor. En ik breng er Levi mee in gevaar.

Ik kan dit niet winnen.

Niet van hem.

Nick haalt iets uit zijn rugzak en verstopt het in een snelle beweging onder zijn jack.

Ik hoef het niet te zien om te begrijpen wat het is.

'Je zou ons niets aandoen.' Mijn stem klinkt klein, krakerig.

'Philippe verwacht Mischa, niet mij, weet je nog? Sterk zijn nu.' Nick praat me moed in alsof we samen op roverspad zijn.

Ik rem voor de poort af en laat de motor draaien. Rechts van een loopdeur, bijna onzichtbaar in de harde schaduw, hangt een koperen bel aan een touw.

'Zal ik –'

'Philippe heeft ons al gezien.' Nick wijst op een camera die boven op de muur is bevestigd. 'En er zitten ook gps-trackers in de auto.'

Trackers?

'Dus Philippe wist al die tijd al...'

'Tuurlijk.'

Aan de andere kant van de poort klinkt opgewonden gekef.

'Doe zo normaal mogelijk.' Nicks stem lijkt me vanuit een andere dimensie toe te spreken. Vaag, ver weg, en even vrees ik dat ik flauw zal vallen. Dan wordt alles weer helder en scherp.

Dit gaat niet om mij, prent ik mezelf in. Niet om Levi of mama. Dit gaat alleen maar om geld. Door Philippe ben ik in deze situatie terechtgekomen. Hij heeft mama misleid met zijn botenbedrijf, Passepartout vol met drugs laten stoppen en Mischa op me afgestuurd. Wat zal hij gelachen hebben, met zijn 'toeristische route'. Maar voor mij valt er helemaal niets te lachen. Philippe heeft me willens en wetens blootgesteld aan belachelijk grote risico's. Stel dat ik was onderschept door de politie met anderhalf miljoen euro aan illegale drugs? Dit soort vondsten halen het nieuws. Ze zouden me echt niet zomaar geloofd hebben als ik zou hebben beweerd dat ik van niets wist. Ik had nu in een Franse of Spaanse cel kunnen zitten.

Alleenstaande moeder verdacht van omvangrijke drugssmokkel.

En misschien moet ik wel dankbaar zijn dat juist Nick op mijn pad is gekomen, in plaats van een crimineel die het alleen maar om de drugs te doen is. Ripdeals, daar lees je wel eens over. Dan zou ik hier niet eens meer gezeten hebben.

Ik weet niet wat er precies staat te gebeuren aan de andere kant van de poort, maar ik moet nu ophouden met denken dat ik de enige ben die daar iets aan kan veranderen. Ik ben niet verantwoordelijk voor deze afschuwelijke situatie. Dat is Philippe.

Niemand anders.

De poort zwaait open. Ik rijd stapvoets de ommuurde binnenplaats op. Recht voor me is een lange, hoge muur van mergelsteen met twee garagedeuren erin. Rechts van de muur loopt een verweerde stenen trap naar het hogergelegen huis. Een van de garagedeuren komt ratelend omhoog. Er glipt een hond onder de ontstane opening door – Betsy, de windhond met het grijze snoetje. Mama had haar al toen ze nog maar net met Nigel was. De hond blijft kwispelend naar ons staan kijken.

'Stop hier,' snauwt Nick. 'Motor laten lopen.'

Ik rem abrupt.

Nick loert vanonder zijn pet om zich heen. Zijn rechterhand ligt nog steeds onder zijn jack.

Ik durf me nauwelijks te bewegen.

Mama komt uit de garage de binnenplaats op gelopen. Ze draagt een kleurrijke pareo en een sjaaltje dat haar grijsblonde krullen uit haar gezicht houdt. Om haar gebruinde polsen zitten een heleboel armbanden. 'Daar ben je dan!' Ze zwaait naar ons. 'Welkom, lieverd!'

'Wacht,' grauwt Nick.

Bodil en Zizo, de twee maneto's, rennen op hun korte pootjes om mama heen. Ze kijken afwisselend naar Toet en naar hun bazin en blaffen opgewonden.

Philippe is nergens te bekennen.

'Rustig uitstappen,' klinkt het naast me. Nick legt een hand op mijn been. 'Vraag waar Philippe is, en zorg dat ik kan horen wat je tegen haar zegt.'

Ik blijf zitten, bevend over mijn hele lichaam.

'Vraag het!' Hij geeft me een zetje.

Ik open het portier en laat me uit de auto zakken.

Mama's hondjes dansen om me heen, vrolijk en nieuwsgierig. Bodil snuffelt aan mijn voeten.

'Toet en mijn lieve dochter, wat een feest!' Mama spreidt haar armen. 'Wat heb ik je gemist, meitie!'

Meitie. Zo noemde ze me vroeger altijd.

Zwijgend laat ik haar liefkozingen over me heen komen. Ik krijg het nauwelijks voor elkaar om haar knuffels te beantwoorden. Op dit moment voel ik naast angst vooral verdriet, maar ook boosheid. Ik realiseer me dat ik mijn moeder haar kinderlijke onbezonnenheid verwijt, haar onvermogen om een normale, betrouwbare levenspartner te kiezen. Ik ruik de zonnebrandcrème op haar gelooide huid, vermengd met het parfum dat ze al sinds mensenheugenis draagt – Cacharel. Met haar zucht naar afwisseling is het een wonder dat er ten minste één ding in haar leven onveranderd is gebleven. Ik leg mijn wang tegen de hare en in weerwil van alles voel ik me een moment geborgen. Heel even maar.

Dan vraag ik, geforceerd luid: 'Waar is Philippe?'

'Onderweg. Ik verwacht hem over een uurtje thuis.' Mama maakt zich los uit de omhelzing en kijkt langs me heen naar de auto. 'Wat is er met de voorruit gebeurd?'

'Er is een steentje op gekomen,' hoor ik Nick achter me antwoorden. 'Rolde zo van de berg af. Páts.'

Ik draai me om. Nick is uit de auto gestapt. Hij heeft zijn sportjack aan, wat er toch een beetje ongemakkelijk uitziet in deze warmte.

'Mischa, aangenaam.' Hij geeft mijn moeder een hand. 'Fijn dat ik mee mocht komen. Ik zie meteen van wie Iris haar looks heeft.'

Mama schenkt hem een brede lach. 'Dank je.'

Gespannen kijk ik toe hoe mama en Nick allerlei beleefdheden uitwisselen. Mama vraagt naar de wond op zijn wang en zijn gezwollen oog en hij antwoordt vlotjes dat hij die heeft overgehouden aan een val met een mountainbike. Hij steekt zijn hand op en laat zijn verbonden vinger zien – 'Ik mag nog van geluk spreken, het had erger kunnen aflopen.'

Nick speelt zijn rol verbluffend goed. Hij komt zo natuurlijk over, zo relaxt en charmant dat het wel lijkt alsof hij iemand anders is. Dan valt mijn oog op de bobbel ter hoogte van zijn maag en zie ik hoe het gewicht van het pistool zijn jack aan die kant naar beneden trekt.

'Uw man is niet thuis, begrijp ik?'

'Nee, inderdaad. Zijn afspraak in Porto is uitgelopen.' Ze kijkt ons samenzweerderig aan. 'Dat is wel het grote nadeel van hier wonen, hoor, alles is zo vréselijk ver weg. In Málaga zaten we een stuk centraler. Maar goed...' Ze maakt een uitnodigend gebaar. 'Genoeg gekletst. Zet de auto maar binnen, jongens, dan gaan we aan de wijn. Daar zullen jullie vast wel aan toe zijn, na zo'n lange tocht.'

Nick grijnst breed. 'Ik dacht dat u het nooit zou vragen.'

'Zeg maar jij, hoor,' reageert mama.

47

Mama twijfelt er geen moment aan dat ik Nick beschouw als mijn nieuwe vriend, of toch tenminste een crush die ik bestendig genoeg acht om hem aan haar voor te stellen. Hij hoort er helemaal bij.

Mijn nervositeit pikt ze niet op.

We volgen haar terwijl ze ons opgewekt het huis laat

zien, dat eeuwen geleden een soort klooster is geweest. Ondanks alles ben ik onder de indruk. Het lijkt wel een filmset. Lange gangen met balkenplafonds en veel sobere kamers met kleine, vierkante ramen die uitzicht bieden op de binnenplaats of de groene vallei die achter het huis ligt. De honden lopen van de ene ruimte naar de andere met ons mee. Hun nageltjes krassen over de tegels. Philippes vesting bestaat uit vier woonlagen, waaronder een enorm souterrain met twee garages en een wijnkelder. Mama's invloed is in het hele huis merkbaar. Waar ik ook kijk liggen kussens en kleurrijke kleden en er staan loungebanken en rotanzitjes die nogal uit de toon vallen bij de solide eenvoud van het gebouw. Aan de muren hangen oude olieverfschilderijen, afgewisseld met eigen werk. 'Kijk,' zegt ze, en ze wijst op een houten tableau waar lukraak klodders roze, geel en lila op gesmeten zijn. Tenminste, die indruk maakt het op me. De kleuren lopen hier en daar in elkaar over. 'Ik experimenteer momenteel met abstract expressionisme, daar kun je zóveel in kwijt. Heerlijk.'

Ze gaat ons voor door openslaande deuren aan de achterkant van het huis. Daar ligt een terras met rode parasols en een zwembad. Erachter golft donkergroen gebladerte zo ver je kunt kijken. Het uitzicht dat ik onder normale omstandigheden als adembenemend zou ervaren, vind ik nu onheilspellend.

Je hoort alleen maar krekels en vogels.

Geen mens in de verre omtrek.

'Eigenlijk wonen we veel te ver van de bewoonde wereld,' zegt ze, alsof ze mijn gedachten raadt. 'En het is ook veel te groot voor ons tweeën. Ik zeur Philippe al maanden aan zijn hoofd om hier een bed and breakfast te mogen beginnen.'

Nick neemt de omliggende bossen in zich op als een

veldheer die ten strijde moet trekken. 'De omgeving is behoorlijk groen,' merkt hij op.

'We hebben hier in het voorjaar veel regen gehad,' zegt mijn moeder, en dan zoekt ze mijn blik. 'Wat ben je stil, Iris. De hele tijd al.'

Ik sla mijn ogen neer. 'O... Eh, ik ben geloof ik gewoon een beetje moe.'

'Ja, natuurlijk ben je dat! Wat dom van me. En ik sleur jullie verdorie het hele huis door. Kom, we –'

'Mag ik vragen wat daar is?' Nick wijst naar een rijtje vierkante ramen en een massief ogende deur in de uiterste hoek van het terras.

'Philippes werkkamer. Maar als je het niet erg vindt, laat ik zijn domein voor wat het is. Philippe is gesteld op zijn privacy.'

'Begrijpelijk,' zegt Nick.

We volgen mijn moeder terug naar binnen, waar het schemerig is en koel. De honden trippelen met ons mee. Onderweg naar de keuken wijst mama ons op details die ze nog wil verbeteren: een andere kleur op de muren, een trap die geschuurd en gelakt moet worden. Nick zit nog steeds perfect in zijn rol als vriend-van. Hij lijkt oprecht geïnteresseerd in haar verhalen en blijft maar vragen stellen. Slim. Zo hoeft hij minder over zichzelf te praten. Bovendien geeft mama hem in haar enthousiasme gevoelige informatie. Een deur met een geheime gang erachter. Philippes werktijden. Dat zijn werkkamer ook via het souterrain te bereiken is. Ze vertelt dat hij wel eens op stap gaat met een klant en dan op zijn kantoor in de buurt van Porto blijft slapen, zodat ze regelmatig de nacht alleen moet doorbrengen in dit grote huis. Haar honden zijn waaks, maar veel te zachtaardig om haar te verdedigen, daarom is ze ook zo blij met het geavanceerde alarmsysteem. Nick zuigt alle informatie in zich op – ik merk het aan hem.

Bij mama merk ik iets anders op: kwetsbaarheid. Ze beweegt zich lang niet meer zo soepel als vroeger, op haar iets te magere benen waarvan de huid een beetje is gaan hangen. Ze kijkt steeds naar ons om en lacht en praat constant, als een kind dat haar kamer laat zien aan klasgenootjes wier mening belangrijk voor haar is.

Dat mijn moeder zich wel eens alleen kan voelen is een tweede inzicht dat me overvalt in de strakke, koele gangen van Philippes vesting. Maar ik zie het ineens zo duidelijk dat ik er niet meer over twijfel: deze tengere, kleurrijke vrouw op leeftijd voelt zich eenzaam in haar eeuwenoude, strenge, veel te grote huis. Ondanks haar hondjes, ondanks haar schilderhobby en haar afwisselende luxeleven. Ik realiseer me dat ik haar voor het eerst bekijk door de ogen van een volwassene; niet meer door die van het kind dat door haar in de steek is gelaten.

We zijn in de keuken aanbeland: een langgerekte ruimte met lambrisering, bruine tegels en witte muren, die grenst aan een zijterras. De buitendeuren staan wijdopen en bieden zicht op het dal. De opeengepakte boomkruinen doen denken aan broccolivelden.

'Ga zitten, jongens.' Mama gebaart naar de eettafel, waar acht rood met groen gelakte stoelen omheen staan. Haar armbanden rinkelen. Ik ruik vaag wierook, maar de geur van wijn, knoflook en olijfolie overheerst. Op het aanrecht staan bakjes, schalen en schaaltjes, de meeste met folie afgedekt. Mama heeft zich enorm uitgesloofd voor het avondeten.

'Zal ik je jack even weghangen?' Ze steekt haar hand uit om Nicks jas van hem over te nemen, maar hij doet alsof hij haar niet heeft gehoord en gaat plompverloren aan het hoofd van de tafel zitten. Hij diept Mischa's telefoon op uit zijn broekzak en klapt hem open.

'Zal ik je jack –'

'Nee, dank je,' zegt hij zonder van het schermpje op te kijken.

Mama blijft aarzelend staan. 'Eh... vind je dat niet een beetje te warm? Het is bijna dertig –'

'Ik houd het liever aan.' Hij zegt het kalm, maar de dreiging is onmiskenbaar.

Ik ken die houding van hem, die intonatie.

Mama moet nu ophouden.

'Hij is eh... heel kouwelijk, mam,' hoor ik mezelf zeggen, met een stem die niet op de mijne lijkt. Weifelend neem ik rechts van Nick plaats.

Mama zet drie glazen neer en schenkt die tot bijna aan de rand vol met witte wijn uit de koelkast. 'Vinho verde,' legt ze uit. 'Als je die eenmaal hebt geproefd, ben je verkocht.' Ze haalt schaaltjes met worst en olijven tevoorschijn, peutert het plasticfolie eraf en zet ze op tafel.

De windhonden hebben zich op een verschoten bank genesteld die tegen de lambrisering aan staat. Mama neemt tegenover me plaats en tilt Bodil bij zich op schoot. Zizo probeert het bij mij. Kwispelend staat het wit met oranje hondje met haar korte voorpootjes tegen mijn stoel, de oren verwachtingsvol gespitst. Ik ben te gespannen om me over haar te ontfermen, maar als ik eraan denk dat ze het hierna misschien wel bij Nick gaat proberen, begin ik haar plichtmatig over haar kop te aaien.

'Ik zie een asbak staan.' Nick knikt naar een glazen asbakje en haalt tegelijkertijd een pakje sigaretten tevoorschijn.

Mama schuift hem het glazen ding toe. 'Ga gerust je gang. Ik rook ook wel eens binnen.'

Hij biedt haar een sigaret aan, die ze gretig aanneemt en door hem laat aansteken. Terwijl Nick zijn eigen sigaret in het vlammetje houdt, zoekt mama oogcontact met me. Het is of haar iets dwarszit. Of ze me iets wil vragen.

Ik wend mijn gezicht af en richt me op de hond. Zizo drukt haar onwaarschijnlijk grote oren plat tegen haar schedeltje. Ze tilt trillend een voorpootje op.

Ik neem haar op schoot en houd haar tegen me aan, een warm bibberend kussentje. Ze kwispelt zachtjes. De tranen die ik voel opkomen, snuif ik weg.

Dan, alsof ze besloten heeft dat ze zich waarschijnlijk zorgen maakt om niets, heft mama het glas. 'Nou mensen, waar zullen we op toosten?'

'Op Passepartout,' zegt Nick.

Bericht van Philippe, op Mischa's telefoon.

45MN.
ZORG DAT JE KLAARSTAAT.
S. WORDT ONGEDULDIG.

Philippe heeft dus geen tijd voor een praatje. Zijn afnemer is nerveus geworden door de vertraging. Het is me niet duidelijk waarom Philippe zo verlaat is, maar er zal vast een goede reden voor zijn. Philippe is punctueel, voorzichtig. Als hij de boel niet vertrouwt zal hij de levering sowieso niet laten doorgaan.

Nog drie kwartier, dan wandelt Philippe hier naar binnen, recht in de loop van mijn pistool.

Zo gaat het gebeuren.

We gaan samen naar zijn klant en halen het geld – daarmee kan ik in Colombia tot het einde der dagen als een god leven. Philippes lichaam dump ik vanavond nog in een van die eeuwige bossen hier.

En dan kom ik terug voor moeder en dochter, het grand dessert. Wat zeg ik? Een fucking bacchanaal.

48

Ik heb mijn glas niet meer aangeraakt, Nick het zijne evenmin. Naarmate de tijd verstrijkt begint de spanning ook op hem meer vat te krijgen. Mama maakt het hem niet makkelijk met haar vragenvuur, maar ik sta versteld van de snelheid waarmee hij antwoordt en het consistente verhaal dat eruit naar voren komt. Hij is jurist, vijfendertig, pas gescheiden, geen kinderen en hij heeft zijn baan op de Amsterdamse Zuidas opgeschort voor een sabbatical. Terug naar de basis; liften en rondtrekken zoals in zijn studietijd, en 's ochtends bij het wakker worden nog geen idee hebben waar hij 's avonds zal overnachten. Wat hij vertelt klinkt al even boeiend als overtuigend, al toont en praat Nick wat rauw voor iemand met een afgeronde rechtenstudie.

Maar mama eet uit zijn hand. 'Dus je woont nog steeds in Amsterdam? In welke wijk?'

Nick krabt in zijn nek. 'West, net buiten de ring. Niet bepaald posh, maar het is moeilijk om iets fatsoenlijks te vinden.'

Er ontspint zich een gesprek over huurprijzen en mama vertelt hoeveel geluk ik heb gehad met mijn appartement, dat ik er zo mooi woon met Levi, vlak bij de school en met uitzicht op het park.

Nick luistert quasigeïnteresseerd. Het glimlachje om zijn mond maakt me duidelijk dat hij het allemaal allang weet. Natuurlijk weet hij het. Hij weet alles.

In stilte vraag ik me af waar hij heeft staan posten. In het park, dat 's avonds zo donker is en vol bewegende schaduwen? Of heeft hij ons begluurd vanuit een van de andere appartementencomplexen, een busje of een auto? De wetenschap dat Nick mij en Levi ongezien heeft kunnen bespieden, dat hij ons is gevolgd en mij in de sportschool zelfs heeft aangesproken zonder dat ik me hem kan herinneren, doet me onwillekeurig huiveren.

'Jullie drinken me niet bepaald arm,' zegt mama met een knikje naar onze volle glazen. Dat van haar is leeg. 'Ik heb ook rood, als je dat liever hebt?'

Ik peuter nerveus aan een velletje bij mijn nagel. Philippe kan er nu elk moment zijn. 'Nee hoor, wit is prima.'

Ik hoor zoemen. Nick trekt Mischa's telefoon naar zich toe en klapt hem open. Fronsend begint hij te lezen. Een bericht van Philippe, vermoed ik – die in de overtuiging leeft dat hij met Mischa communiceert.

Nick typt een antwoord.

Mama zet Bodil van haar schoot en staat op. 'Zal ik jullie anders alvast de kamers wijzen? Dan kunnen jullie je opfrissen en kletsen we straks wel verder, als we compleet zijn.' Ze drukt haar sigaret uit in de asbak. 'Ik heb twee aparte slaapkamers in orde gemaakt. Kijk maar wat jullie het prettigst vinden.'

'Dank je, mam,' wil ik zeggen, maar er komt nauwelijks geluid uit mijn keel.

Ik voel me licht in mijn hoofd worden en mijn oren beginnen te suizen. Het is alsof ik loskom uit de stoel. Het trillen wordt erger. Ik herken dit gevoel. Het is me eerder overkomen, kort voor de scheiding, toen het jarenlange zwijgen, de zorgen over Levi, over geld, de twijfel, de zelfhaat – álles – me bij elkaar te veel was geworden. Ik kreeg toen een soort paniekaanval. Nu gebeurt het weer.

Mama's ogen blijven op me rusten. Groot en bruin. Talloze fijne lachrimpels in haar dunne huid waaieren uit over haar slapen. 'Heerlijk om je weer bij me te hebben, meitie. Ik heb de dagen afgeteld.'

Ik zou willen dat ik antwoord kon geven. Er komt geen geluid. Het bloed raast door mijn aderen, mijn hart hamert achter mijn borstbeen.

Ik blokkeer.

Nick haast zich om de tafel heen en legt zijn handen op mijn schouders. Hij kneedt mijn spieren, draait rondjes met zijn duimen. 'Wat ben je toch gespannen,' zegt hij vlak bij mijn oor. 'Komt van het rijden. Ik zal je zo eerst eens een goede massage geven.'

'Ik wou dat Philippe eens zoiets tegen me zei,' hoor ik mama zeggen.

Trillend sluit ik mijn ogen. De vermoeidheid, de hitte, de pijn. De ondraaglijke spanning. Ik kan het niet meer aan. Mijn gezicht begint te tintelen.

Het is ineens een stuk kouder.

'Gaat het wel goed met je?'

Ik open mijn ogen.

Mama staat voorovergebogen bij me en kijkt me onderzoekend aan. 'Je laat me schrikken, je gezicht is helemaal –'

'Iris is doodmoe, Sonja,' onderbreekt Nick haar. 'Zo'n oldtimer vergt wel wat van de chauffeur. Ik begreep dat Iris sowieso niet gewend is om lange stukken te rijden.' Nick pakt me onder mijn oksels en helpt me omhoog. 'Kom, schat, we gaan even rusten.'

Ik laat me door hem meevoeren de keuken uit, de trappen op, naar de bovenste verdieping. Het is alsof ik zweef, mijn voeten raken nauwelijks de grond. We komen uit in een gang met aan weerszijden massief ogende, houten deuren. Het is hier schemerig en kouder dan in de rest van het huis.

'Die twee kamers zijn voor jullie.' Mama's stem galmt door de gang. Er worden deuren geopend. Ik voel luchtweerstand.

'Dank je, we nemen deze wel.' Wat klinkt Nicks stem ver weg.

De kamer ruikt naar hout en naar textiel dat al enige tijd niet gelucht is, vermengd met schoonmaakmiddel – lavendel.

Nick zet zijn rugzak op de vloer en begeleidt me naar het bed.

Verdwaasd neem ik de ruimte in me op. Middeleeuws aandoende muren van grote blokken mergel, een glanzend dressoir, tegels op de vloer. Pal tegenover de deur is een vierkant raam van dikke stenen blokken. Er zitten diefijzers voor. Vanuit deze sobere, grauwe ruimte lijkt de buitenwereld een helder, bijna lichtgevend schilderij. De hemel heeft een diepblauwe tint en de langgerekte wolken zijn zo stralend wit dat het zeer doet ernaar te kijken.

Ik hoor mama met Nick overleggen en ik begrijp dat ze aanbiedt om mijn spullen uit de auto te halen, zodat hij me in bed kan leggen. Hun stemmen komen van ver, als door een lange buis.

Roerloos blijf ik zitten, met mijn handen tussen mijn knieën, de palmen tegen elkaar aan gedrukt. Een lage bromtoon heeft zich in mijn hoofd genesteld. Ik kijk naar mama en Nick die in de deuropening staan te praten. Even zou ik durven zweren dat de hele reis en alles wat ik heb meegemaakt alleen maar een levendige nachtmerrie is. Ik knijp mijn ogen dicht en sper ze weer open, maar het gevoel dat ik er niet echt bij ben, houdt hardnekkig stand.

Mama verdwijnt naar de gang.

'Het duurt nog wel even voor Philippe er is. We hebben de tijd.' Nick komt naast me op bed zitten en legt zijn hand op mijn dijbeen. In een reflex trek ik mijn been bij hem weg. Hij corrigeert me met een nijdig rukje. Met zijn andere hand grijpt hij me bij mijn haar vast en trekt me naar zich toe. Hij drukt zijn neus in de holte tussen mijn hals en schouder, snuift diep. 'Ik moet je iets bekennen, Iris,' fluistert hij.

Ik voel iets zachts en vochtigs langs mijn oor glijden en ik realiseer me dat het zijn tong is. Kippenvel springt op over heel mijn lijf.

'Ik heb aan je gedacht.' Zijn hand kruipt omhoog en zijn vingertoppen verdwijnen onder de zoom van mijn korte broek. Zijn ademhaling wordt schokkerig. 'Aan hoe het zal zijn met jou.'

Mijn benen beven onophoudelijk. Ik wend mijn gezicht af naar het raam en probeer me voor te stellen dat ik daarbuiten ben. Hoog in de blauwe lucht en ver boven die oneindige groene bossen. Vrijheid. Zuurstof.

Ik wens dat mama gauw terugkomt en tegelijkertijd wil ik dat niet, bang dat Nick haar hierin gaat betrekken.

Niet bewegen.

Ik moet stil zijn.

Als ik niet reageer, verliest hij misschien wel zijn interesse.

'Je moet wel een beetje meer ontspannen, anders gaat het pijn doen. Dat snap je toch wel?' Hij grijpt met zijn duim en twee vingers mijn achterhoofd vast. Alsof ik een buikspreekpop ben draait hij mijn gezicht naar zich toe. Zijn snelle, onregelmatige ademhaling stoot in mijn gezicht. 'Het gaat sowieso wel een beetje pijn doen, Iris, ik zal eerlijk zijn. Maar dat gaan we allemaal nog ontdekken, samen, wat je kunt hebben.' Zijn ademhaling wordt oppervlakkiger, gaat over in gehijg. De opwinding begint het langzaam maar zeker over te nemen. 'En wat niet,' fluistert hij.

Dit is de Nick die me aanspoorde om de jongen in het hardrockshirt te roepen. De Nick die 'Mama' meezong. De Nick die me deels uitkleedde in Spaans niemandsland, me pijn deed.

Maar op een of andere manier voelt het nu nog verontrustender. Nick heeft me gegarandeerd dat het hem vooral om het geld te doen was, en ook een beetje om Philippe zelf.

Het ging niet om mij, zei hij. Niet om mama.

Maar dat vertelde hij pas nadat ik ons bijna het ravijn in had gereden. Pas toen nam hij de tijd om met me te praten en antwoord te geven op mijn vragen, en bood hij zijn excuses aan. Nu realiseer ik me dat hij me toen nog nodig had om hier binnen te komen. Ik was zijn toegangsbewijs. Ik vrees dat dit zijn enige reden is geweest om, op zijn manier, zuinig op me te zijn.

Nu heb ik alleen nog waarde als onderpand. Mama en ik zijn een stok achter de deur om Philippe te laten gehoorzamen. Gewond, getraumatiseerd, het maakt niet uit, zolang we maar in leven zijn.

'Je ruikt lekker, Iris.'

Ik knijp mijn ogen dicht in een vruchteloze poging mijn inktzwarte gedachtestroom tot stilstand te brengen. Paniek zal me niet helpen. Ik moet proberen kalm te blijven, alert. Maar soms weet het lichaam allang wat de geest niet kan accepteren.

De tranen stromen over mijn gezicht.

Half en half krijg ik mee dat Nick voor me komt staan. Hij pakt met beide handen mijn hoofd beet. Zijn vingers drukken hard in mijn achterhoofd. Hij mompelt iets onverstaanbaars. Kantelt mijn hoofd en manoeuvreert mijn gezicht naar boven. Ik voel iets vochtigs op mijn kin. Op mijn lippen, mijn neus. Vochtig en ruw.

Geschrokken sper ik mijn ogen open.

Het is zijn tong. Hij likt mijn gezicht alsof ik eetbaar ben, of mijn huid bedekt is met een laagje suikerglazuur. Zijn ogen draaien weg in opperste euforie.

Ik houd mijn adem in, pers mijn lippen op elkaar. Ik zou willen dat ik flauw kon vallen, maar ik voel alles, ik ruik alles. Mijn handen hangen als gebroken vleugels naast mijn lijf. Ik kan niets doen, niets zeggen. Alleen maar hopen dat het snel voorbij is.

Dat het niet erger wordt.

Dat hij me geen pijn zal doen.

Het gaat sowieso wel een beetje pijn doen, Iris... Dat zullen we nog gaan ontdekken, samen.

Plotseling duwt hij me met kracht achterover op het bed. Met een woedende blik kijkt hij op me neer, zijn ademhaling schokkerig, zijn ogen zwarte gaten. Hij haalt geërgerd zijn vingers door zijn haar en loert om zich heen alsof hij iets zoekt. Dan loopt hij naar zijn rugzak en haalt er een bundel kabelbinders uit tevoorschijn.

Een hoge fluittoon vult mijn oren. Ik schud wild mijn hoofd. Mijn pieperig 'alsjeblieft' komt eruit als een snik.

Angstzweet parelt op haar gezicht. En die ogen, man, die ogen... groot en vochtig en nog steeds vol emotie. Vol leven. Ze slaat ze neer, vermijdt oogcontact. Iris van der Steen keert zich steeds meer in zichzelf. Braaf en dociel, precies zoals ik haar wil hebben.

Spelen met Iris voelt nu al beter dan ik had verwacht. Haar huid smaakt zoutig, naar de vloeibare wanhoop die in grillige stroompjes over haar wangen sijpelt. Tranen, ze blijven komen, de bron droogt niet op. Iris is een gever. Een verslavende drug die me berooft van mijn denkvermogen.

Ik moet me echt beter leren beheersen.

Maar nu ze vastgebonden is, kan ik me concentreren op wat ik moet doen. Straks pakken we de draad wel weer op.

Het moedertje kan elk moment terugkomen, sjouwend met Iris haar koffer. Al die nutteloze spullen. Ik verwacht geen verzet van die vrouw. Het mens is vel over been, heeft nauwelijks spieren, een minimale hoeveelheid vet.

Niet interessant.

Ze mag kijken.

Toeschouwers maken het leuker.

49

Ik hoor voetstappen op de gang. Schuifelend, weifelend.

'Daar hebben we je moedertje,' mompelt Nick.

Beneden slaat een van de honden aan. Een schel, staccato gekef. Gestommel. Er klapt een deur dicht. Een andere hond begint nu ook te blaffen.

Nicks kaken verstrakken. Vloekend beent hij naar het raam, met zijn hand onder zijn jack.

Hij is halverwege als de schokgolven door de kamer slaan. Een harde knal. En nog één.

Nick draait om zijn as. Hij probeert zich staande te houden tegen de muur, verliest grip en zakt naar de vloer.

Nog een knal.

Hij klapt voorover, grijpt naar zijn schouder. Donker bloed sijpelt tussen zijn vingers door.

'Iris!'

Ik draai mijn hoofd met een ruk naar links.

Mama staat in de deuropening. Ze laat mijn tas uit haar handen vallen, ontzet, haar mond opengesperd in een stille schreeuw. Philippe verschijnt meteen achter haar, met een verwilderde uitdrukking op zijn gezicht. Golvend grijs haar, gebruinde huid. Hij is groter dan in mijn herinnering.

De opluchting die door me heen stroomt grenst aan

euforie. Philippe is er. En hij heeft Nick neergeschoten.

Alles komt goed, we zijn veilig.

Maar waarom kijkt mama niet opgelucht? Houterig doet ze een stap naar voren. Onhandig, bijna alsof ze niet naar binnen wil, haar wijdopen ogen gericht op Nick. Philippe duwt haar voor zich uit, in de richting van het bed waar ik op lig, met mijn handen aan elkaar gebonden.

Hij geeft haar nog een zetje. Ze valt tegen me aan op het matras.

Philippe richt zich meteen op Nick.

'Het is helemaal mis, Iris,' prevelt mama. 'Een nachtmerrie. Het is... Philippe is zichzelf niet. Waarom... Hij zegt dat –'

Snelle voetstappen op de gang. Gepiep van zolen.

'Wie is –' begin ik.

Verder kom ik niet.

Ik ben bang dat ik mijn verstand verloren heb. Dat de druk en de spanning me mentaal en fysiek zo sterk hebben uitgeput dat ik mijn zintuigen niet meer kan vertrouwen.

Maar het is geen waanbeeld dat ik zie. Geen illusie.

De man met het petje die in de deuropening staat, in zijn grijze joggingbroek en zwarte shirt, is Mischa.

Philippe trapt mijn pistool bij me vandaan. Hij houdt angstvallig afstand tussen ons, respectvol. Hij weet maar al te goed waartoe ik in staat ben, gewond of niet.

De stekende pijn in mijn schouder en been scherpt mijn zintuigen. Vervelend, maar bekend, vertrouwd terrein. Het is het bloedverlies waar ik me zorgen om maak.

'Maak het af,' snauwt Philippe naar Mischa, en hij stopt zijn pistool terug in de holster – nog altijd niet bereid om zelf vuile handen te maken.

Mischa loert naar me over de loop van zijn wapen, met pupillen als kolen. Tot het uiterste gefocust. De laatste keer dat ik in die ogen keek, ging hij kopje-onder in die poel in Frankrijk.

Het pistool ligt stevig in zijn vuist. Geen trillingen. Maar tussen kalmte bewaren en impulsief handelen uit blinde haat zit een dun lijntje, weet ik, en op dat lijntje balanceert hij nu.

'Waar wacht je op?' Philippe heeft er blijkbaar geen moeite mee dat zijn vriendin en haar dochter getuige zijn van een moord.

'Straks.' Mischa laat zijn pistool zakken. De loop is nu op mijn benen gericht. 'Er is nu te weinig tijd.'

'We hebben tijd genoeg,' gromt Philippe.

Mischa schudt zijn hoofd. 'Gun me mijn moment met hem.'

Dat snapt Philippe.

Terwijl hij zijn wapen op me gericht houdt, laat Mischa zich op zijn hurken zakken en graait mijn kabelbinders van de vloer. Hij werpt ze me toe. 'Je enkels,' zegt hij. 'Flink strak.'

Ik volg zonder haast zijn bevelen op. Bij elke beweging sis ik en vertrek ik mijn gezicht in een grimas, zodat het lijkt of ik veel meer pijn heb dan ik in werkelijkheid ervaar.

Inwendig juich ik, maar ik pas er wel voor op om daar ook maar iets van te laten blijken. Ze hebben me zojuist een tweede kans gegeven. Een hele reeks aan mogelijkheden om mijn fout recht te zetten.

50

Ze hebben Nick de kamer uit gesleept. Philippe kwam na een kwartiertje terug, maar Mischa heb ik niet meer gezien.

Voordat hij wegging zocht hij nadrukkelijk oogcontact. Secondelang staarde hij naar me met een intense, koortsachtige blik, totdat Philippe hem maande op te schieten. Het voelde als een afscheid.

Mama zit naast me op bed en draait nerveus aan haar armbanden. 'Ik heb die verhalen over jou nooit geloofd,' zegt ze tegen Philippe, die tegen de muur naast het dressoir staat met zijn armen over elkaar geslagen.

'Omdat je dat niet uitkwam,' reageert hij. 'Je stak liever je kop in het zand.'

'Waarom ben je niet eerlijk tegen me geweest?'

Hij haalt zijn schouders op. 'Ik doe in wezen niets verkeerd, Sonja.'

'Jullie hebben iemand neergeschoten. Noem jij dat niets verkeerd doen?' Ze priemt met haar wijsvinger naar het bloed op de tegelvloer. De hele slaapkamer ruikt ernaar.

Philippe blijft opvallend kalm. 'Het spijt me dat je dit moet meemaken. Het zijn uitwassen. Als het legaal kon, zou ik het spul legaal verkopen.'

'Maar dan zou je er niet zoveel mee verdienen, toch?'

Philippe werpt een blik op zijn horloge. 'Ik moet ervandoor.'

'Dat denk ik toch niet,' zegt mama scherp.

In stilte bewonder ik mijn moeders strijdlust, de onverwachte moed die bij haar naar boven komt. Ze mag er dan uitzien als een frêle vogeltje, mijn moeder heeft het hart van een wolvin. Altijd al gehad, besef ik.

'Sorry, meid.' Philippe loopt naar de deur. 'Het spijt me ook voor jou, Iris. Blijf waar je bent, doe geen rare dingen. We hebben het er straks wel verder over.'

Hij sluit de deur achter zich.

'Ben je nou helemaal!' Mama springt op en haast zich naar de deur, die Philippe vlak voor haar neus dichtslaat.

Het schrapen van metaal op metaal is onmogelijk verkeerd te interpreteren, maar misschien heeft ze het niet gehoord. Ze rammelt aan de klink en bonkt op het massieve hout. 'Philippe? Klootzak, leugenaar! Maak open!'

Ze schreeuwt, ze roept. Ze trapt met haar blote voet tegen de deur.

'Mam...'

'Klootzak!'

'Mam, rustig nou.'

'Als hij het waagt ons hier te laten zitten, hoeft hij nooit meer terug te komen.'

'Ze zijn al weg. Luister maar.'

In de afgelopen vier dagen heb ik het motorgeluid van Toet uit duizenden leren herkennen. Maar ik hoor nog een tweede auto de binnenplaats af rijden. Ik ren naar het raam. Beneden zie ik tussen het gebladerte door het geblikker van metaal, voordat beide auto's in het uitgestrekte groen verdwijnen.

Philippe was een van mijn beste opdrachtgevers. In zijn naam legde ik bezoeken af bij wanbetalers en concurrenten en liep ik ook wel eens naar binnen bij plaatselijke autoriteiten die hij niet omgekocht kreeg. Moord en brand, onverklaarbare verdwijningen of eenvoudige indoctrinatie: ik deed wat nodig was.

Philippe en ik zagen elkaar regelmatig buiten het werk om, maar ik vermeed zijn jetsetfeestjes en kwam niet bij hem thuis. We gingen liever samen zeevissen, motorrijden of ergens wat drinken. Ik heb hem nooit het achterste van mijn tong laten zien – sommige dingen houd je voor jezelf – en toch voelde Philippe een beetje als een vader voor me.

Andere opdrachtgevers werden nerveus van onze band. Ze begonnen te twijfelen aan mijn onafhankelijkheid. Onzin natuurlijk, maar het hele systeem in onze branche drijft op vertrouwen.

Toen ik dit met Philippe besprak, bood hij me aan fulltime voor hem te komen werken. Hij wilde me daarvoor ruimschoots compenseren. Er was zelfs sprake van dat we compagnons zouden worden. Alles door de helft. We zouden flink gaan cashen en dan samen uit Europa verdwijnen; we fantaseerden hardop over een ranch in Colombia.

Tot zover de theorie.

Philippe kreeg spijt van zijn belofte. Of misschien was hij van begin af aan al niet van plan geweest om die na te komen. Het mannetje dat hij op me afstuurde had de opdracht om abrupt een einde te maken aan onze samenwerking. Een oplossing uit de Moni-categorie – mijn specialisatie nota bene, dus die zag ik van verre aankomen.

Nog diezelfde dag was Philippe verdwenen. Zijn bedrijf bleek te zijn overgenomen, zijn huis was aan iemand anders verhuurd. Het heeft lang geduurd voordat ik hem getraceerd had. Nog meer tijd kostte het om een manier te vinden waarop ik hem op alle fronten te grazen kon nemen. Het juiste moment, de deal, toegang tot het huis, alles hing nauw samen.

Dat hij me nu te slim af is, is moeilijk te accepteren. Mijn eigen schuld: het zogenaamde oponthoud op de dag van de overdracht had me moeten waarschuwen. Ik heb me te veel laten afleiden.

Maar het is nog niet verloren.

Mischa heeft een knelverband aangelegd. Het is evident dat hij graag wil dat ik nog leef als hij terugkomt.

Ik spits mijn oren.

In de kamer hiernaast hoor ik af en toe stemmen. Gefluister, gestommel. Ik vermoed dat de vrouwen daar zitten, dat Philippe en Mischa ze daar hebben opgesloten. Alles ligt dus nog open – het geld, Philippe, de vrouwen.

Ik krabbel op, ga tegen de muur staan en breng met mijn gebonden polsen tegen elkaar mijn ellebogen aan weerszijden van mijn ribbenkast. Beweeg mijn polsen weer omhoog. Weer naar beneden, maak een wig van mijn armen. Kabelbinders kunnen breken. Alles draait om de juiste techniek en de juiste mindset.

52

'Het is gewoon te gek voor woorden.' Mama peutert met een verbogen armband aan de kabelbinder. Het plastic is zo strak aangetrokken om mijn polsen dat de ingesnoerde huid rood-blauw is verkleurd. Het onderliggende bot is gevoelig geworden van eerdere pogingen om mezelf te bevrijden.

'Het spijt me zo.'

'Jij kunt er niets aan doen, mam.'

Ze kijkt me aan. Haar ogen waterig, de mascara uitgelopen. 'Natuurlijk wel. Philippe had gelijk. Ergens voelde ik wel dat het niet klopte.'

'Je wist dat Philippe een crimineel was en toch bleef je bij hem?'

'Het waren maar geruchten. Pure afgunst, dacht ik eerst, want we verdienden goed aan die boten. En natuurlijk waren niet al Philippes klanten even keurig aan hun geld gekomen.'

'Dat wist je?'

'Nou ja, er gaat veel zwart geld in om, daar heeft Philippe nooit een geheim van gemaakt.' Ze stopt met bevende vingers een weerbarstige lok onder haar sjaal. 'Maar toen we halsoverkop weg moesten uit Spanje en ik daarover niemand mocht inlichten, begreep ik dat het mis was. Hij had het bedrijf al van de hand gedaan, de huur opgezegd en hup, we woonden hier.'

'Zomaar? Zonder met jou te overleggen?'

'Ja.' Ze haalt haar schouders op en trekt er een gezicht bij alsof ze wil zeggen: snap jij dat nou? 'Ik sprak geen woord Portugees, ik kende hier niemand. Maar Philippe bracht het als een groot avontuur. Dit huis was een buitenkans, Portugezen waren veel vriendelijker dan Spanjaarden en de streek was nog niet verpest door massatoerisme.'

'Je vond het niet raar?'

'Een beetje misschien. Maar je kent me. Ik ga een uitdaging niet uit de weg.'

Ik vraag mijn moeder of ze Nick kent, maar ze is er vrij zeker van dat ze hem niet eerder heeft gezien.

'Nick vertelde dat hij veel voor Philippe heeft gewerkt.'

'Dat kan natuurlijk, ik kwam zelden op de werf.'

'Ik denk niet dat hij op de werf werkte, mam. "Klusjes opknappen" noemde hij het. Hij zei dat hij dingen deed waar Philippe zelf zijn vingers niet aan wilde branden.' Onwillekeurig huiver ik. 'Het ging om geweld, vermoed ik, en hij –'

'Ik mis mijn leesbril.' Ze duwt de punt van de gebroken armband in de opening van de kabelbinder en probeert al jutterend tussen de lagen te komen. 'Maar je moet weten dat Philippe ook veel goede kanten heeft. Hij is altijd lief voor de hondjes geweest. En voor mij ook. Dat gedrag van daarnet, dat ken ik niet van hem.'

'Mam, Philippe heeft je auto vol drugs gestopt en laat je dochter ermee door heel Europa rijden, samen met een gewapende handlanger.'

'Ja, daar gaat-ie, ik heb hem! Probeer eens?'

Het plastic geeft mee. Ik wring mijn handen uit de kabelbinder en smijt het ding van me af. Mijn bloedsomloop komt weer op gang. Ik masseer mijn prikkende polsen.

Mama staat inmiddels bij het raam. Ze heeft de tralies van de diefijzers vast en probeert er beweging in te krijgen, maar het metaal rammelt niet eens. Het zit waarschijnlijk al eeuwenlang in het steen bevestigd en geeft geen krimp.

'Ik woon nu al zo lang in het zuiden van Europa,' zegt ze. 'En altijd heb ik ze gezien als bescherming, nooit als tralies.'

Ik loop naar de deur en laat mijn handen over het hout gaan, dat zwaar en massief aanvoelt, al even solide als de rest van het huis. De scharnieren zitten niet aan deze kant. Ik buig voorover en kijk door het sleutelgat. Erachter is het schemerig. Stil.

'Als Philippe ons hier lang laat zitten, heeft hij een probleem,' zegt mama. 'Want dit gaat te ver.'

Op een of andere manier lijkt ze ervan overtuigd dat ze nog enigszins grip heeft op Philippe en zijn acties. Is mijn moeder werkelijk zo naïef?

Ik draai me naar haar om. 'Ben je niet bang?'

'Voor Philippe?' Ze neemt plaats op een stoel bij het raam en trekt haar knieën op. 'Nee. Maar hij is wel veranderd sinds we hier wonen.'

'In welke zin?'

Ze slaat een pand van haar kleurrijke gewaad om haar ontblote benen heen. 'Ik ben het gewend om te verhuizen en op een onbekende plek opnieuw te moeten beginnen. Dus ik had eigenlijk wel verwacht dat we hier snel genoeg een nieuwe vriendenkring zouden krijgen, maar... Philippe kapte het steeds af. Ik mag niet eens een bed and breakfast beginnen.' Ze staart nietsziend voor zich uit. 'Nou ja, de puzzelstukjes vallen nu wel op hun plek.'

'Welke puzzelstukjes?'

'Philippe wil hier geen mensen zien, terwijl ik in Spanje regelmatig huisfeesten organiseerde voor de hele buurt.' Ze wijst in de richting van het raam. 'Heb je die camera bij de poort gezien? Die valt op, hè? Maar er zijn er nog veel meer, de meeste verborgen.' Ze buigt vertrouwelijk naar me over. 'Philippes kantoor is net een controlekamer, allemaal monitoren.'

Ik moet terugdenken aan wat Nick tegen me zei. *Die oude vos is behoorlijk paranoïde geworden. Overal rond het huis camera's, boobytraps.*

Misschien heeft Philippe daar wel alle reden toe. Ik begin te vermoeden dat Nick tegen me loog toen hij zei dat hij hem niets zou aandoen en het hem alleen om zijn geld te doen was. Maar zelfs al sprak Nick de waarheid, hij is vast niet de enige die het op Philippe gemunt heeft.

Mama's gezicht klaart plotseling op. 'Maar nu snap ik wel waarom hij zo voorzichtig is geworden. Anderhalf miljoen.'

'We moeten hier weg zien te komen, mam.'

Ze haalt haar schouders op. 'Je hebt toch gezien dat dat niet lukt? We kunnen beter wachten tot ze terug zijn.'

Ik loop langs haar heen naar het raam. De lucht daarbuiten is helderblauw en de bossen zijn diepgroen, zo ver als het oog reikt. Ik hoor het zoemen van insecten en het hoge gegier van zwaluwen in hun vlucht. Licht en ruimte. Vrijheid. Mocht ik hier levend en wel vandaan komen, dan zal ik zulke dingen nooit meer als vanzelfsprekend beschouwen.

'Het gaat om een fortuin,' zeg ik zo kalm mogelijk. 'En jij en ik weten te veel.' Ik draai me naar haar om. 'Ik geloof niet dat je begrijpt hoe gevaarlijk deze hele situatie is.'

Ze kijkt me even zwijgend aan, zegt dan: 'Ik ben niet gek. Ik snap ook wel dat... dit –'

'Mam, denk even na, waarom zou Philippe mij laten gaan? Hij loopt het risico dat ik naar de politie stap.'

'Wil je dat dan?'

'We zouden samen aangifte moeten doen,' zeg ik geëmotioneerd, en ik vertel haar wat er de afgelopen dagen is gebeurd. Ze schrikt als ze hoort wat Nick me heeft aangedaan, en dat ik vanmiddag geen andere uitweg meer zag dan het ravijn in te rijden.

'Ik... ik besef het eigenlijk nog amper.' Ik wrijf over mijn gezicht. 'Misschien dat ik er daarom zo neutraal over kan praten met je. Maar we moeten maken dat we hier wegkomen.'

'Je hebt toch gezien wat er net gebeurde? Philippe heeft hem neergeschoten. Hij is op ónze hand, hè.'

Ze vat het nog steeds niet. 'Philippe is degene die ons in deze situatie heeft gebracht. Het had veel slechter kunnen aflopen.'

En dat kan het nog steeds.

Ik krijg het beeld niet van mijn netvlies: Philippe die mijn moeder een duw gaf, zodat ze haar evenwicht verloor en tegen me aan op bed belandde. Het gemak waarmee hij dat deed, de onverschilligheid.

Ik kijk naar de deur. 'Heb je die armband nog?'

Twintig monitoren zijn in vier strakke rijen aan de muur bevestigd. De schermen flikkeren in het schemerdonker. Ik zie de keuken, woonkamers, een paar gangen, het zwembad, de garage, een wijnkelder, de binnenplaats vanuit verschillende hoeken. Alles even scherp. Zoals verwacht zijn er naast die ene, voor iedereen duidelijk zichtbare camera boven op de poort verborgen camera's langs de oprit opgesteld. De garagehouder kletste dus niet uit zijn nek. Philippe is zo paranoïde als wat. En terecht.

Met mijn telefoon tussen mijn schouder en mijn oor geklemd been ik door zijn controlekamer. Ik schuif bureaulades open, rommel door de inhoud. Philippe heeft meer wapens dan dat ene pistool waarmee hij me neerschoot. Veel meer. Maar waar?

'Hoe heb je je telefoon teruggekregen?'

'Hij lag op mijn weekendtas, beneden in de garage. Philippe heeft hem hier achtergelaten,' antwoord ik.

'En de andere telefoons?'

'Die hebben ze bij zich, denk ik. Mijn wapens ook.'

Ze is even stil. 'Dus... wat doe je nu?'

'Wachten tot die klootzakken terug zijn met het geld. Dan zijn ze allebei aan de beurt.' Ik schuif een la van Philippes bureau open. Onder een stapel papieren en tijdschriften staat een kistje. Ik zet het op het bureaublad.

'Heb je veel bloed verloren?'

'Valt mee. En in de keuken vond ik pijnstillers. Voorlopig ben

ik oké.' Ik probeer het slot van het kistje, geef er een klap op.

'Hoe laat verwacht je ze terug?'

'De komende twee uur zeker niet.'

Er zit geld in. Briefjes van vijftig en twintig. Ik prop de biljetten in mijn zak en kijk speurend om me heen. Verborgen deuren, een kluis? Ik strijk met mijn vingertoppen over de naden van het behang. Klop hier en daar op de wanden.

'En die vrouwen zitten daar nog.'

'Eh... ja.' Ik sla een kleed opzij, er zou een luik onder kunnen zitten.

Niets.

'Hou je wel een beetje je gemak?'

Dat was geen vraag – ze kent me.

'Altijd,' fluister ik. 'Dat weet je toch.'

Ze geeft antwoord, maar ik hoor het niet meer.

Er is boven iets aan de hand.

Ik leg mijn hoofd in mijn nek. Het klinkt alsof er iets zwaars wordt verschoven. Een harde bonk. Gedreun. Het resoneert door de lege gangen.

'Ik bel je straks terug,' zeg ik snel, en ik loop de controlekamer uit, de trap op.

53

'Van je ééne, twééje...'

'Ja!'

Het antieke dressoir kraakt, een lade schiet er half uit, maar de deur geeft geen krimp.

'Nog één keer,' zegt mama hijgend. 'En dan harder.'

We pakken het dressoir weer op aan de uitstekende rand van het blad, zwaaien het naar achteren en rammen het naar voren, zo hard als het gaat tegen de deur aan.

'Yes!' joel ik, en dan realiseer ik me dat het geluid van brekend hout niet van de deur komt.

Een zijpaneel van het dressoir is uit het lood geslagen. De lade valt met een klap op de grond.

Mama blaast een pluk haar uit haar gezicht en staart vertwijfeld naar de resten van het antieke dressoir.

'Het heeft geen zin, mam.' Ik strek mijn vingers en buig ze weer. Het verband dat Monza zo liefdevol heeft aangebracht is losgekomen. Mijn handen en onderarmen zijn tot bloedens toe geschaafd door de harde randen van de kast en er zitten rode vegen op mijn kleding.

Aan de andere kant van de deur klinkt zacht gepiep.

'Het is goed, Bodil,' roept mama met hoge stem. 'Alles komt goed, lieverdje.'

De hond blijft piepen. Nu begint er eentje te keffen.

De dieren zijn compleet van slag.

Ik kijk naar buiten. Het is bijna donker. Hoe laat zou het zijn – negen uur, halftien? 'Ze zijn al best lang weg, hè?'

'Ja, best wel.'

Zwijgend probeer ik het verband terug op zijn plek te krijgen. Tot nu toe ben ik alleen maar bang geweest voor Philippe, voor wat hij met ons gaat doen zodra hij terug is. Maar het alternatieve scenario dat zich nu aan me opdringt, is mogelijk nog angstaanjagender: stel dat Philippe en Mischa, al dan niet opzettelijk, *niet* terugkomen? Geen mens weet dat we hier opgesloten zitten. Bo en Maarten zullen zich vandaag of morgen vast gaan afvragen waarom ik de telefoon niet opneem en niet reageer op de berichtjes die ze me ongetwijfeld zullen sturen, maar Nederland ligt bijna drieduizend kilometer hiervandaan. Voordat iemand hier achter de zwaarbeveiligde hekken poolshoogte komt nemen, kunnen we zomaar drie, vier dagen verder zijn. Misschien wel een week. En ik betwijfel of we dat redden. Dat ik vandaag niets heb gegeten en nauwelijks wat heb gedronken, wreekt zich nu al. Mijn hoofd barst bijna uit elkaar en mijn tong voelt aan als kurk.

Mama gaat in de stoel bij het raam zitten en ik op bed, met mijn rug tegen het hoofdeind. Ik laat mijn kin op mijn borst zakken en sluit mijn ogen. Haal diep adem.

Vanaf de gang klinkt nu en dan het getik van hondennagels, gepiep en gesnuffel bij de deur. De dieren begrijpen er niets van. Mama probeert ze gerust te stellen, maar door de bibberige, hoge stem klinken haar woorden allerminst als een geruststelling.

In stilte vraag ik me af waarom ze al die tijd bij Philippe is gebleven, als hij zo veranderd is als ze zegt. Op relatiegebied is mijn moeder als een bos tuimelkruid uit oude westerns. Ze wortelt nergens, reist altijd weer door; naar een andere stad, een ander land, een andere man. Een ander leven. Na papa heeft ze geen relatie meer gehad die langer dan vijf jaar standhield.

'Waarom ben je niet bij Philippe weggegaan?'

Ze haalt haar schouders op. 'Ik hoopte dat het over zou gaan, denk ik. Dat hij weer de man zou worden die hij in onze begintijd was.'

'Maar jullie zijn pas twee jaar samen.'

Zwijgend plukt ze aan haar sjaal.

'En alleen in het begin was hij leuk?'

'Nu ook nog wel, hoor. Met vlagen. Maar...' Ze trekt een ongelukkig gezicht. 'Opstappen is makkelijker gezegd dan gedaan.'

'Je hebt er anders genoeg ervaring mee.'

Ze kijkt op, met een felle blik. Dan slaat ze haar ogen neer. 'Je hebt gelijk. Maar het is nu anders.'

'Hoezo anders?'

'Ik zou niet weten waar ik naartoe zou moeten.'

'Wat dacht je van gewoon naar huis?'

Verbaasd kijkt ze me aan. 'Ik heb geen thuis. Daarvoor heb ik overal te kort gewoond.'

Ik geloof niet dat mama doorheeft hoe kwetsend haar opmerking voor mij is. 'Thuis is niet altijd gebonden aan een plek, mam. Ook aan mensen.'

Vooral aan mensen.

Op de gang slaat een van de maneto's alarm. Nagels tikken op de stenen vloer. Nu beginnen ook de andere honden te blaffen.

Gespannen staren we naar de deur.

'Er is iemand.'

'Ik heb geen auto gehoord,' fluister ik.

Mama schudt haar hoofd alsof ze wil zeggen: ik ook

niet. Haar mond staat een beetje open. 'Wie kan dat nou zijn?'

Gegrom.

'Ik hoor voetstappen.' Mama haast zich naar de deur en buigt zich voorover. Ze tuurt door het sleutelgat.

Zo plotseling als de honden zijn begonnen met blaffen, houden ze er weer mee op.

Ik hoor iets anders, nu: gestommel dieper in het gebouw, maar ik besef tegelijkertijd dat ik door mijn vermoeidheid dingen kan horen die er niet zijn. Ik draai me om naar het raam. De zon is onder. Boven de bossen hangt een rode gloed.

'Het was vast een muis.' Mama zet haar handen op haar onderrug en rekt zich uit. 'Of een duif. Zizo kan soms fel reageren op duiven die in de vensterbank zitten, en dan laat de rest zich opfokken.'

'Het waren voetstappen, toch?'

'Ja. Dat dacht ik ook. Maar soms maken de balken ook zulke geluiden. Of de trap.' Ze masseert haar armen en loopt naar het bed. 'Ik heb vaak genoeg rechtop in bed gezeten 's nachts. Het was altijd loos alarm.'

Iris en haar moedertje proberen te ontsnappen. Hun actie is al even aandoenlijk als zinloos. De deur is van kastanjehout en hangt aan zware smeedijzeren scharnieren. Die twee zitten vast in die kamer totdat ik ze eruit laat.

Of eruit sleep.

De honden scharrelen op de gang rond. Alle vier staren ze me aan, met de staart tussen de poten. Eentje keft naar me, maar hij duikt in elkaar als ik mijn hand hef.

Ik blijf bij de deur staan. Aan de andere kant klinken opgewonden stemmen. Gehijg.

Een zoete prikkeling stoot door mijn bloedbaan.

Ik knijp mijn ogen dicht en druk mijn handpalmen tegen mijn slapen. Niet nu. Straks.

Ik moet me eerst bewapenen. Een pistool, munitie, een scherp mes – Philippe heeft vast wel ergens wat bruikbaars laten slingeren. Ik heb het draaiboek al in mijn hoofd. Zodra hij nietsvermoedend naar binnen komt lopen, schakel ik Mischa als eerste uit. De oude vos laat ik in leven, voor het geval hij de buit niet bij zich heeft.

Als ik het geld heb, kan het feest beginnen. We kunnen alle tijd nemen, Iris, haar moeder en ik. Dit huis is ideaal. Ver van de bewoonde wereld, volop privacy, genoeg te eten en te drinken en een waanzinnig geavanceerd beveiligingssysteem. Ik kan hier gerust een paar dagen blijven spelen. Een week misschien wel.

54

Ik pak de diefijzers vast en laat de koele avondlucht over mijn verhitte huid waaien. De geur van naaldbomen en aarde vult mijn neusgaten. Ik druk mijn voorhoofd tegen de eeuwenoude tralies en kijk naar beneden. De muur is vlak en recht. Geen uitsteeksels of richels, niets waaraan ik houvast zou kunnen hebben.

'Ik had een kamer aan de kant van het terras voor jullie in orde gemaakt,' hoor ik mama zeggen. 'Vanmiddag belde Philippe me op. Hij wilde per se dat jullie deze kamers kregen.'

'Dit is een cel, mam. Geen kamer.'

'Ik wou dat ik het door had gehad.'

Vermoeid draai ik me weg van het raam en leg mijn achterhoofd tegen de muur. Levi heeft me vast al een paar keer geprobeerd te bellen; Bo en Maarten zullen zich nu onderhand wel afvragen of er iets is gebeurd. Zal mijn vader zich zorgen maken? Ik had hem beloofd het te laten weten als ik in Portugal was aangekomen.

'Had jij morgen of overmorgen nog afspraken staan?' vraag ik.

Mijn moeder schudt haar hoofd.

'Niemand die jou zal missen?'

'Niet meer.' Ze trekt een ongelukkig gezicht. 'Ik heb

geen contact meer met vrienden van vroeger.'

'Door Philippe?'

'Ik heb overal vrienden achtergelaten, niet alleen in Málaga. Ook in Londen en Barcelona.' Ze wriemelt aan een armband. 'Elke plek heeft toch zijn eigen vibe. Als je verhuist raak je de voeling met je vriendengroep kwijt. Dan werkt het niet meer. En je verandert zelf ook.' Mama schikt de sjaal die om haar haar gedraaid zit. 'Bovendien was ik altijd dat opportunistische loeder dat haar man in de steek liet voor een ander.'

Ik begrijp wat ze bedoelt.

Er is niets opportunistisch aan mij, maar van de vriendinnen die ik had toen ik nog met Sander was, is alleen Bo blijven hangen – en die kende ik daarvoor al. Met de rest is het contact verwaterd door de verhuizing naar Utrecht. Onbegrip over mijn beslissing heeft ook wel een rol gespeeld, denk ik.

Ik heb het geluk gehad dat ik nieuwe vrienden kon maken die in korte tijd waardevol voor me zijn geworden – Fabienne bijvoorbeeld, die me als geen ander aan het lachen kan maken met haar scherpe humor, en Renate, die mijn zelfvertrouwen een enorme boost heeft gegeven door met me te gaan sporten en die zo lief was om mijn haar gratis te kleuren en knippen.

'Ik begrijp wat je bedoelt, mam. Maar als Philippe zo raar deed had je natuurlijk ook gewoon terug naar Nederland kunnen komen.'

Ze haalt haar schouders op. 'Waarvan? Ik heb geen geldboompje in de tuin staan.'

'Je hebt toch wel gespaard?'

'Geld was nooit een issue. Nigel was natuurlijk ook bemiddeld, net als Hans en Tiny,' zegt ze, zonder me aan te kijken. 'Ik heb het misschien niet altijd even handig aangepakt.'

'Je hebt die mannen voor je laten zorgen, maar je bent vergeten om voor jezelf te zorgen,' concludeer ik.

'Dat is wel een heel negatieve voorstelling van zaken.'

Maar ook een heel juiste, besef ik.

Ik wrijf over mijn voorhoofd. 'We vinden er wel wat op, mam. Je bent hoe dan ook altijd welkom.' Als we hier tenminste levend vandaan komen, voeg ik er in gedachten aan toe.

Mama peutert aan haar nagel en lijkt zich er niet bewust van te zijn dat ik een reactie van haar verwacht. Ik laat het zo. Mijn moeder heeft de navelstreng aan haar kant doorgesneden toen ze uit Utrecht vertrok en mij en papa verslagen achterliet. De milde status quo die we in de afgelopen jaren onderhouden is ontstaan doordat ik ben gaan inzien dat het geen *onwil* van haar kant is, maar *onmacht*. 'Het is wat het is,' zei Bo eens toen ik het er met haar over had. Als ik het soms nog te kwaad heb met mama's totale gebrek aan inlevingsvermogen, dan houd ik mezelf dat voor.

Het is wat het is.

Je moet er niet meer van willen maken.

*

'Lekker, hoor.' Papa prikt in een aardappel. Die is harder dan de aardappels die mama altijd kookt. Ze smaken ook anders, wateriger. Zelfs de boontjes hebben weinig smaak, terwijl ik die altijd zo lekker vind. Achter papa staat het aanrecht vol met vuile pannen en schalen.

'Maar ietsje meer zout mag de volgende keer wel,' mompelt hij, en hij schudt een paar keer met het zoutvaatje boven zijn bord. Zonder me iets te vragen doet hij hetzelfde boven het mijne.

'Vind je het echt lekker?'

'Tuurlijk.' Hij wil zijn eten prakken, maar de aardappels zijn glad en glijden heen en weer over het bord.

Ik sta op van tafel om een pot appelmoes uit de koelkast te pakken en giet de helft van de inhoud over mijn groente. Zwijgend neemt papa de pot van me over.

55

Als ik wakkerschrik is het donker. Er klinkt opgewonden geblaf. De honden gaan tekeer alsof ze de gang verdedigen tegen indringers.

Mama grijpt me van achteren bij mijn schouders. 'Dat is Philippe niet,' fluistert ze.

Angstig kijk ik naar de deur.

Als het Philippe en Mischa niet zijn, wie dan wel?

De honden blijven kabaal maken.

Gestommel.

Er schiet een lichtflits onder de deur door.

'Kom.' Mama trekt aan mijn arm. In de schemer vang ik haar angstige blik.

Samen laten we ons van het bed glijden. We zakken op onze knieën op de harde vloer tussen het bed en de muur en grijpen elkaars handen vast.

Op de gang is de hel losgebarsten. Zware voetstappen, een mannenstem.

Schuilen is zinloos, schiet het door me heen, we zitten hier in de val. Toch blijf ik zitten, dicht tegen mijn moeder aan. Ik sluit mijn ogen en denk aan Levi. Ik zie zijn lachende jongensgezicht vol sproeten zo helder en scherp voor me dat het lijkt alsof hij hier is.

Iemand probeert de deurklink.

‘O mijn god, o mijn god,’ fluistert mama. Ze duikt nog dieper weg, haar rug gekromd.

Ik knijp in haar hand en ik zou willen dat we onder de plavuizen konden verdwijnen.

Gebonk op de deur. ‘Hallo? Is daar iemand?’

Ik blijf verstijfd zitten.

Ik vertrouw het niet.

Dan dringt het tot me door dat het niet Nicks stem is. Niet die van Mischa of Philippe.

‘Ja!’ Mijn uitroep overstemt nauwelijks het tumult – geblaf, geroep, gebonk op andere deuren in de gang. ‘Ja! Ja, hier! Wij zijn hier!’

Misschien voorvoelde ik het. Als je na zo veel jaren in dit vak nog geen voelsprieten hebt ontwikkeld, hoor je in deze wereld niet thuis.

In Philippes slaapkamer had ik een geladen pistool en een mes gevonden. Eenmaal terug op de gang weken de honden uiteen toen ik naar de deur liep. Mijn hart bonkte in mijn onderbuik, tintelingen snelden door mijn zenuwbanen. Ik wilde niets liever dan die deur forceren, om alvast een hapje te nemen van het dessert.

Ik deed het niet.

Een van mijn betere besluiten.

Ik haastte me terug naar Philippes kantoor, waar mijn blik meteen naar de onderste rij monitoren werd getrokken. In een flits begreep ik wat er aan de hand was. Ik kon fluiten naar mijn anderhalf miljoen – maar Philippe net zo goed.

Op het moment dat de recherche met een zestal auto's vanuit het dal de toegangsweg op reed, sprong ik met mijn weekendtas via het terras het donkere struikgewas in.

56

Zonlicht stroomt door een smal raampje de kale ruimte in. Het raam zit hoog in de muur en is van dik, geribbeld draadglas, zodat je het niet zomaar kunt intikken om ervandoor te gaan. Ik staar naar de zonnestralen en realiseer me dat het ochtend is geworden. Hoelang zit ik hier? In elk geval al de hele nacht, waarin ik geen oog heb dichtgedaan. Maar datzelfde geldt voor de twee Nederlandse rechercheurs die me vannacht ondervraagd hebben. Ze hebben zich voorgesteld als Dave en Edwin en zien er vermoeid uit, met wallen als grauwe halvemanen onder hun ogen.

Ik vrees dat ik er zelf niet veel florissanter bij zit.

Dave overhandigt me een bekertje water. Ik drink het in een paar teugen leeg. Mijn keel voelt nog steeds aan als schuurpapier. 'Wanneer mag ik naar huis?'

Dave zoekt oogcontact met Edwin, die onder het raam tegen de muur geleund staat. Edwin wrijft over zijn gezicht, alsof hij moeite heeft om wakker te blijven. 'Ik kan daar nog niets over zeggen,' mompelt hij, en hij heft zijn kin. 'Philippe heeft die kerel, die "Nick", neergeschoten, zei je?'

'Ja.'

'En toen?'

'Dat heb ik allemaal al verteld.'

Dave leest mijn verklaring voor van zijn schrijfblok: 'Hij zei "Maak het af" tegen Mischa, maar die wilde wachten tot ze weer terug zouden zijn. Toen hebben ze hem samen de kamer uit gesleept.' Hij kijkt op van het blok. 'Kun je nog eens teruggaan naar dat moment en zo gedetailleerd mogelijk vertellen wie wat precies zei?'

Ik denk diep na, ik doe mijn uiterste best, maar er zitten gaten in mijn geheugen. Dave en Edwin blijven me bestoken met vragen. Ze willen weten wat voor vuurwapen Philippe gebruikte – 'een zwarte, geloof ik' – en vragen me waar Nick geraakt is. 'Ik denk in zijn schouder.'

Dave krabbelt mijn antwoorden op een nieuw vel papier.

Ik voel me opgelucht en dankbaar dat de politie mama en mij gered heeft – mogelijk hebben we ons leven aan hen te danken – maar het verbaast me dat we niet als slachtoffers worden behandeld. Mama en ik zijn in aparte auto's naar dit Portugese politiebureau gebracht. Edwin heeft me verzekerd dat het de standaardprocedure is en dat ik waarschijnlijk snel naar huis mag, maar het is nu al ochtend en ik ben hier nog steeds. Mijn moeder heb ik niet meer gezien; ik neem aan dat ook zij nu verhoord wordt. De politie zal met haar verklaring meer tijd kwijt zijn dan met de mijne. Dave en Edwin horen bij een internationaal team dat samenwerkt met de Portugese politie. Ze vertellen me vrijwel niets, maar tussen de regels door heb ik begrepen dat ze Philippes handel en wandel al langer in de gaten houden en dat de hele operatie zich heeft toegespitst op de overdracht die gisteravond heeft plaatsgevonden. Philippe, Mischa en de klant zijn op heterdaad betrapt. Iedereen die ter plaatse was, is gearresteerd.

Ik scheur een stukje van het brood dat in een papieren

zak op het bureau ligt. Het smaakt zoet, bijna als gebak, en doet me denken aan mijn vader, die ik nog niet heb mogen bellen. Ik mag niemand bellen.

'Hebben jullie Nick ook gevonden?' vraag ik.

Geen antwoord.

'Wat jullie ook doen, laat hem alsjeblieft niet vrij.'

Edwin en Dave wisselen een blik van verstandhouding die op een of andere manier ongemakkelijk overkomt.

'We hebben hem niet,' zegt Edwin uiteindelijk.

Ik zet grote ogen op. 'Niet?'

'Hij was niet in het huis.'

'Hij moet daar nog ergens zijn, hij was gewond! Dat huis heeft allerlei geheime gangen, vraag maar aan mijn moeder, en –'

'Hij is daar niet meer,' zegt Edwin stellig.

'Maar hoe kan...' Ik kijk van de een naar de ander. 'Hij was echt gewond, hij kan nooit ver zijn gekomen.'

'We hebben de honden zijn spoor laten volgen,' zegt Edwin zacht.

Dave vult hem aan. 'Dat hield op bij de weg.'

De consequentie van wat deze mannen vertellen komt aan als een mokerslag. Mijn oren beginnen te suizen.

Levi.

'Er kwam hier net een politieauto het campingterrein op gereden.'

'Dus alles is kapot,' zeg ik.

'Ga daar maar van uit. Waar ben je nu?'

'In Spanje nog.'

'Hoe schat je de situatie in?'

Ik vertel haar wat ik denk. Vier getuigen: Philippe, Mischa, Iris en haar moeder. Philippe weet het meeste van me. Ik verwacht niet dat hij zo dom zal zijn om me erbij te lappen, want ik heb wagonladingen belastende informatie over hem. Toch kan ik niet uitsluiten dat hij gaat praten in ruil voor strafvermindering. Mischa zou de politie kunnen vertellen dat ik hem in Frankrijk voor dood heb achtergelaten, maar dat lijkt me onwaarschijnlijk – daarmee maakt hij zijn aandeel in deze zaak alleen maar groter. Hij is sluw. Hij zal zich liever van de domme houden. Moeder heeft me van mijn beste kant gezien, en was er daarna getuige van hoe ik werd neergeschoten – haar getuigenis is belastend voor Philippe, niet voor mij.

Blijft Iris over. De gijzeling, het gedreig, mijn back-up in Nederland.

Dat weten ze nu.

Ze heeft het hun al verteld.

Daar kan ik nu niets meer aan veranderen.

'We moeten een poos van de radar,' zeg ik zo kalm mogelijk. Ik denk aan een nieuwe identiteit. En een ander gezicht – in

elk geval een andere neus, een ander gebit. Alles is te koop, maar het was met anderhalf miljoen aan contanten allemaal een stuk eenvoudiger geweest.

'Van de radar?' vraagt ze. 'Ik ook?'

Ik haal een keer diep adem. 'Je hebt een kind bedreigd. Ze hebben vast beelden opgevraagd bij die camping. Dus ja, jij ook.'

Ook zij moet eraan geloven. Ik haat het; ze is perfect zoals ze is.

Maar er is geen andere mogelijkheid.

Ik vertel het haar later wel.

57

De celdeur zwaait open. Ik spring meteen op. Een Portugese politiebeambte laat een man binnen en sluit de deur.

De man is een jaar of veertig, met grijzend, kortgeknipt haar. Zijn ogen staan helder in zijn getaande gezicht. 'Iris van der Steen?'

Ik voel me opstandig worden. 'Wie anders?'

Hij geeft me een stevige hand, maar noemt zijn naam of functie niet. Vanwege zijn uitstraling ga ik ervan uit dat hij van de politie is.

'Wanneer mag ik naar huis?'

'Daar ga ik helaas niet over, maar...' Hij neemt de cel in zich op, haakt zijn duimen in de zakken van zijn jeans. 'Ik verwacht dat ze je aan het einde van de middag laten gaan.'

'Hebben jullie Nick al?'

Hij bijt nadenkend op zijn lip. 'Ik kan daar niets over zeggen.'

'Lekker dan. Die creep loopt vrij rond, maar jullie houden mij en mijn moeder opgesloten. Dit is echt de omgekeerde wereld!'

Hij laat mijn tirade kalm over zich heen komen.

'Ik ben door die vent gegijzeld,' ratel ik. 'Opgesloten, vastgebonden, hij heeft me...' Tranen schieten in mijn ogen, ik veeg ze kwaad weg. 'En jullie behandelen me alsof ík de crimineel ben. Ik mag niet eens met mijn zoontje bellen! Ik zou juist húlp moeten krijgen, en hij ook. Hij is –'

'Ik weet het, Iris. En ik kan me levendig voorstellen dat het je frustreert en dat het oneerlijk voelt, maar er gebeurt achter de schermen veel meer dan je denkt. Er is politie bij je kind, hij is absoluut veilig, en we doen nog veel meer momenteel. En nee, daar kan en mag ik helaas niet over praten.'

Hij gedraagt zich vriendelijk en begrijpend en het lijkt alsof hij aan mijn kant staat, maar ik ben er niet meer ontvankelijk voor. 'Nou, donder dan maar weer op.'

'Ik ben zo weer weg. Maar ik heb iemand iets beloofd, en dat ga ik nu doen. Alleen...' Hij kijkt me recht aan. 'Ik hoop dat je je realiseert dat ik hiermee ver, heel ver buiten mijn boekje ga.'

'Waarmee?'

'Met hier te zijn, om te beginnen. Als mijn meerderen te weten komen dat ik met jou praat, heb ik een serieus probleem. Ik hoop dat je voor je wilt houden wat ik je ga vertellen.' Hij werpt een blik in de richting van de gesloten celdeur. 'De man die jij kent als Mischa is een collega van mij. Of meer dan dat, eigenlijk. We werken heel nauw samen.'

'Collega?'

'Al jaren.'

Aarzelend vraag ik: 'Hoe kom jij hier binnen, als je niet van de politie bent?'

'Ho, wacht even.' Zijn ogen worden groot en hij steekt zijn handen omhoog, de handpalmen naar me toegekeerd. 'Ik ben wel van de politie. Excuses als ik een andere indruk wek.'

Ik frons. 'Dus Mischa is...'

De man knikt. 'Hij werkte undercover aan deze zaak. Via het botenbedrijf legde hij contact met je stiefvader en wist zijn vertrouwen te winnen. In opdracht van Philippe vergezelde hij je naar Portugal. Maar ondertussen rapporteerde hij ook aan ons.' Hij tikt tegen zijn borst. 'Direct aan mij. Ik ben zijn vaste contactpersoon en blijf tijdens operaties bij hem in de buurt, voor het geval hij iets nodig heeft.'

'Ik heb steeds gedacht dat hij dood was, dat Nick hem –'

Zijn gezicht betrekt. 'Het had ook niet veel gescheeld of hij was verdronken. Dat hij me nog heeft kunnen waarschuwen is een godswonder.'

Verdronken.

Hij schudt zijn hoofd, alsof hij het zelf nog amper kan bevatten. 'Hij is een harde.'

'Waar is hij nu?'

'Onderweg naar Nederland voor de debriefing. Hij zal binnenkort op een andere zaak worden gezet. Hij kan en mag geen contact met je opnemen. Zijn identiteit is geheim, zelfs binnen het korps.'

'En dat moest jij me komen vertellen?'

Hij haalt diep adem. 'Hij vindt het onverteerbaar dat hij je niet heeft kunnen beschermen. Daar is hij echt stuk van. De teamleiding beslist in dit soort zaken, hij heeft zich daarnaar te voegen. Ik ken hem al even, en ik weet niet wat er tussen jullie is voorgevallen, maar...'

Gerommel op de gang. Ik hoor stemmen.

'Ik moet ervandoor.' Hij kijkt me recht aan. 'Als dit naar buiten komt is hij zijn baan kwijt, en ik de mijne. Bovendien, mocht dat zwaarder wegen voor je, breng je zijn leven ermee in gevaar.' Hij knikt me toe en klopt op de celdeur, die prompt wordt geopend.

Thuis

Nederlander vast in Portugal voor xtc-smokkel

Afgelopen week is de Nederlandse ondernemer Philippe van G. (63) gearresteerd nabij Porto, Portugal. Van G. werd op heterdaad betrapt tijdens de overdracht van een geprepareerde auto met in Nederland geproduceerde xtc-pillen. Ook de afnemer, de Portugese drugsbaron Santiago J., is in hechtenis genomen. Naast de twee kopstukken arresteerde de politie nog andere betrokkenen die tot de drugsbendes behoorden.

De partydrugs, met een straatwaarde van ruim 1,5 miljoen euro, waren ingenieus weggewerkt in het interieur van de terreinauto. Via de Algarve zouden de pillen hun weg vinden naar de Spaanse costa's. Het Portugees-Nederlandse politieonderzoek liep al een halfjaar. Een aantal verdachten, onder wie Van G., stond onder observatie. Een woordvoerder noemt het een van de grootste drugsvangsten van het jaar.

58

'Ik weet niet of ik er goed aan doe. Misschien wil je er liever niet te veel aan herinnerd worden.' Mijn vaders vingertoppen blijven rusten op het krantenartikel, alsof hij het elk moment onder mijn neus vandaan kan trekken.

'Het is goed, hoor, pap.'

'Wil je het bewaren?'

'Dat nou ook weer niet.'

Hij pakt het artikel van de keukentafel en strijkt het bedachtzaam glad. Mijn blik blijft even hangen aan de levervlekjes op zijn handen. Ze verraden zijn gevorderde leeftijd, maar zijn stem klinkt nog even diep als altijd en zijn ogen staan helder in zijn brede gezicht. 'Je moeder is echt de weg kwijtgeraakt. Ik kan er met mijn verstand niet bij dat ze met zo'n kerel...'

'Ik geloof niet dat ze de situatie helemaal doorhad, pap.'

'Denk je?'

'Die twee zagen elkaar niet al te veel, heb ik de indruk.'

'God weet wat er had kunnen gebeuren,' mompelt hij, en hij legt het artikel op een stapel post die op het aanrecht ligt.

Ik vouw mijn handen om mijn koffiebeker. Het voelt heerlijk om weer even op mijn oude nest te zijn. Af en toe dringt het opgewekte gerinkel van de winkeldeur door de houten vloer heen. Het geluid klinkt al zo lang ik me kan heugen hetzelfde. De bakkerij achter de winkel is inmiddels flink gemoderniseerd en papa is constant bezig met de ontwikkeling van nieuwe soorten brood en banket, maar aan de inrichting vóór heeft hij nooit iets willen veranderen. De winkel is al bijna honderd jaar hetzelfde: houten schappen, kunstig houtsnijwerk, koper en beschilderde panelen. Dat is niet onopgemerkt gebleven. Papa's bakkerij komt voor in verschillende stadsgidsen en op lijsten met urban hotspots, zodat nu ook buitenlandse toeristen regelmatig zijn eierkoeken, croissants en puddingbroodjes komen scoren. Ouderwets is weer helemaal in.

'Ze belde me nog.'

Ik kijk op. 'Wie, mama?'

Hij knikt. 'Ze had plannen om terug naar Nederland te komen en vroeg of ik haar zou willen helpen met de hele papierhandel. En het zoeken naar een huis.' Papa trekt een keukenstoel naar achteren en komt tegenover me zitten.

Ik ben met stomheid geslagen. Dus toch. 'Wat heb je daarop geantwoord?'

Hij kijkt me door samengeknepen oogleden aan. 'Ik heb gezegd dat ik erover zal denken.'

'Jullie hebben elkaar al twintig jaar niet meer gezien.'

'Eenentwintig jaar.' Hij perst zijn lippen op elkaar, haalt een hand over zijn gezicht. 'Maar eh... heeft de politie die klootzak nou nog steeds niet te pakken?'

Ik schud mijn hoofd.

'En die vrouw ook niet, zeker? Ik lig er wakker van. Mag je best weten.'

'Hoeft niet, pap.' *Laat dat wakker liggen maar aan mij over.*

'Ik vind het onbegrijpelijk dat je niet beschermd wordt.'

'Het was Nick niet om ons te doen. Het ging hem om Philippe en het geld.' Ik neem een slok van mijn koffie. 'Ze hebben feitelijk alleen maar met woorden gedreigd. Die vrouw heeft Levi met geen vinger aangeraakt.'

'Maar het zijn wel zware criminelen, allebei.' Hij tikt nijdig met zijn vinger op het tafelzeil. 'En die Nick heeft al eens laten zien dat hij er niet voor terugschrikt om iemand te vermoorden. Dat die zogenaamde lifter die met je meereed het uiteindelijk gered heeft, dat was toch ook meer geluk dan wijsheid?'

'Ja, dat wel.'

Ik heb mijn vader verteld dat Mischa en ik het samen goed konden vinden en dat ik er pas achter kwam dat hij voor Philippe werkte toen hij levend en wel in Portugal opdook. Maar ik heb ook dingen weggelaten – over zijn rol als undercoveragent zwijg ik in alle talen. Daarover heb ik zelfs met de politie met geen woord gesproken. En dat Nick me wel degelijk geslagen heeft, bijvoorbeeld, en de griezelige, seksueel geladen toespelingen die hij maakte, ook daar weet mijn vader niets van. Ik wil hem er niet mee belasten. Hij vindt het allemaal al vreselijk genoeg.

'Nou ja, dat ze elkaar maar lekker uitmoorden, die gasten,' hoor ik mijn vader mompelen. 'Zolang ze maar van jullie afblijven.'

'We moeten gewoon vertrouwen hebben in de politie, pap. En hopen dat ze hen snel te pakken krijgen.'

Hij trekt de mouwen van zijn blauwe hoody op. 'Ik ben in elk geval blij dat je weer in Nederland bent. Jij ook zeker?'

Ik knik braaf, maar vreemd genoeg voel ik me niet eens opgelucht. Ik vermoed dat ik nog steeds in een soort overlevingsstand sta. De eerste paar dagen na mijn terugkomst werd ik geleefd. Gesprekken met de politie, administratief geregel, talloze telefoontjes van en met instanties, familie en vrienden. Omdat ik nog niet alleen wilde zijn, ben ik bij Bo en Maarten op de camping gebleven. Ik hield kantoor in hun voortent, waar ze een luxe opblaasbaar matras voor me hadden neergelegd. Geslapen heb ik nauwelijks.

'Zie je op tegen vannacht?'

'Ik zou liegen als ik zeg dat ik helemaal niet meer bang ben. Maar ja.' Ik haal mijn schouders op. 'Ik moet toch een keer mijn leven gaan oppakken. En hij ook.' Ik knik naar Levi, die in de woonkamer languit op de leren bank Comedy Central ligt te kijken.

'Lieverd, je hoeft maar te bellen en ik kom jullie halen.'

'Pap, ik...'

'Jullie zijn me het dierbaarst van alles,' gaat hij door, en zijn ogen worden vochtig.

Ik sta op en loop om de tafel heen. Sla mijn armen om papa's schouders, breed en hard van een leven lang fysiek werk, en leg mijn wang op zijn kalende kruin. 'Ik zou niet weten wat ik zonder je moest, pap.'

59

Levi fietst voor me uit op het fietspad als ik iets voel trillen. Haastig diep ik Bo's reservetelefoon op uit mijn tas – ik mag hem gebruiken tot ik mijn eigen toestel terugheb. Het is Edwin. Ik roep Levi bij me en zet mijn fiets aan de kant.

'Mijn collega zei dat je vannacht weer thuis slaapt,' zegt Edwin. Op de achtergrond klinken stemmen. Piepjes en geratel van kantoormachines. 'Ik wilde je even laten weten dat als je het niet vertrouwt, je me altijd kunt bereiken op dit nummer. Ook al is het midden in de nacht.'

'Is er al nieuws?'

Hij aarzelt. 'We weten inmiddels wie hij is en hebben een vermoeden wie hem helpt. Meer kan ik er niet over zeggen. Heb je al gesproken met iemand van Slachtofferhulp?'

'Ja, gisteren.'

'Mooi. Veel mensen hebben er baat bij.'

'Dat geloof ik graag. Maar eh...' Ik draai mijn gezicht weg van Levi. 'Ik heb het gevoel dat het nog niet voorbij is.'

'Wat bedoel je?'

'Ik blijf bang dat Nick me komt opzoeken,' zeg ik op gedempte toon.

'Als het je een veiliger gevoel geeft, kan ik mijn collega's vragen of ze de komende nachten wat vaker bij jouw flat patrouilleren. Maar Iris, wij gaan ervan uit dat hij nu wel wat anders aan zijn hoofd heeft. Hij wordt internationaal gezocht.'

'Ik hoop dat je gelijk hebt. Alleen... het voelde persoonlijk. Alsof het...' Er komt een scooter aangereden. Ik pak Levi bij de arm en trek hem wat verder naar de kant. 'Alsof het hem ook om míj te doen was, niet alleen om geld. Hij heeft me echt flink bedreigd.'

'Dat weet ik. Het is niet mis wat je voor je kiezen hebt gekregen. Maar ik zou het allemaal niet te letterlijk nemen. Dat soort gasten roept de vreselijkste dingen om iemand onder druk te zetten.'

'Edwin, hij had verschillende gezichten. Soms kwam hij over als iemand die niet goed bij zijn hoofd was.'

'In welk opzicht?'

Levi wordt ongeduldig. Hij kijkt me fronsend aan en trekt zijn voorwiel omhoog. Ik leg mijn vinger tegen mijn lippen. *Even wachten nog.*

'Stalkerachtig,' antwoord ik.

'Ik begrijp je zorg. Wij hebben als team al een poosje ervaring met dit soort zaken, dus ik hoop dat ik je kan geruststellen als ik zeg dat we er voor negenennegentig procent van uitgaan dat hij nu ergens in het buitenland bezig is zijn straatje schoon te vegen. Of alweer is begonnen met de voorbereiding van een andere ripdeal.'

'Denk je?'

'Ja. Ga er gerust van uit dat die kerel jou allang vergeten is.'

'Waar ben je? Ik dacht dat ze je hadden opgepakt.'

'Ik moet nog wat doen,' zeg ik.

'Je kunt beter –'

'Tot gauw. Ciao.'

60

'Dit is de leukste zomer van mijn hele leven, mam. Niet normaal! Papa zegt dat we op zee gaan vissen.'

'Met een boot? Wat cool.' Ik pak de bril van mijn zoons neus en leg hem op zijn nachtkastje.

Sinds mijn thuiskomst heb ik Sander elke dag gesproken. Hij maakt zich net als ik zorgen over Levi's veiligheid, maar we zijn het erover eens dat hij zo min mogelijk hinder van de situatie mag ondervinden. Morgenvroeg haalt Sander hem op om alsnog vakantie te gaan vieren bij zijn ouders in Ouddorp.

'Maar ik miste jou wel een beetje, hoor, mam, op de camping,' zegt Levi zacht.

Ik druk hem tegen me aan. 'Ik heb jou ook gemist.'

Een ijzeren band sluit zich om mijn maag als ik eraan denk dat ik hem ooit weer zonder toezicht naar buiten moeten laten gaan. Voetballen, een ijsje halen, van en naar school lopen – ik kan alleen maar hopen dat de politie het bij het rechte eind heeft. Dat Nick geen wrok koestert.

'Probeer maar lekker te gaan slapen,' fluister ik, en ik geef hem een kus op zijn voorhoofd. 'Des te sneller is het morgen.' Ik loop zijn kamertje uit en sluit de deur achter me.

In de woonkamer is Maarten bezig zijn gereedschap in

te pakken – Bo heeft hem hierheen gestuurd om mijn sloten te controleren. Ze vindt het maar niets dat ik vannacht thuis slaap. 'Die engerd is nog steeds op vrije voeten,' zei ze.

Maar wat moet ik daarmee? Misschien wordt Nick wel nooit gevonden. Moeten Levi en ik dan de rest van ons leven maar bij familie en vrienden op de bank slapen – of zij bij ons?

'Ik heb een extra slot op de balkondeur gezet, dat was echt wel nodig,' zegt Maarten als ik de kamer in loop. Hij klapt zijn gereedschapskist dicht. 'Knappe jongen die nu nog binnenkomt.'

Ik krijg er meteen een beeld bij: Nick, die daarbuiten in het schemerige park zijn kans afwacht, een duistere gloed in zijn ogen, zijn vuisten gebald.

'Gaat het wel?' vraagt Maarten.

'Ja, hoor,' zeg ik, en ik probeer te glimlachen.

Er zijn nog steeds mensen in het park. Twee herdershonden spelen blaffend bij het water. Ik laat mijn blik over het riet gaan, de bomen. Bosschages. Plaatsen waar een volwassen man zich ongezien kan ophouden. Het zijn er tientallen. Dichter bij de flat zie ik een vrouw van mijn leeftijd lopen. Alleen. Ze heeft een boek onder haar arm geklemd en ze kijkt langs de verdiepingen omhoog.

Ik draai me om naar Maarten. 'Zijn er foto's van haar?'

'Van de vrouw? Nee.'

'Staat ze ook niet ergens op de achtergrond?'

'Nope. Daar vroeg de politie ook al naar.' Hij trekt een spijtig gezicht.

Nicks back-up deed Maarten en Bo een beetje denken aan Robin Wright in *House of Cards*. Net zo slank, maar jonger. Ze droeg een bril en haar bruine haar was in een soort pagekapsel geknipt. Over de oogkleur waren ze het oneens – Maarten dacht bruin, Bo hield vol dat ze groen waren – maar in elk geval omlijstte ze haar ogen met zwarte kohl.

Ik loop met Maarten mee naar voren.

In de deuropening draait hij zich om. 'Is het nou wel zo verstandig dat je morgen al aan het werk gaat? Je hebt nog een week vrij. Zou je niet liever wat rust pakken?'

Ik schud mijn hoofd. 'Op mijn werk ben ik in elk geval bezig.'

'Je kunt ons altijd bellen, hè?'

Ik pers er een glimlachje uit. 'Dank je.'

Hij haalt iets uit zijn zak en drukt het in mijn hand. 'Hou dit maar bij je, voor het geval dat.'

*

Twee uur later zit ik op de bank met de gordijnen dicht. De tv staat aan, maar ik kijk niet. Ik voel me een beetje somber, en dat slaat nergens op, want dat ik hier alleen zit is mijn eigen keuze. Mijn vader en al mijn vrienden zouden nu meteen naar me toe komen als ik het ze zou vragen. Ik kan zelfs bij Edwin terecht. Het is fijn om te weten dat de politie me niet aan mijn lot overlaat. Toch voelde ik me na Edwins telefoontje van vanmiddag minder opgewekt dan ervoor.

Misschien omdat ik liever had gehad dat niet Edwin me had gebeld, maar Mischa. Tegelijkertijd vind ik het een fijn idee dat ik hem nooit meer zal zien. Diezelfde ochtend waarop ik Nick in die hotelkamer voor het eerst in zijn psychopathische ogen keek, moest Mischa al in veiligheid zijn gebracht. Hij heeft toen al geweten dat Nick me gijzelde – en als hij dat toen nog niet wist, dan is het in de loop van de dag en de dagen erna wel duidelijk geworden. Het team had de operatie moeten afblazen. Ze hebben me opgeofferd om Philippe te kunnen pakken.

Hij vindt het onverteerbaar dat hij je niet heeft kunnen beschermen. Daar is hij echt stuk van.

Sure.

Als hij er zo stuk van was, dan had hij me dat zélf kunnen vertellen. Ik begrijp dat hij dat in Portugal niet kon doen, maar ik ben nu alweer even terug in Nederland. Mischa weet waar ik woon en werk, hij kent de camping – die gegevens zijn bekend bij de politie.

Ik ben bang dat Mischa zijn collega naar die Portugese politiecel heeft gestuurd om me de mond te snoeren. Het kan niet anders of hij is ver buiten zijn boekje gegaan; seks zal heus geen onderdeel zijn van zijn takenpakket. Zijn contactpersoon moest zien te voorkomen dat ik de leiding zou vertellen wat er tussen ons is gebeurd. Ik vraag me af op wie ik verliefd ben geworden, met wie ik heb geslapen. Mischa heeft gelogen over zijn werk en zijn opleidingen, zijn geldproblemen en over de reden waarom hij rondzwerft. Ik leefde volop met hem mee, ik geloofde elk woord, dus was het echt totaal overbodig om ook nog eens te vroeg gestorven ouders te berde te brengen.

Toch deed hij het.

Is er ook maar íéts waar van wat hij me allemaal heeft verteld?

De liefde van je leven.

Over dit soort dingen lieg ik niet.

Ik zou hem moeten haten.

Maar de vreugde dat hij leeft, wint.

61

Het is drie uur in de nacht en ik heb nauwelijks een oog dichtgedaan. 'Je ligt in je eigen bed,' fluister ik voor me uit. 'Je kunt je bewegen, je kunt opstaan wanneer je wilt. De kamer uit lopen. Iemand bellen. Je bent veilig.'

Geen boeien meer. Geen dreiging.

Maar zo voelt het helemaal niet.

Ik trek een kussen onder me en staar voor me uit. Klaarwakker. 'Plafonddienst' noemt Renate dit; de nacht na een festival doet ze steevast geen oog dicht. Eén nachtje maar. Ik hoop dat het ook voor mij geldt. Dat ik vanaf morgen weer gewoon kan slapen.

Gisteren ben ik gebeld door iemand van Slachtofferhulp. Ze zou voor me op zoek gaan naar een geschikte therapeut en drukte me op het hart om in aanloop naar de eerste afspraak zoveel mogelijk te praten over wat me is overkomen. 'Dit is jou aangedaan,' zei ze tot drie keer toe. 'Jij hoeft je nergens voor te schamen. Praat het van je af, anders ben je straks verder van huis.'

Ik hoor wat.

Gestommel. Er wordt iets verschoven.

Ik schiet rechtop in bed en grijp naar het busje pepperspray dat Maarten me heeft gegeven. Muisstil blijf ik zitten, mijn ogen opengesperd.

Er piept een deur.

Ik pak mijn telefoon en toets alvast het alarmnummer in, maar tik nog niet op verbinden.

Het kan bij een van de buren zijn – mijn benedenbuurman is muzikant en komt vaker op vreemde tijden thuis. Ik heb me wel eens eerder vergist. Het laatste wat ik wil is commotie veroorzaken terwijl er niets aan de hand is.

Nee, het is hierbinnen. Ik weet het zeker.

Bijna zeker.

Langzaam laat ik me uit bed glijden, mijn blote voeten op het laminaat, het busje in de aanslag. Mijn telefoon laat ik liggen. Als ik nu de politie bel, zal de indringer me horen praten. De politie komt dan sowieso te laat. Ik verplaats mijn trillende vinger naar de drukknop van de spray.

Hoe hard moet ik eigenlijk drukken?

Hoe snel is zo'n busje leeg?

Ik had het moeten testen.

Voetstappen op de gang.

Mijn mond is droog, ik vergeet te ademen, en ergens is er het besef dat ik niet hier bij mijn bed moet blijven staan. Dat ik juist naar vóren zou moeten lopen, tegen mijn instinct in, recht op het gevaar af, zodat ik Nick de volle laag kan geven zodra de deur openzwaait.

Maar ik kan me niet meer bewegen.

Als versteend blijf ik staan, bang – doodsbang.

De deur wordt opengeduwd.

Ik houd de spray recht voor me uit, als een pistool.

Levi kijkt me verbaasd aan. 'Mam? Kun jij ook niet slapen?'

'Ik herkende je nauwelijks,' zegt ze. Ze wiegt me. Haar lippen beroeren liefdevol mijn voorhoofd.

Ik geef me aan haar over, zoals ik me altijd aan haar overgeef.

'Waar bleef je nou?'

'Ik was in Utrecht,' zeg ik.

'Dus toch.'

Mijn vingers beroeren de haartjes die rechtop op haar armen staan. Blond, gebogen, veerkrachtig. Ik druk mijn wang tegen haar borst en snuif haar geur diep in me op. Het maakt niet uit waar we elkaar treffen en hoeveel tijd ertussen zit. Haar aanwezigheid werkt helend, rustgevend. Altijd.

Ze is de enige vrouw bij wie ik thuiskom. Ze voedt me.

'Ik maakte me zorgen,' zegt ze, terwijl ze het laken om me heen drapeert.

'Je weet toch wat ik kan?'

Ze kijkt me gealarmeerd aan, alsof ze twijfelt aan mijn gezonde verstand. 'We worden gezocht,' zegt ze scherp. 'Je moet het uit je hoofd zetten.'

Ze heeft gelijk.

Maar ik wil het niet uit mijn hoofd zetten.

62

‘Eh... Iris?’

Ik kijk op van mijn werk.

Op de gang staan een paar collega’s.

Merel loopt als eerste naar binnen. ‘We hoorden het van Robèrt. Heel erg, wat je hebt meegemaakt.’

‘Goed dat je er weer bent,’ voegt Gemma eraan toe.

Sam valt haar bij: ‘Het stond in de krant. Ik hoorde net pas dat jij daarmee te maken had.’

‘Ik had er niks mee te maken,’ zeg ik.

‘Die drugs zaten toch in jouw auto?’

‘Die was van haar moeder.’ Sams ogen glanzen. ‘Een Defender. Ja, toch?’

Mijn collega’s verdringen zich rond mijn bureau. Met deze mensen werk ik al jaren, ik beschouw ze bijna als vrienden, maar ze gapen me aan alsof ik een attractie ben.

In zekere zin ben ik dat natuurlijk ook, dus ik kan het hun niet kwalijk nemen. Maar het voelt ongemakkelijk.

‘Iedereen heeft het erover,’ zegt Merel schouderophalend, alsof ze mijn gedachten kan lezen.

‘Dat geloof ik graag.’ Mijn stem klinkt krakerig.

‘Was je erbij toen ze...’

‘Je moet wel gedacht hebben dat je in een film zat, of zo.’

Ik sta op vanachter mijn bureau.

'Hoe is het met je moeder?'

'Sorry,' zeg ik. 'Ik moet naar de wc.'

Mijn collega's maken plaats voor me als ik tussen hen door naar de gang loop. Ik voel hun ogen in mijn rug branden.

In de toiletten laat ik koel water over mijn handen stromen. De vrouw van Slachtofferhulp heeft me op het hart gedrukt om niets weg te stoppen. Praten, zei ze. Praat erover. Maar het lukt niet. Ik voel te veel schaamte. Over mama – Philippe is háár vriend. Over Nick: dat ik niet heb kunnen ontsnappen voelt als falen. En over Mischa kan ik helemaal tegen niemand iets zeggen. Nooit. Ik heb me monddood laten maken.

Het is jou aangedaan.

Ik kijk in de spiegel en stap ineens weer de kamer in dat Spaanse drive-inmotel binnen, met de grote spiegel boven het bed. Voel Nicks nabijheid. Zie de glinstering in zijn ogen. Ruik zijn geur – nicotine, zweet, testosteron.

Ik deins terug, maar herstel me meteen. Niet aan toegeven. Niet doen. Ik klem mijn handen om de rand van de wastafel en druk mijn kin naar mijn borst. Adem diep in en uit. 'Je bent veilig,' fluister ik. 'Hij zit ergens in het buitenland en is je allang vergeten.'

Ik zet de kraan uit, droog mijn handen en dwing mezelf nog een keer in de spiegel te kijken.

Geen motelkamer meer, geen bed.

Alleen ik.

Maar ik ben niet meer dezelfde. Mijn ogen staan anders; ze lijken dieper in mijn gezicht te liggen. Mijn blik is harder.

De gedachte besluipt me dat niet alleen mijn uiterlijk is veranderd, maar ook mijn kijk op dingen. Inclusief die op mezelf.

Achter me gaat een toiletdeur open. Ik draai me nerveus om.

Fabienne legt een hand op haar borst. 'Sorry, ik laat je geloof ik schrikken.'

'Zat je daar de hele tijd al?'

Met een schaapachtig lachje houdt ze haar mobiele telefoon omhoog. 'Betrapt. Wordfeud in de baas zijn tijd.'

Ik laat hoorbaar lucht uit mijn longen ontsnappen. 'Je liet me echt schrikken.'

Ze komt naast me bij de wasbakken staan en brengt met een paar vinnige bewegingen haar korte kapsel in model. 'Ik heb je met opzet niet gebeld. Iedereen is er zo mee bezig, ik wilde je de ruimte geven.' Ze zoekt mijn blik via de spiegel. 'Gaat het wel?'

'Nog niet. Maar het komt vast goed.'

'Meisje toch.' Ze steekt haar hand uit en strijkt een pluk haar achter mijn oor. Het gebaar is zo liefdevol, zo intiem eigenlijk, dat ik niet goed weet hoe ik erop moet reageren. Het is bijna alsof ze me streelt. Dan pakt ze mijn wangen vast en kijkt me recht in mijn ogen. 'Kom vanavond naar mij. Dan kook ik iets lekkers voor je. Ik doe het graag. Voor *jou* wel, niet voor Robèrt.' Ze knipoogt.

Ik deins terug. 'Eh, nee, ik eh, heel lief van je, maar ik heb al een afspraak.'

'O?' Ze fronst, alsof ik iets heel vreemds heb gezegd, maar dan breekt er een glimlach door op haar gezicht. 'Een date?'

'Nee, geen date. Daar... daar staat mijn hoofd momenteel niet naar.'

Opmerkelijk wat zo'n pruikje, een bril en tanden kunnen doen. En die buik! Al even potsierlijk als dat geruite overhemd en het iets te grote beige seniorenjack. Ik ga ernaar lopen, met mijn voeten een beetje naar buiten gedraaid. Geniaal. Ik ben dertig jaar ouder, precies dat type kerel waarvan het hele land vergeven is. Onzichtbaar.

Iris is nog steeds zichzelf.

Hollands welvaren: blosjes op haar wangen, een diepe frons tussen de wenkbrauwen. Ze trapt stevig door, fietst door het rode licht.

Ik start de auto en rijd achter haar aan.

63

Renate en ik hebben een plekje gevonden onder de blauwe luifel van La Dolce Vita. Ze zit tegenover me, haar ogen verstopt achter de spiegelende glazen van een festivalbrilletje, haar rode krullen opgestoken. De politie is op de sportschool geweest, vertelt ze, ze hebben iedereen ondervraagd. 'Volgens Oscar hebben ze de administratie doorgenomen, videobeelden bekeken, alles.' Ze buigt naar haar glas toe, pakt de zwarte rietjes die uit haar mojito steken vast en sluit haar lippen eromheen. 'Hmm, hééérlijk.'

Verderop zit een stel mannen ademloos naar het tafereel te kijken – ze doet het erom.

'Maar die engerd is nog steeds *on the loose*?'

Ik knik. 'Jij kunt je hem echt niet herinneren? Hij is op de sportschool geweest, hij kende jou zelfs.'

Ze haalt haar schouders op. 'Er zijn er zoveel die een proefles nemen, of maar een paar keer komen.' Ze beweegt de rietjes ongedurig op en neer in haar glas. 'Maar het is wel een eng idee, voor mij al. Laat staan hoe het voor jou is geweest.' Ze slaat haar ogen op. 'En nog, lijkt me. Zei je nou dat ze weten wie zijn handlanger was?'

'Ze hebben alleen een vermoeden.' Ik vertel haar dat de recherche met de campinggasten heeft gesproken en camerabeelden heeft opgevraagd. 'Ze heeft het heel slinks aangepakt. Ze dronk regelmatig koffie in het restaurant of zat een boek te lezen bij de speelweide en dan begroette ze mensen alsof ze die al langer kende. Iedereen dacht daardoor dat ze een campinggast was.'

'Wat griezelig.'

'Sterker nog, ze is zelfs een keer bij het avondentertainment aangeschoven bij Bo en Maarten. Toen heeft ze hun op de mouw gespeld dat ze samen met haar tienerdochter op vakantie was. Die zogenaamde dochter was toevallig niet in de buurt.'

'Getver, wat een eng idee, dat zulke mensen bestaan. Hoe is ze nou aan Levi's telefoon gekomen?'

'Hij zei dat dat een spelletje was. Ze was blijkbaar gewoon aardig tegen hem.'

'Iedereen trapte erin,' zegt Renate zacht.

Net zo vanzelfsprekend als ik in Mischa's verhaal trapte, schiet het door me heen.

Waarom geloven we de ander zo makkelijk?

We nemen nog een drankje, speculeren uitgebreid over het politieonderzoek en over Nick, en praten over Renates nieuwe verovering – een ondernemer die haar overlaadt met cadeaus – totdat ik merk dat het kouder begint te worden. Boven de stad trekt het wolkendek dicht.

'Ik moet naar huis.'

Renate kijkt me onderzoekend aan. 'Je eerste nacht helemaal alleen.'

'Eh, ja.' Ik wrijf over mijn arm en kijk de straat af. Door de naderende regenbui is het schemerig geworden. Een stuk papier dat wordt meegevoerd door de wind komt tot stilstand tegen de band van mijn fiets.

'Trek je dat wel?'

'Ik zal wel moeten, hè?'

Even is ze stil. Dan zegt ze: 'Zal ik bij je blijven slapen? Ik heb morgen toch een snipperdag.'

'Jullie zijn zo lief voor me.'

'Jullie?'

'Echt, ik wil niet sentimenteel doen, maar ik heb het zo getroffen met mijn vrienden. Ook met jou.'

'Het wordt eens tijd dat je ons een keer aan elkaar voorstelt dan. Kom, we gaan.' Ze tuurt onder de luifel door naar de betrokken hemel. 'Ik bel een taxi. We halen die fiets morgen wel op.'

Het is heel verleidelijk. Fietsen door weer en wind deert me niet, maar alleen al bij de gedachte aan de nauwelijks verlichte fietsenberging die ik straks zal moeten trotseren, breekt het zweet me uit. Sinds ik terug ben in Nederland doe ik alles op de fiets – op mijn Aygo zitten inmiddels spinnenwebben, want ik durf geen auto meer te rijden. Maar nu moet ik een grens trekken. Ik wil me niet verder laten inperken. Ik moet vertrouwen hebben in mijn eigen kracht. En in de politie.

'Laat maar. Ik ben een grote meid,' zeg ik, terwijl ik mijn hand opsteek om de aandacht van de ober te trekken.

'Daar twijfel ik niet aan. Maar je hoeft niet alles alleen te doen. Zeker niet nu.' Ze neemt haar tas op schoot en haalt haar portemonnee eruit. 'Je wilde die reis ook per se alleen maken. En ik was echt heel graag met je meegegaan, je had me geen groter plezier kunnen doen.' Zachter voegt ze eraan toe: 'Daar heb ik veel over nagedacht, over hoe het dan gelopen zou zijn.'

Je was er misschien wel niet meer geweest, denk ik, maar ik spreek die gedachte niet hardop uit.

64

De regen komt met bakken uit de hemel als ik bij de flat aankom. Ik moet mezelf geweld aandoen om mijn fiets in de berging te zetten. De kille, slecht verlichte ruimte onder het appartementencomplex voelde nooit erg prettig, maar oogt vanavond uitgesproken *spooky*.

Alsof de duivel me op de hielen zit ren ik de trappen op en eenmaal binnen draai ik meteen de deur achter me op slot. Ik trek een T-shirt en een pyjamabroek aan, bel met Levi en mijn vader en eet een diepvriesmaaltijd voor de tv, met het bord op schoot. Nog geen maand geleden zou ik nu een fles wijn hebben ontkurkt en volop hebben genoten van mijn vrije avond. Een fijn boek erbij, of een tijdschrift.

Nu wil ik het liefst nuchter blijven. Alert.

Het zal vanzelf wel slijten, hoop ik.

Ik moet gewoon opnieuw leren om alleen thuis te zijn.

*

Als ik de deurbel hoor, denk ik in eerste instantie dat het bij de buren is. Het is negen uur, ik verwacht niemand. Ik veer op van de bank. Zou Renate hebben besloten om toch even langs te komen? Of mijn vader? Met ingehouden adem loop ik de gang in en kijk door het spionnetje.

Mischa. Ik had nooit gedacht dat ik hem nog eens zou zien, maar hij is het toch echt. Zijn haar zit anders, en hij heeft een stoppelbaard die hem waanzinnig goed staat.

Ik reik naar de deurknop, maar mijn vingers lijken niet meer te reageren op mijn aansturing. Mijn adem versnelt, mijn hart roffelt achter mijn ribben.

Hij belt opnieuw aan. Zijn ogen vernauwen zich, hij

kijkt van me weg en duikt dieper in zijn jack. Het regent hard; ik hoor het gespetter door de deur heen.

Mischa legt zijn handen tegen het gelakte hout en buigt zijn hoofd, tuurt in het spionnetje. Ik geloof niet dat hij me kan zien, toch lijkt het alsof hij me aankijkt.

Me aanraakt met die donkere blik.

'Doe open, Iris,' zegt hij zacht.

Ik was niet de enige thuis met morbide fantasieën. Alexandra, mijn grote zus, had ze ook. Dat ontdekte ik toen ze me in dat benauwde badkamertje in ons ouderlijk huis aanmoedigde om een einde aan Moni's leven te maken. Onze levens hadden elkaar tot dan toe nauwelijks geraakt, maar vanaf die dag trokken we vaker samen op. En hoewel we later andere wegen zijn ingeslagen, heb ik altijd op Alexandra kunnen blijven rekenen.

Ze houdt van mij, heeft ze wel eens gezegd. Ze liet zich ook een keer ontvallen dat ze intens medelijden met me heeft gehad toen ik als jongetje dagelijks klappen en vernederingen te verduren kreeg van Frank en Remco en pa.

Het zou dus mooi zijn als ik nu met droge ogen kon beweren dat Alexandra de enige persoon op deze verrotte wereld is voor wie ik diepe gevoelens koester, dat ze mijn hart vult met warmte en liefde, maar de waarheid is dat ik niet echt van haar houd.

Ik houd vooral van het gevoel dat ze me geeft.

65

Hij draagt een jeans en een grijze sweater en heeft een motorhelm in zijn handen. 'Ik kan je niet uit mijn hoofd zetten,' zegt hij. De regen klettert op de balustrade achter hem.

Ik heb de deur opengedaan, maar ik kan me nauwelijks bewegen. Mijn vingers blijven roerloos op de deurknop liggen. Er fladdert iets in mijn binnenste, vlinders van crêpepapier.

Mischa legt een hand in zijn nek. 'Tegen jou liegen is het moeilijkste dat ik in mijn carrière heb moeten doen.'

'Kom je me dat vertellen, hoe moeilijk het voor jou was?'

Hij kijkt me aan alsof ik iets merkwaardigs heb gezegd. 'Ik begrijp helemaal dat je kwaad bent en dat –'

'Kwaad?' Ik geloof dat mijn stem overslaat, maar het maakt me niet uit. 'Jullie hebben mij laten stikken, Mischa. Jij hebt mij willens en wetens –'

'Dat was niet mijn keus,' zegt hij scherp.

'De laatste keer dat ik je zag, sloot je me op. Mijn moeder en ik hebben urenlang in die kamer gezeten. We hebben van alles geprobeerd om eruit te komen.'

Zijn ogen vlammen op. 'Dat spijt me, Iris. Het spijt me meer dan ik je kan vertellen.' Hij kijkt met een gepijnigde blik van me weg. ‘Misschien helpt het als ik zeg dat we wisten dat jullie daar zaten. We zouden jullie –’

‘Dat helpt. Dat jullie het wisten.’ Ik tik op mijn borst. ‘Maar wíj wisten het niet, hè?’ Ik geloof dat ik schreeuw.

Ik overschreeuw alles. Mischa. Mezelf. De verwarring. Die verdomde gevoelens.

‘Iris...’

‘Wat kom je hier doen?’

Hij vloekt binnensmonds, haalt een hand over zijn haar. ‘Mag ik binnenkomen? Even maar.’

In weerwil van mezelf ga ik hem voor naar de woonkamer. Ik pak de afstandsbediening en zet het geluid van de tv uit. Onwillekeurig vang ik mijn spiegelbeeld in het gladde oppervlak van de televisie. Als ik had geweten dat hij zou komen had ik iets anders aangetrokken dan deze joggingbroek met verfvlekken. Dan had ik het vuile bord en het bestek dat nog op de salontafel ligt afgewassen en de opengetrokken diepvriesverpakking weggegooid. Een douche genomen bij thuiskomst. Mijn tanden gepoetst.

Hij kijkt om zich heen, onwennig, de helm onder zijn arm geklemd.

‘Je contactpersoon zei dat je bijna verdronken was,’ zeg ik.

‘Dat had niet veel gescheeld.’

‘Hoe heb je –’

Zijn ogen vernauwen zich. ‘Ik wist op een ondiep stuk te komen en kon een SOS laten uitgaan.’

‘Hoe dan? Nick had je telefoon.’

‘Niet mijn smartwatch. Die heeft hij niet als zodanig herkend, dat was mijn redding.’

Kalm, bijna monotoon, vertelt hij dat zijn ‘buddy’ hem naar een ziekenhuis heeft gebracht, waar hij de volgende ochtend kon worden ontslagen. ‘De leiding had toen al beslist dat ze de operatie zouden laten doorgaan. Ik had daar geen invloed op.'

'Niet?'

Hij schudt zijn hoofd. 'Ik kon Philippe waarschuwen, waardoor hij nog meer vertrouwen in me zou krijgen.'

'Ze offerden me op.'

'Dat wisten ze toen nog niet. Je had medeplichtig kunnen zijn.'

'Kom op, zeg!'

'Je bent Sonja's dochter,' zegt hij vlak. 'Philippe is je stiefvader. Je had de schijn tegen.' Hij kijkt van me weg en vervolgt, zachter: 'Ik wist intuïtief dat het goed zat met je, maar ik kon dat niet hardmaken. En ze merkten dat ik te betrokken was geraakt.'

'Hoe dan?'

Zijn blik haakt zich vast in de mijne. 'Misschien heb ik net iets te hard geprobeerd om de operatie af te blazen.'

'Maar jouw woord woog niet zwaar genoeg.'

'Als ik in hun schoenen had gestaan had ik waarschijnlijk hetzelfde besloten. Die operatie liep al lang, we zaten er met vijfendertig mensen op. En niemand maakte zich ernstige zorgen over jouw veiligheid.'

'Wát?'

'We gingen uit van een ripdeal. Dat zat me op zich al niet lekker. Pas toen Philippe me vertelde over de reputatie van die gast, begreep ik wat je mogelijk hebt moeten doormaken.'

'Fijn op tijd.'

'Ik deed wat ik moest doen, Iris. Het is mijn werk. Aanpappen met verdachten, hun vertrouwen winnen.'

'Gefeliciteerd ermee.' Ik sla mijn armen over elkaar. 'Dan kun je nu weer gaan.'

'Naar jou toe was ik oprecht.'

'Tuurlijk.'

'Mijn enige fout is dat ik te betrokken ben geraakt. Ik had... de nacht niet met je moeten doorbrengen.'

'Zijn we het toch ergens over eens.'

Hij doet of hij me niet hoort. 'Ik had afstand moeten houden, in elk geval tot de operatie was afgerond.'

'Maar dat deed je niet. Je neukte me op basis van een heleboel leugens.' Mijn stem slaat over. 'De liefde van je leven? Bullshit! Ik weet niet eens hoe je heet. Al die verhalen die je hebt opgehangen... is er ook maar íéts van waar?'

Hij wendt zijn blik af.

'Fijn.'

'Ik denk steeds aan je, Iris,' zegt hij zacht. 'En dan vraag ik me af hoe je je voelt, en of er iemand bij je is die voor je zorgt. Iemand die ziet hoe mooi, lief en sexy je bent.' Hij legt zijn helm op het dressoir en loopt op me af.

Ik hef mijn handen om hem af te weren. 'Waag het niet.'

Hij kijkt me donker aan van onder zijn wimpers. 'Waar ben je bang voor?'

'Bang? Oké, wil je weten waar ik bang voor ben?'

Hij knikt.

'Voor Nick en voor die vrouw. Ik ben als de dood voor die twee. Ik lig er 's nachts van wakker, ik zit hier als een vogeltje te rillen op de bank, bang dat het allemaal nog niet voorbij is. Dat die kerel me alsnog komt opzoeken.' Ik haal diep adem. 'Maar dat bedoelde je zeker niet, hè? Met je bang.'

Hij blijft staan. 'Laat me je alsjeblieft geruststellen. Je angst is niet gegrond.'

'Want?'

'Die gast is huurmoordenaar. Je bent voor hem geen prioriteit.'

Huurmoordenaar.

'Alles in me schreeuwt dat hij heel, heel ziek is.'

'Als je je laat inhuren om moorden te plegen mankeert er sowieso iets aan je. Maar was het alleen een gevoel, of...?' Zijn blik gaat onderzoekend over mijn gezicht. 'Iets wat hij zei?'

'Wat hij zei, wat hij deed, wat hij aan alle kanten uitstraalde.' Ik vertel hem over de griezelige opwinding die op bepaalde momenten bij hem naar boven kwam. Over de jongen bij het hotel, die amper vijftien jaar kan zijn geweest, en die hij zonder twijfel vermoord zou hebben – voor de lol. Hoe hij me treiterde met het zingen van 'Mama'. Hoe hij me in dat Spaanse niemandsland na mijn mislukte ontsnapping gebood mijn shorts uit te trekken, omdat hij wilde zien *wat voor onderbroek* ik droeg, en toen mijn zwarte hipster hem blijkbaar niet beviel, hij me nog eens een stomp in mijn buik gaf, waarna hij me als een beest vastbond en achter in de laadbak van de auto verder vervoerde, met een zak over mijn hoofd.

Ik gooi alles eruit, houd niets achter. Alles wat ik mijn vader heb bespaard en waarover ik maar mondjesmaat heb gesproken met anderen, krijgt Mischa tot in detail te horen.

Er trekt een spiertje bij zijn kaak. 'Ik had je dit zo graag willen besparen.'

'Maar hé, je hebt een drugsbaas te pakken, dus het was het allemaal waard.'

'Kom op, Iris.' Ik hoor hem binnensmonds vloeken. Dan legt hij zijn hoofd in zijn nek. 'Oké, misschien heb je gelijk. Nee, verdomme, je hébt gelijk. Maar het is...' Hij kijkt naar de vloer, alsof hij iets zoekt. Even is hij stil. Dan vervolgt hij, zachter: 'Als je in dit vak zit, ben je fanatiek. Dat zijn we allemaal. We willen die klootzak te grazen nemen, de rest is bijzaak. Ik had er beter aan gedaan om jou daar weg te halen.'

'Dan was je nu je baan kwijt geweest,' zeg ik schor.

'Dat was het misschien wel waard geweest.' Zijn ogen worden donkerder. Ongemerkt is hij dichterbij gekomen.

Ik schraap nerveus mijn keel. 'Eh, weten jullie waar hij is?'

'Nog niet, maar we zullen hem vinden.'

'En die vrouw?'

'Alexandra, zijn zus. We hebben een inval gedaan in haar huis, maar ze was er al vandoor.'

Alexandra.

'Waar woonde ze?'

'Sorry, ik kan er niets over zeggen. Die informatie was niet eens voor mijn oren bestemd.'

'Jij hoort toch bij de politie?'

'Ik eh...' Hij ontwijkt mijn blik. 'Er is... zoveel gebeurd.'

'Wat dan?'

Hij sluit zijn ogen. 'Sorry.'

'Alexandra, zei je.'

'Ja. En dat had ik niet moeten zeggen.'

'En jij? Hoe heet jij?'

Geen reactie.

'Meen je dit nou? Is dat zo geheim?'

'Iris, alsjeblieft.'

'Wat is je echte naam? Waar woon je? Wie bén je?'

Zijn gezicht betrekt. 'Ik kan je die informatie niet geven, Iris. Hoe graag ik het ook zou willen. Nóg niet.'

Ik knijp mijn ogen tot spleetjes. 'Wat kom je hier dan doen, man?'

'Iris, ik snap dat je –'

Ik hef mijn hand. 'Stop.'

Vertwijfeld kijkt hij me aan.

'Ik wil dat je nu weggaat.'

'Iris, ik meen het, ik –'

'Ik meen het ook, ga weg!' schreeuw ik, en met een ongecontroleerde beweging graai ik zijn helm van het dressoir en werp hem van me af, in de richting van de gang, waar het ding na een paar harde bonken op het laminaat tegen de muur aan klapt. 'Donder op en neem je klotetroep mee!'

Jeffrey, de eigenaar van de garage, belde me vlak voor kerst. Philippe had hem benaderd om een transport voor te bereiden. 'Het is huge,' zei hij. 'Daar wil je vast wel meer over weten.'

De volgende dag zat ik tegenover hem in een Van der Valk.

Ik betaalde hem meer voor zijn informatie dan hij van Philippe kreeg voor de klus. Hij zou me op de hoogte houden. Namen, rugnummers. Veranderingen in de planning zou hij direct doorbrieven.

Het was een risico, want Jeffrey is een gladde.

Maar hij hield grotendeels woord.

Het transport stond gepland voor de zomer, zodat Alexandra en ik een degelijke voorbereiding op poten konden zetten. Ons initiële plan bleek uiteindelijk niet te werken en dat was jammer, want we hadden er al veel tijd en moeite in geïnvesteerd en zouden er het minste risico mee hebben gelopen. Kort voordat Iris vertrok bedachten we een alternatief: Alexandra zou in Nederland blijven om zich op de jongen te richten, ik zou Iris volgen en op een rustige plek in het buitenland bij haar instappen.

Maar toen dook Philippes mannetje op bij dat tankstation en werd alles gecompliceerder.

Door hem ging het uiteindelijk mis.

Tot zojuist was ik hem daar bijna dankbaar voor, want als alles volgens plan was verlopen zou ik in zijn plaats zijn meegereden naar de overdracht en dus op die bewuste avond samen met Philippe zijn gearresteerd. Nu was Mischa de klos.

Des te vreemder is het dat ik hem nu bij Iris naar buiten zie gaan.

Is er zo weinig bewijs tegen hem dat ze hem zo snel hebben moeten vrijlaten? Daar geloof ik niets van. Het is niet logisch. Hoe langer ik erover nadenk, hoe zekerder ik ervan ben dat Mischa een smeris is. Een stille. Het verklaart waarom hij me niet meteen heeft omgelegd toen hij de kans had.

Ik zie hem naar zijn motor lopen. Hij haalt het ding van het slot en zet zijn helm op.

Ik zou hem nu kunnen pakken, maar ik weet iets beters. Ik ga pakken wat hem dierbaar is. En dan kom ik later terug voor hem.

66

Het is bijna halfeen. Ik zit rechtop in bed in het schijnsel van mijn laptop en lees het ene na het andere artikel dat ik kan vinden over undercoveragenten. Hoe meer ik te weten kom, hoe meer het tot me door begint te dringen dat Mischa enorm zijn nek voor me heeft uitgestoken. Het is voor undercovers strikt verboden om over het werk te praten. In veel gevallen zijn hun eigen familieleden er niet eens van op de hoogte dat ze dit werk doen. Undercovers spelen constant een rol die veel ingrijpender is dan een rol die een acteur aanneemt voor een film. Voor belangrijke operaties bedenken ze een complete identiteit, inclusief passende woonruimte, een vervoersmiddel, kapsel en kleding. Zelfs hun woordenschat en taalgebruik moeten aansluiten op dat van hun alter ego. Ze *worden* als het ware die persoon. Soms doen ze zich voor als huurmoordenaar, soms als wapenhandelaar. Ze sluiten vriendschappen met criminelen – zoals Mischa heeft gedaan met Philippe – en laten een spoor van veroordeelde misdadigers na, maar ook van gevaarlijke vijanden.

Mischa nam een groot, vanuit de politie gezien onaanvaardbaar, risico toen hij zijn contactpersoon naar me toe stuurde. Als Mischa me namelijk in het ongewisse had gelaten, had ik niet beter geweten dan dat hij een crimineel was die voor Philippe werkte en nu zijn straf uitzat in een of andere Portugese gevangenis. Ik zou de politie eeuwig dankbaar zijn geweest voor onze redding – boek gesloten. Maar nu ik weet dat ik min of meer ben opgeofferd om Philippe te pakken te krijgen, kan ik er Mischa en de politie behoorlijk mee in verlegenheid brengen.

Maar dat ga ik niet doen.

Ik wil Mischa niet in de problemen brengen.

Voordat hij zich door me liet wegsturen heeft hij zijn telefoonnummer in mijn mobiel gezet. 'Mischa' staat er in het schermpje. En daarachter, tussen haakjes: Thomas.

67

'We hebben gisteren achttien makrelen gevangen.'

'Zo, dus jullie hoeven de komende dagen niet meer naar de supermarkt,' grap ik.

'Ik ga die vissen echt niet eten, mam.'

'Je eet wel vissticks en sushi. Da's net zo goed vis.'

'Maar deze hebben ogen, en een kop en alles.' Ik hoor hem griezelen.

'Die wil papa er vast wel voor je af snijden,' zeg ik.

'Mam, gadverdamme!'

Grinnikend leg ik mijn blote voeten op mijn bureau. Nu ik het kantoor voor mezelf alleen heb, kan dat wel even.

'Maar mam, weet je wat echt irritant is? Papa laat me nergens alleen naartoe gaan. Hij wil steeds mee. Ik mag zelfs niet met opa of oma mee.'

Gelukkig maar, wil ik zeggen.

'Ze doen alsof ik een klein kind ben.'

'Lieverd, je kunt je toch wel herinneren toen die vrouw op de camping –'

‘Mam, die had ik echt wel aangekund als ze me had willen meenemen. Ik kan hartstikke hard schoppen. Waarom geloven jullie me niet?’

Ik hoor mijn collega’s praten en lachen in de kantine, aan het einde van de gang. Robèrt vindt het prima als ik onder werktijd privégesprekken voer, maar ik doe dat liever in de pauze, als niemand meeluistert. Daar hecht ik nu nog meer waarde aan dan anders; alles wat ik zeg en doe wordt onder een vergrootglas gelegd.

‘Ik weet dat je sterk bent,’ zeg ik. ‘Maar als je haar ziet, moet je maken dat je wegkomt.’ Zachter vervolg ik: ‘De politie is er niet voor niets bij gehaald, hè? Die vrouw is levensgevaarlijk.’ Ik heb steeds zorgvuldig mijn woorden gekozen omdat ik Levi zo min mogelijk wil beschadigen, maar nu heb ik geen keus meer.

‘Dat snap ik ook wel, mam,’ antwoordt hij timide. ‘Maar het is zo echt niet leuk.’

‘Geloof me, het blijft niet zo. Zodra de politie haar heeft gevonden, kun je weer overal alleen naartoe.’

Overmorgen vertrekken we. We reizen apart van elkaar met nieuwe identiteitsbewijzen naar Polen en komen weer samen op onze uitvalsbasis: een eenvoudig appartement in een wijk met een groot verloop. Het wemelt daar van de buitenlanders. Twee meer of minder valt niet op. De chirurg heeft Alex verzekerd dat alles over hooguit vijf, zes weken geheeld zal zijn. Dan kunnen we beginnen aan een nieuw leven.

En daarom moet ik dit vanavond doen.

Want iedereen zal weten dat ik het heb gedaan. Niemand zal daaraan twijfelen. Maar ze zullen zoeken naar een man die niet meer bestaat.

68

Uit de kantine klinkt om de haverklap het snerpende geluid van de luxe koffiemachine die Robèrt in een joviale bui heeft gekocht. Het geluid leidt me af van mijn werk. Alles leidt me af. Tussen het nalopen van dossiers door googel ik steeds naar vrouwen die Alexandra heten en bekijk minutieus de foto's en kiekjes, in de hoop overeenkomsten te zien met Nick. Maar het is ondoenlijk zonder achternaam of een leeftijdsindicatie. Nick kan een nakomertje zijn geweest. Er zijn te veel variabelen.

Ik word zo in beslag genomen door mijn research dat ik niet in de gaten heb dat Fabienne bij mijn bureau is komen staan.

Ze zet koffie voor me neer. 'Ik miste je in de pauze.'

'Ik moest nog wat telefoontjes plegen,' zeg ik, zonder haar aan te kijken. 'Maar dank je. Daar had ik behoefte aan.'

Ze verroert zich niet.

'Sorry voor gisteren,' zegt ze.

Ik kijk op. 'Gisteren?'

'Dat ik je heb aangeraakt, *sort of.* Ik moest er net weer aan denken en toen drong tot me door dat je het misschien verkeerd geïnterpreteerd hebt. Ik bedoel, ik val op vrouwen, maar ik val niet op jou.'

Ik trek een wenkbrauw op.

Ze schiet in de lach, slaat met haar hand tegen haar voorhoofd. 'O mijn god, dat klinkt ook niet bepaald als een compliment. Ik kan maar beter mijn mond houden, ik maak het alleen maar erger, geloof ik.'

'Geeft niet, Fab. Ik hou toch wel van je.'

*

Toen ik vanochtend op de weegschaal ging staan, gaf die drie kilo minder aan dan voor de reis naar Portugal. Ik mag me dus best een keertje laten gaan, denk ik, als ik mijn mand volgooi met aanbiedingen waar ik normaal gesproken aan voorbijloop. Dorito's, M&M's, Skittles, kom maar bij Iris. Op de wijnafdeling kies ik na lang twijfelen een Franse rosé, bij de delicatessen gris ik zalmrolletjes mee en in de rij voor de kassa pak ik nog gauw een geurkaars. Ik heb echt zin in een avond series kijken. Languit op de bank.

Voor het eerst sinds ik terug ben uit Portugal voel ik me enigszins ontspannen. Levi is in veilige handen bij Sander en zijn ouders en de wetenschap dat Mischa – Thomas! – daadwerkelijk om me geeft, draagt ook bij aan mijn goede bui. Ik wil hem later deze week bellen om met hem af te spreken, maar nu neem ik eerst tijd voor mezelf.

Iris is thuis en ze is alleen. Ik had haar in de berging al kunnen overmeesteren toen ze thuiskwam met een tas vol boodschappen, maar ik heb gewacht. Mogelijk verwachtte ze nog visite, of had ze vanavond een afspraak buiten de deur met iemand die meteen alarm zou slaan als ze niet kwam opdagen. Het zijn roerige tijden voor Iris; ook mensen uit haar omgeving zijn nu extra alert.

Maar één ding is zeker: het moet daar gebeuren. Daarboven, in haar eigen huis, dat ongetwijfeld doordrenkt is van haar wezen, van haar geur. Ik zal er eindelijk achter komen hoe sterk ze is. We kunnen er geen dagen over doen, helaas, maar de nacht is lang.

Haar balkondeur staat wijd open. Als de wind deze kant op draait, hoor ik de televisie.

De avond begint in te vallen. Het is tijd. Ik steek mijn armen door de hengsels van mijn rugzak en sjor hem vast. Trek mijn handschoenen aan. Mijn blik glijdt over de balkons direct onder de hare – the stairway to heaven. *Op de tweede en derde etage is het al de hele avond stil, maar op de eerste zijn de bewoners thuis. Het maakt niet uit. Ik heb voor heter vuren gestaan.*

Als ik uit de beschutting wil stappen, voel ik een plotselinge luchtverplaatsing, vlak achter me. De geur die ik ruik is overbekend – wapenolie. In een reflex grijp ik naar mijn pistool, maar als er prompt iets kouds en hards tegen mijn nek wordt gedrukt blijf ik als bevroren staan.

'Laat me je handen zien,' klinkt het. Gejaagd. Snelle ademhaling. Het metaal drukt harder in mijn nek.

Ik herken de stem.

Langzaam beweeg ik mijn handen naar voren en houd ze beide voor me uit. Ik kijk naar de grond. Ik maak een meegaande, verslagen indruk, maar ik ben scherper dan ooit. 'Waar zijn je vriendjes?' vraag ik zacht.

'Soms speel ik liever alleen.'

'Vreemde voorkeur voor een politieagent.'

Ik hoor zijn ademhaling stokken.

Dus het is waar.

Hij is inderdaad van de politie.

'Als ik alleen speel, kan ik zelf de regels bepalen,' gaat hij verder.

Stoere praat.

Met kracht stoot ik mijn elleboog in zijn ribbenkast, duik naar opzij en grijp het pistool dat in de holster onder mijn jack zit.

68

'Nou, de kogel is door de kerk, meitie. Ik kom terug naar Nederland. Ik heb hier niets meer te zoeken.'

Ik krijg amper de kans om te reageren, mama is steeds aan het woord. Ze mag van de politie gaan en staan waar ze maar wil, zegt ze, zolang ze in Europa blijft en haar verblijfplaats meldt. Zodra de zaak voorkomt, moet ze getuigen. 'Maar ja, ik kan die mensen niet veel wijzer maken. Philippe had zijn leven, en ik het mijne. Zo ging dat bij ons nu eenmaal.'

Ik zit op de bank met een schaaltje M&M's op schoot, de serie die ik aan het kijken was op pauze. Op de salontafel brandt een kaars die de geur van frisgewassen katoen verspreidt en naast mijn wijnglas staat een gloednieuw flesje nagellak – dieprood. Ik wilde net aan mijn teennagels beginnen toen mama belde.

Dat ze met Philippe gebroken heeft weet hij zelf nog niet, want 'hij zit in volledige beperkingen'. Sinds die avond in Portugal, toen hij ons opsloot, hebben ze geen contact meer gehad.

Mama wil over een paar weken al naar Nederland komen. Het ligt op het puntje van mijn tong om haar een tijdelijke woonplek aan te bieden, maar ik doe het niet. Ze neemt de honden mee, natuurlijk, maar ook al haar schilderspullen en een hoeveelheid kleding, schoenen en tassen waarmee ze moeiteloos een kamer zou kunnen vullen. Met haar komst zou mijn huis veranderen in een totale chaos, die door mijn moeders gebrek aan realiteitszin wel eens vele maanden zou kunnen voortduren. Dat mag ze niet van me verlangen; ze moet nu echt zelf haar verantwoordelijkheid gaan nemen – al zal ik haar nooit aan de deur laten staan als de nood aan de man komt. Want ondanks al haar tekortkomingen is en blijft ze mijn moeder. Ik zou dolgraag meer contact met haar willen hebben.

'Heb je al iets gevonden?' vraag ik.

'Bied je me nu iets aan? Met die vier honden? Wat lief. Maar nee, ik heb al wat geregeld.'

Die had ik niet zien aankomen. 'O?'

Ineens begint ze te fluisteren: 'Philippe had nog wat geld verstopt. Daarmee kan ik wel een poosje vooruit.'

Ik ga rechtop zitten, het schaaltje M&M's valt van mijn schoot. 'Mam, krijg je daar geen problemen mee?'

'Die problemen mogen dan achteraan in de rij aansluiten. Maar eh... Philippe zal er voorlopig zelf niet om komen vragen, hè. Tegen de tijd dat ze hem vrijlaten, is hij hoogbejaard.'

Ze vertelt dat ze van plan is om werk te gaan zoeken. Wat precies, weet ze nog niet. 'Ik kan niet echt iets,' zegt ze, en ze voegt eraan toe, met zeldzame zelfspot: 'De galeries bellen me ook niet bepaald plat.'

'Geen goede tijd voor abstract expressionisme?'

Ze lacht. Gelukkig.

Terwijl ik luister naar haar vage plannen dringt het tot me door dat ik altijd het verkeerde uitgangspunt heb gehad. Na de scheiding van mijn ouders heb ik me volledig met mijn vader geïdentificeerd. Nog maar kort geleden ben ik me open gaan stellen voor de mogelijkheid dat ik meer op mijn moeder lijk. Maar een kind is geen optelsom van losse elementen die door vader en moeder zijn ingebracht. Ik ben misschien het product van mijn ouders, maar de keuzes die ik maak bepalen wie ík ben. Ik ben ik. Hoe afschuwelijk de hele ervaring ook is geweest, ik weet nu dat ik avontuurlijker en handiger ben dan ik dacht, en duizendmaal sterker dan ik ooit had kunnen vermoeden.

De geur van dieselolie. Rottende vis en planten. Ik hoor water klotsen en het geluid van voorbijrazend verkeer. De akoestiek is vreemd, grotachtig. Ik lig op iets hards.

De tape wordt van mijn ogen en mond getrokken. Ik knipper met mijn ogen. Het is donker. Het geglinster verderop is schittering op het water, de reflectie van een stad. Ik zie contouren van schepen. Rotterdam, Amsterdam, Antwerpen?

Het metalen ding dat Mischa bij Iris' flat tegen mijn nek drukte, was een stroomstootwapen. Toen ik mijn pistool wilde pakken, joeg Mischa er vijftigduizend volt mee door mijn lijf. Stroomstootwapens zijn effectief, maar onschadelijk: ik kwam bij kennis in de achterbak van een rijdende auto.

Mischa torent boven me uit. Er is weinig wat ik tegen hem kan beginnen, maar ik ben niet bang voor hem. Hij gaat me niet vermoorden. Daar is hij niet toe in staat. Het druist in tegen de ambtseed en die zit diep bij smerissen. Hij wil wraak op me nemen omdat ik hem voor dood heb achtergelaten, en hij wil me vooral goed bang maken, zodat ik voortaan uit de buurt van Iris blijf. Als hem dat een goed gevoel geeft, laat ik hem graag in die waan.

Spraakzaam is Mischa niet. Hij loopt weg en rommelt wat om me heen. Ik kan niet goed zien wat hij aan het doen is, het is te donker.

'Waar ben ik?'

Hij geeft geen antwoord.

'Hé!' roep ik. Mijn stem echoot. 'Waar zijn we?'

'Op een plaats delict,' antwoordt hij.

'Ik zie geen lijk.'

Een rijnaak vaart voorbij – een inktzwart, brommend gevaarte dat golven veroorzaakt die tegen de stenen oevers klotsen. Ik volg het schip met mijn ogen en vraag me af of de schipper ons gezien heeft.

Mischa hurkt bij me. Ik ruik rubber, talk – hij heeft handschoenen aangetrokken.

'Wat is dit allemaal? Wat ben je aan het doen?'

Nu pas zie ik het pistool. Mijn eigen pistool.

Hij richt het op me.

'Jij en ik weten dat je dit niet gaat doen,' fluister ik. 'Want jij bent een smeris.'

Langzaam schudt hij zijn hoofd. 'Niet meer, Johan. Ik heb ontslag genomen.'

69

'Fijn dat ik even langs mocht komen.' Edwin stopt zijn zonnebril in zijn borstzakje. 'Kunnen we ergens rustig gaan zitten?'

Nieuwsgierige collega's kijken vanachter hun bureaus de hal in. Ze wisten dat er recherche langs zou komen, maar in zijn jeans en donkerblauwe bomberjack ziet Edwin er helemaal niet uit als een politieman, eerder als een vriendje – een dodelijk vermoeid vriendje dan wel. Zijn huid is grauw, zijn oogwit rood dooraderd.

Ik neem hem mee naar de spreekkamer, waar hij plaatsneemt in een van de stoelen die rond de vergadertafel staan. Hij trekt een enkel op zijn knie. 'Ik zal maar meteen met de deur in huis vallen: we hebben de man die jou heeft gegijzeld gisteren gevonden. Hij is dood. Vermoord.'

Ik laat me langzaam op een stoel zakken. Ik geloof dat mijn mond openstaat. Allerlei gedachten vliegen door mijn hoofd. Beelden, geuren. Veel te levendige, angstaanjagende herinneringen.

Dood.

Hoe kan dat nou?

Hij kijkt een beetje bezorgd. 'Gaat het wel?'

'Ja, hoor. Sorry. Ik... eh... zag dit niet aankomen.'

'Wij ook niet.' Hij haalt de rug van zijn hand langs zijn neus.

'Weten jullie honderd procent zeker dat het Nick is?'

'Duizend procent. Zijn echte naam was Johan de Vries.'

Dus Nick was inderdaad zijn *nickname*. Niet dat ik daar maar een seconde aan heb getwijfeld. Toch is het vreemd om zijn echte naam te horen.

'Was hij in Portugal?'

'Nee. Hier in Nederland, in de Rotterdamse haven. We zijn nog aan het uitzoeken wat hij daar deed, of hij daar een afspraak had en met wie.'

Kippenvel springt op over mijn hele lijf. 'Nederland,' herhaal ik.

'Ja.'

'Hoe is hij vermoord?'

'Doodgeschoten.'

Ik knik alleen maar. Zeg niets.

Nick is dood. Nick praat niet meer. Hij loopt niet meer. Hij ís er niet meer.

Hij kan me niets meer aandoen.

Het voelt onwerkelijk.

'Die man gaf me het idee dat hij onsterfelijk was,' zeg ik zacht. 'Hij leek...' Ik merk dat ik begin te trillen, '... gewoon niet menselijk.'

Edwin neemt me peinzend op. 'In zijn kringen halen er maar weinig hun pensioen.'

'Ben ik een slecht mens als ik nu vooral opluchting voel?'

Hij plukt aan een draadje van zijn jeans. 'Ik denk niet dat veel mensen zullen treuren om Johan de Vries.'

'Weten jullie al meer over zijn –' Ik zwijg abrupt.

Zijn zus, wilde ik zeggen.

Alexandra.

Informatie die ik niet kan hebben.

Edwin fronst. Hij mag er vermoeid uitzien, zijn hersenen werken nog uitstekend. 'Over zijn wat?'

'Zijn handlanger.'

'Helaas nog niet veel. We geloven dat ze niet in Nederland is. Niet meer, in elk geval.'

'Dus jullie weten al wel wie ze is?'

'We hebben een sterk vermoeden.'

'Hoe heet ze?'

'Dat kan ik niet zeggen. We weten het ook nog niet zeker.'

'We hebben het over de vrouw die mij en mijn zoon heeft bedreigd. Waarom zou ik haar naam niet mogen weten? Zij kent de mijne.'

Edwin steekt zijn handen op in een overgavegebaar. 'Mijn excuses. Ik zou willen dat het anders was, maar meer kan ik je op dit moment niet vertellen. We zijn nog volop bezig met het onderzoek.'

'Ze hebben me geobserveerd. Die vrouw weet waar ik woon, en ongetwijfeld ook waar ik werk en waar mijn zoontje op school zit.'

Hij heft nogmaals zijn handen. 'Sorry.'

'Dus zij weet alles over mij, maar ik mag van jullie niets over haar weten?'

'Er zijn regels waar ik me aan moet houden. Dit verzin ik niet zelf.'

'Wie zegt me dat ze niet naar ons toe komt?'

Hij legt nadenkend een vuist tegen zijn mond. 'Dat kan ik je niet beloven, maar de kans daarop acht ik verwaarloosbaar klein. Die twee waren uit op geld, een ripdeal. Het ging niet om jou of je kind.'

'Zo voelde het anders –'

'Die man is dood, Iris. Het is voorbij. Ik hoop dat je rust zult vinden, al is het mijn ervaring dat zoiets tijd nodig heeft. En een goede therapeut.' Hij werpt een blik op zijn telefoon, stopt hem weer weg en staat op. 'Sorry. Ik moet ervandoor.'

'Denken jullie dat zijn dood iets met Philippe of met mijn moeder te maken heeft?'

'We moeten alle opties openhouden, maar...' Hij kijkt peinzend naar zijn autosleutels. 'Eerlijk? Alles wijst op een afrekening. Niet verrassend ook, gezien zijn voorgeschiedenis.'

*

Aan mijn dossiers ben ik de rest van de middag niet meer toegekomen. Ik heb Sander, papa en Bo gebeld om hun het nieuws te vertellen. Mama krijg ik niet te pakken – dat ergert me, tot ik me realiseer dat haar telefoon, net als de mijne, nog bij de recherche ligt, en haar vervangende toestel een ouwetje is met kuren. Renate belde me zelf om te vragen hoe het met me gaat; we hadden elkaar na het terrasavondje niet meer gesproken.

Tussen al het getelefoneer door heeft bijna iedereen wel even aan mijn bureau gestaan om het nieuws uit de eerste hand te horen, zelfs meneer Coenen, de eigenaar. Hij vindt het knap dat ik zo snel weer aan het werk ben gegaan en zou het volkomen begrijpen wanneer ik alsnog mijn vrije dagen zou opnemen. Sympathiek, maar ik ben liever hier dan thuis. Ook nu nog.

Als ik op weg naar huis mijn telefoon in mijn zak voel zoemen, ga ik er blind van uit dat het mijn moeder is. Ik zet mijn fiets aan de kant.

Het is mijn moeder niet.

'Je hebt het vast al gehoord,' zegt Thomas.

'Eh, ja. Edwin is vandaag op het werk geweest.' Nerveus strijk ik een lok haar uit mijn gezicht.

'Opgelucht?'

Ik ben sneller gaan ademen. 'Ja, maar nog niet gerust.'

'Vanwege zijn zus?'

'Niet eens.'

'Hoezo?'

'Het is nog te vers, denk ik. Het voelt nog heel... abstract.'

'Die kerel is morsdood, daar is niets abstracts aan.'

'Heb je hem gezien?'

Hij is even stil. 'Hij kan je niets meer doen, Iris. Nooit meer. Laat dat goed tot je doordringen.'

'Ik weet het, maar...' Ik haal diep adem.

'Zullen we het er vanavond verder over hebben? Op neutraal terrein? Ik ken een rustig tentje met gedimd licht en aardige serveersters.'

'Dat eh... klinkt heel anders dan de restaurants waar we eerder hebben gegeten.'

'Gelukkig wel, ja. Waardeloos reisbureau was dat. De eigenaar zit vast, hoorde ik.'

In weerwil van mezelf moet ik lachen. 'Halfzeven?'

'Maak er zeven uur van. Ik haal je op.'

70

Het is lang geleden dat ik zo verwachtingsvol voor de spiegel stond. Ik neurie mee met de radio en trek af en toe een gezicht naar mezelf.

'Doe even normaal, het is Thomas maar,' fluister ik, terwijl ik mijn mascara uit mijn toilettas vis.

Thomas – niet Mischa. Het is even wennen. Met Mischa ben ik al eerder wezen eten, met Thomas nog niet, dus feitelijk is dit onze eerste date.

Ik breng de mascara aan, draai de dop er weer op en bekijk het eindresultaat. Mijn glimlach staat in mijn gezicht gebeiteld. Jurkje met blote schouders, ik heb mijn haar opgestoken en langs mijn donkere wimperrand glinstert oogschaduw – zomers en feestelijk.

De bel zoemt een kwartier te vroeg. Ik haast me naar voren, druk mijn kin naar mijn borst en haal nog een keer diep en rustig adem voor ik de deur openzwaai.

'Yes, je bent thuis!' Renate kijkt me opgetogen aan. Ze draagt een legerjack met opgestroopte mouwen en een geruit petje dat nauwelijks over haar dikke haar past. 'Dit was een spontane actie, dus please zeg me dat je nog niet hebt gegeten?'

'Eh... dat niet, maar –'

'Sushitime!' Ze houdt een papieren tas omhoog en wervelt langs me heen naar binnen toe. 'Wat een mazzel. Het was een gok, maar ik dacht, ik laat je niet alleen zitten na dat nare nieuws.' Ze kijkt over haar schouder. 'Of eigenlijk is het goed nieuws, toch?'

Ik volg haar mijn keuken in. 'Eh, ja. Alleen voelt het nog onwerkelijk.'

Ze laadt bakjes sushi uit de tas en zet ze op het aanrecht. 'Weten ze eigenlijk wie het gedaan heeft?'

'Nee.'

Ze gaat met haar rug tegen het aanrecht staan en vouwt de tas op. 'En jij, heb jij een idee?'

'Ik moet uitgaan van wat de recherche vermoedt. Een afrekening, waarschijnlijk.'

'Afrekening...' Ze kauwt op het woord. 'Geloof je dat echt?'

'Waarom niet?'

Rimpeltjes tekenen zich af tussen haar wenkbrauwen.

'Het is wel érg toevallig allemaal.'

'Hoezo?'

'Nou, denk je niet dat de moord met jou te maken kan hebben?'

'Met mij? Hoe dan?'

Ze draait zich om en maakt een keukenkastje open om borden te pakken.

Ik probeer haar tegen te houden. 'Wacht, Renate, doe geen moeite. Ik eh... moet zo weg.' Ik wijs naar de sushibakjes. 'Het ziet er heerlijk uit en het is hartstikke lief dat je aan me hebt gedacht, echt super, maar dit moeten we een andere keer doen.'

'Waar ga je heen dan?'

Ik open mijn mond, maar kan zo gauw geen smoes bedenken. Ik heb een hekel aan liegen, al helemaal tegen mensen om wie ik geef. Seconden tikken voorbij. De onuitgesproken woorden zweven tussen ons in en het wordt steeds verleidelijker om haar in vertrouwen te nemen.

Maar dat gaat niet. Ik kan dit niet voor Thomas beslissen.

'Mijn... eh... vader haalt me op,' hakkel ik. 'Zo meteen al. We gaan samen eten.'

Weer die frons. 'Je vader? Wat lief.'

'Heel lief,' zeg ik laf.

Ze kijkt me onderzoekend aan. 'Iris... je lijkt jezelf niet.'

Ik pak de tas uit haar handen en begin de sushi weer in te laden. 'Zal ik het anders in de koelkast zetten, voor morgen? Dat blijft toch nog wel een dagje goed? Heb je morgen tijd?'

'Je vader, zeg je?' Ze werpt een blik tussen de vitrage door op de galerij en ik besef dat Thomas daar elk moment kan verschijnen. Misschien herkent ze hem. En wat dan?

Ze moet nu gaan.

Ik had haar niet eens binnen moeten laten.

'Je doet echt heel vreemd, Iris.' Renate heeft haar armen over elkaar geslagen.

'Het was een lange dag.'

'Maar daar gaat het niet om, hè? Wat is er aan de hand? Vertel op.'

Ik sla mijn ogen neer. 'Dat leg ik morgen uit, goed? Maar nu moet je gaan.' Haastig overhandig ik haar de tas.

'Zit je in de problemen?'

Kleur ik nu? Ik vrees van wel, mijn wangen gloeien. 'Nee, hoor, helemaal niet.'

'Je kunt me alles vertellen. Heeft het iets met die moord te maken?'

'De móórd?'

Renate knijpt haar ogen tot spleetjes. 'Da's toch niet zo'n rare gedachte? Die man is een doorgewinterde crimineel, zei je. Beresterk, snel, intelligent, onoverwinnelijk.' Ze komt dichter bij me staan. 'Hij zal vast wel vaker iemand zijn tegengekomen die hem dood wilde hebben. Maar heel toevallig komt hij precies nú iemand tegen die dat ook is gelukt. Vind je dat niet frappant?'

'Eh, geen idee. Daar heb ik niet over nagedacht.'

Er flakkert iets duisters in haar ogen. 'Het zou zomaar iemand geweest kunnen zijn die je kent. Iemand die jou wil beschermen, misschien?'

'Hè?' Ik doe een stap naar achteren. 'Renate, doe niet zo eng. Natuurlijk niet. Ik ken geeneens mensen die zulke dingen doen.'

'O, die ken je niet?' Dan knippert ze met haar ogen alsof ze zich realiseert dat ze niet goed bezig is, en ze kijkt nog eens tussen de vitrages door naar buiten. 'Lieverd, je stiefvader is een zware crimineel, je moeder woont al twee jaar met hem samen en je had niet het flauwste vermoeden dat er niets van hem deugde.'

'Denk je dat Philippe...? Maar die zit in Portugal in een cel.' Ik wil haar zeggen dat hij de man er niet naar is om iemand te laten vermoorden, maar dan begrijp ik dat ze een punt heeft: Philippe droeg Thomas op Nick dood te schieten waar mijn moeder en ik bij waren.

En was ik uiteindelijk niet ook doodsbang voor hem?

'De politie gelooft dat er geen verband is met Philippe,' zeg ik zacht, en dan hoor ik voetstappen op de galerij.

Renate hoort het ook.

Ik kan alleen maar vurig hopen dat Thomas weet wat hij moet doen zodra hij Renate ziet. Met zijn beroep is hij vast wel vaker in dit soort situaties terechtgekomen.

'Ik moet heel erg naar de wc,' mompelt Renate achter me, en ze verdwijnt de hal in.

Ik blaas lucht uit. Er moet haast wel een beschermengeltje op mijn schouder zitten. Ik haast me naar voren en trek de deur open. 'Je moet –'

Thomas stapt meteen naar binnen. Geschoren, fris, gekleed in een jeans en een wit overhemd met maokraag. Hij trekt een enorme bos bloemen achter zijn rug vandaan. 'Je ziet er fantastisch uit,' fluistert hij, en hij kust me op mijn wang.

Ik ben een seconde afgeleid door zijn geur, de streling van zijn adem op mijn huid. Dan pak ik zijn bovenarmen vast. Ze zijn hard als graniet. 'Je moet weer gaan,' fluister ik. 'Renate is er. Gauw.' Ik duw tegen zijn borst, maar het is al te laat.

Thomas kijkt over mijn schouder de gang in. Van het ene op het andere moment zie ik zijn liefdevolle, warme blik verharden. De pupillen verkleinen, zijn kaken verstrakken. Hij knijpt in de bos bloemen, het folie ritselt, en dan slaat hij zonder waarschuwing zijn armen om me heen en trekt me met zich mee naar de vloer.

Er klinkt een geluid dat nog het meeste lijkt op een zweepslag. Ik voel een korte, hevige druk op mijn oren.

Thomas' greep verslapt. Zijn vingers glijden krachteloos van mijn schouder. Hij opent zijn mond om iets te zeggen. Zijn ogen worden groter, net als de afstand tussen ons, en dan zakt hij naar opzij. Zijn ogen draaien weg. Hij heeft moeite met ademen.

Nu pas merk ik dat mijn handen vochtig zijn, en warm. Ze kleuren rood. Rood van zijn bloed.

'Dat krijg je er nou van.' Renate kijkt op ons neer. In haar ene hand heeft ze een vuurwapen waarvan de vreemd gevormde, lange loop op mij gericht is. Met de andere trekt ze ongeduldig aan haar lange, dikke lokken. Ze houdt haar hoofd een beetje scheef. Ik kan nauwelijks geloven dat dit daadwerkelijk gebeurt, dat ik bij mijn volle bewustzijn ben. 'Wat is er? Wat gebeurt er?' vraag ik schor. Of misschien denk ik alleen maar dat ik dat hardop vraag.

Haar pet valt op de grond. Renates scalp komt los van haar hoofd; de lange, prachtige krullen, haar handelsmerk, glijden over haar schouder en langs haar arm naar beneden. Belanden naast de pet op de vloer.

Een pruik.

Renate droeg een pruik.

Onder de enorme bos krullen die ik zo bij haar bewonderde is een kort, asblond pagekapsel vandaan gekomen. En een totaal andere persoon. Zelfs de toon van haar stem is anders.

Het tafereel is zo bizar dat ik twijfel aan mijn eigen zintuigen.

'Jij was het!' blaft ze naar Thomas. 'Geef het toe.'

‘Waar heb je het over?’ Zijn stem klinkt schor en hij heeft moeite met ademen.

‘We zouden naar Polen gaan, Johan had die dag geen afspraken.’ Nijdig schopt ze tegen zijn voet. ‘En al zeker niet in Rotterdam!’

‘Ik weet niet waar je het over hebt.’

‘Hij had niets met die stad, hij kwam er nooit. En nu zou hij dáár in de val zijn gelokt – een afrekening?’ Haar lach klinkt hard en onaangenaam. Ze houdt het wapen met twee handen vast, de loop op Thomas gericht.

‘Ik ken geen Johan.’

Ze doet alsof ze hem niet hoort en wijst met haar kin naar me, trekt er een vies gezicht bij. ‘Johan was bezeten van Iris. Hij was alleen nog maar met haar bezig, het verteerde hem. Dus deed hij iets doms. Hij kwam hiernaartoe.’ Ze knijpt haar ogen samen terwijl ze over de loop van het pistool naar Thomas loert. ‘En *guess what*? Hij kwam niet meer thuis.’ Weer trapt ze tegen zijn voet. ‘Wees een vent en vertel wat je met hem hebt uitgevreten!’

‘Alex... Alexandra,’ probeer ik.

Haar ogen flitsen van Thomas naar mij. Nu haar gezichtsstructuur niet meer wordt vertekend door haar kapsel, vallen me de familietrekken op. De diepliggende ogen, de atletische bouw. De jukbeenderen en de vorm van de mond – al is die van haar veel voller.

‘Dit... dit is een misverstand.’

‘Hou je bek, jij bent al net zo schuldig.’

‘Ik weet van niets,’ ga ik door, zo kalm als ik kan.

‘Jij misschien niet. Maar híj wel.’ Ze spuwt de woorden bijna uit terwijl ze het vuurwapen op Thomas richt.

‘De politie zei dat het een –’

De loop van het pistool zwaait nu naar mij. ‘Bek dicht, zei ik.’

Ik verstijf.

Het besef dat ze me nu, hier op dit moment, met één enkele beweging van haar wijsvinger kan vermoorden, verlamt me volledig. Ik staar met grote ogen in de loop en vergeet te ademen.

'Jij en je politievriendje hebben –'

Naast me komt Thomas in beweging. Hij haakt zijn voet achter Alexandra's been, maar hij is niet snel genoeg.

De zweepslag. De luchtverplaatsing.

Ik ruik het nu ook: kruitgeur.

Thomas zakt met een diep buikgeluid naar de grond.

'Nee!' Ik veer op.

Prompt slaat er iets tegen mijn hoofd. Massief, zwaar. Ik zie niets meer, zak op mijn knieën. Ik proef bloed. Op handen en knieën zoek ik steun bij Thomas, maar hij reageert niet.

Alles zit onder het bloed, ik heb geen idee waar hij geraakt is, maar zijn ogen staan dof. Hij ademt nog nauwelijks.

Ik klamp me aan hem vast, aai met bevende vingers zijn haar, dat plakkerig is. 'Laat me alsjeblieft een ambulance bellen.' Mijn stem slaat over.

'Opstaan.'

Ik kijk verward omhoog, in het gezicht van een vrouw die ik door en door vertrouwde. Mijn vriendin, die ik vlak na de kerst heb leren kennen toen ik bij de drogist wanhopig naar een blondeer- of ontkleurmiddel zocht om van mijn mislukte vuurtorenrode haar verlost te raken.

'Ik ben kapster,' zei ze, en ze wees me een verpakking aan. 'Die moet je nemen. Daar zit hetzelfde spul in als in die dure salonverf.'

Het was geen toeval. Ze moet me gevolgd zijn, zag me verpakkingen lezen en twijfelen en greep de gouden kans aan om met me in contact te komen.

Dit is de vrouw die bij Levi op de camping was.

Toen ik haar in Spanje aan de telefoon kreeg, heb ik de link met Renate geen moment gelegd – gebruikte ze een stemvervormer?

'Lopen.'

Ik sta op, trillerig. 'Waarheen?'

Ze maakt een beweging met haar kin naar de achterkant van de flat.

Het balkon.

Vierhoog.

Er vallen vaker mensen uit hoge gebouwen.

Ik loop zo langzaam mogelijk in de richting van de woonkamer. Kijk om me heen. Is er iets wat ik kan gebruiken om...

Een zetje in mijn rug. 'Waar ga jij naartoe?'

Ik aarzel. We zijn nog steeds in het centrale halletje waar alle deuren op uitkomen.

Achter me, in de gang bij de voordeur, is het stil. Geen gekreun meer. Geen raspende ademhaling. Niets.

'Hierheen.' Opgewekt opent Alexandra de badkamerdeur en trekt aan het touwtje. Het licht springt aan. 'Na jou.'

Ik stap de krappe, vierkante ruimte in. Links van de deur staat mijn wasmachine met een volle wasmand erbovenop. Het badmatje dat ik van papa heb gekregen en dat exact de kleur had van de vleug in de vloertegels, ligt slordig voor mijn voeten. Een vuile sok onder de wastafel. Het luxe douchegordijn met zeesterren hangt half in het bad. Op het planchet bij de spiegel een mok van Spiderman, een tube tandpasta, mijn haarborstel.

'Vol laten lopen.'

Ik frons mijn wenkbrauwen.

'Doe wat ik zeg!'

Snel buig ik me over het bad, graai naar de stop en druk het zwarte ding met bevende vingers in de afvoer. Terwijl ik dat doe knijp ik mijn ogen dicht en zet me schrap voor een duw of trap, maar ze raakt me niet aan.

Alexandra sluit de deur achter zich. Ze neemt de tijd om mijn badkamertje in zich op te nemen. 'Johan zou dit prachtig gevonden hebben.'

Als ze me uiteindelijk aankijkt, verschijnt er een minzaam lachje op haar gezicht. Ze geniet van de macht.

Toch probeer ik het. 'Wil je me alsjeblieft een ambulance laten bellen? Hij gaat dood.' *Hij is al dood*, fluistert een stem in mijn hoofd, die ik uit alle macht probeer te negeren. 'Ik doe alles voor je, ik zweer het, maar laat me –'

Ze schudt geërgerd het hoofd. 'Die politieman van je wist dat je nooit veilig zou zijn zolang Johan leefde, dus deed hij wat hij moest doen. Ik snap het wel. En mijn broer had beter moeten opletten.'

'Mag ik –'

'Lieve, naïeve Iris, jij had een speciaal plekje in Johans hart. En in ons plan.' Ze heft haar kin. 'Meteen nadat we werden getipt dat Philippes stiefdochter de auto naar Portugal zou rijden, probeerde ik met je in contact te komen. Dat ging heel makkelijk, weet je nog?' Met haar vrije hand tikt ze op de wastafel. 'Ik weet het nog heel goed.'

Ik ook. Kort nadat Alexandra me had aangesproken als Renate stond ik hier, in deze badkamer, in mijn pyjamabroek en een oud T-shirt voorovergebogen terwijl zij het ontkleurmiddel uit mijn haar spoelde. Ze was hartelijk en aardig, iemand die graag wat deed voor anderen. Ik heb geen moment getwijfeld aan haar oprechtheid, maar misschien kwam dat ook wel doordat ik me destijds een beetje verloren voelde. Op eerste kerstdag was ik met Levi bij mijn vader geweest, de dag erna lag ik hier thuis op de bank in mijn eentje naar de tv te staren. Sander de Bruin was degene met de grote, hechte familie, de lange gedekte tafels en de boom met cadeaus eronder.

'God, wat was Johan teleurgesteld toen bleek dat het Thelma & Louise-plannetje niet door kon gaan.' Haar ogen worden donkerder. 'Ik ook wel, hoor. Zo jammer dat ik je niet kon overhalen om me mee te nemen. Jo en ik zagen reikhalzend uit naar een dagenlange, verhitte ménage à trois met jou.'

Diep in mijn lichaam begint iets te trillen.

'Ik doe dit voor hem,' zegt ze zacht. 'Mijn broer en ik bewaren dierbare herinneringen aan een badkamer als deze. Nou, genoeg gekletst.' Ze maakt een beweging met het wapen. 'Hop, aan met die kraan.'

Het getril achter mijn borst wordt heviger.

'En kleed je uit.'

'Alexandra, we w-waren –'

Haar ogen glanzen kwaadaardig. 'Uitkleden.'

Ik kijk recht in de loop van het wapen, mijn kaken op elkaar geklemd. Ik schud langzaam mijn hoofd.

Genoeg.

Het is klaar.

Hier houdt het op.

Ik weet niet wat voor gestoord plan ze ten uitvoer wil brengen, maar ik doe er niet aan mee. Alexandra laat me sowieso niet gaan. Levi is veilig bij Sander. Als ik er niet meer ben, zal zijn vader er nog steeds voor hem zijn. De hele familie De Bruin is er voor hem, net als mijn vader en moeder. Ze zullen solide muren voor mijn zoontje bouwen waar hij tegenaan kan leunen totdat hij zijn eigen beslissingen kan nemen.

Ik staar in de loop, een klein, rond gat, even zwart als

de dood die eruit naar voren zal snellen. Ik ben niet bang meer. Het is genoeg geweest.

Ik houd nu de eer aan mezelf.

'Schiet maar,' zeg ik.

'Naïefje toch, denk je nou echt dat jíj bepaalt wat er gebeurt?' Alexandra's glimlach verdwijnt nu helemaal. Ze draait haar lichaam een halve slag en het volgende moment schiet er een gemene pijn door mijn bovenbeen. En nog eens. Ze weet precies waar ze moet trappen.

Ik zak op één knie.

'Schiet dan!' schreeuw ik.

Ze trekt me omhoog en duwt me hardhandig tegen de badrand aan. Trapt me nog eens, nu in mijn zij. 'Erin! In dat verdomde bad.'

Ik trek me op aan de rand. Mijn bovenbeen brandt als de hel. Houterig stap ik het bad in. 'De kraan is stuk,' probeer ik. 'Ik moet de d-douche...'

'Draai die kutkraan open.'

Ik pak de douchekop uit de houder. Een smal ding van plastic dat niet bestand is tegen de hoge waterdruk in deze appartementen. Ik zet me schrap, draai de kraan in een snelle beweging voluit open en richt de harde waterstraal op haar gezicht. Verrast steekt ze een handpalm omhoog om de straal af te weren.

Ik spring uit het bad en grijp de wasmand, smijt die tegen haar aan, met alle kracht die ik in me heb. De inhoud valt over haar heen. Ze worstelt vloekend om de kleding van zich af te werpen, het pistool maait door de lucht. De vloer is glad van al het water; in de badkuip zwiept de doucheslang heen en weer als een op hol geslagen fontein. Het water spuit alle kanten op. Ik beuk met mijn hele gewicht tegen Alexandra aan en hoor haar een vreemd geluid uitstoten als we samen tegen de wasbak aan vallen. Ze klapt met haar rug tegen de harde rand. Het pistool laat ze vallen.

Ik grijp het gladde, zware wapen van de tegels en ren de badkamer uit. Trek een sprint naar de gang.

Thomas ligt nog steeds op de vloer, in een vreemde houding, zijn ogen halfgesloten. Roerloos. De wand, de voordeur, alles zit onder het bloed. Spetters, vegen, plasjes. Ik kniel bij Thomas neer, leg mijn hand tegen zijn wang. Hij voelt klam en koud.

Gestommel achter me. Ik moet weg. Ik heb een pistool in mijn handen, voor het eerst in mijn leven, maar ik bezit niet het karakter dat ervoor nodig is om de trekker over te halen.

Ik spring op, trek de deur open en sprint over de galerij het trappenhuis in. Beneden ren ik het gebouw uit, eromheen naar de achterkant, waar ik buiten adem, beschut onder het balkon van de eerste verdieping, met mijn rug tegen de muur aan ga staan. Er zijn mensen in het park. Ze kijken naar me, deinzen terug. Een moeder tilt haar kind van de grond en loopt op een drafje weg.

Ik haal mijn telefoon uit mijn zak. Mijn hand trilt zo hevig dat ik nauwelijks iets kan lezen op mijn scherm, maar ik vind zijn nummer.

'Edwin? Kom snel hierheen. Ze wil me vermoorden.'

Twee maanden later

71

'Tot vanmiddag.' Ik druk snel een kus op Levi's wang.

'Mám...'

Ik knijp hem plagend in zijn schouder. 'Verdorie, ik vergeet het steeds.'

Hij rolt met zijn ogen, gooit zijn tas over zijn schouder en loopt tussen de andere zesdegroepers de school in. Even later zie ik zijn lachende gezicht achter het raam van zijn klas verschijnen. Hij steekt zijn duim naar me op.

Ik zwaai naar hem. *Veilig*, fluistert een stem in mijn hoofd, en ik voel de spanning in mijn lijf een beetje afnemen. Onzin natuurlijk, want als het erop aankomt is Levi binnen de schoolmuren met honderden andere kinderen en tientallen leraren om hem heen net zo veilig of onveilig als in zijn eentje buiten. Het maakt niet uit hoe diep je je ingraaft, als iemand met kwade bedoelingen het op jou gemunt heeft, krijgt hij je vroeg of laat te pakken. Dat heb ik nu wel geleerd.

Maar van Johan de Vries heeft nooit meer iemand wat te duchten, en van zijn zwaar gestoorde zus evenmin. Voorlopig, tenminste. Haar zaak moet nog voorkomen, maar Edwin denkt dat de kans nihil is dat ze de komende tien, vijftien jaar vrijkomt. Haar wrede daad wordt haar extra zwaar aangerekend omdat Thomas politieagent was.

Bovendien kon haar DNA in verband worden gebracht met een paar onopgeloste misdrijven. Ik hoop dat ze haar levenslang opsluiten, ook al weet ik dat die kans in Nederland niet zo groot is en ik haar op een dag dus weer zou kunnen tegenkomen.

Daar denk ik nu maar zo min mogelijk aan.

Ik stap in mijn auto en rijd de straat uit. Het is lichtjes gaan regenen. De plek waar ik naartoe ga, bezoek ik elke dag. Hij ligt op een halfuur rijden van mijn huis. De eerste keren fietste ik dat hele stuk, maar sinds kort lukt het me weer om te rijden zonder dat op onverwachte momenten het angstzweet me uitbreekt. De therapie slaat aan. Toch zou ik soms durven zweren dat er iemand naast me zit. Dat ik een schaduw zie, een voet op het dashboard. Een enkele keer hoor ik Johans stem, als een echo uit het verleden.

No, I won't hurt you, mama...

Het heeft tijd nodig, zegt mijn therapeute. Wat ik heb meegemaakt is niet zomaar uit te gummen.

Thomas heeft het grootste offer gebracht. Ik ga in gedachten vaak terug naar die bewuste avond. Ik zou willen dat ik het had kunnen voorkomen, dat ik hem toen wél meteen had weggestuurd. Weggedúwd zelfs. Maar hoe had ik kunnen weten dat het zo zou aflopen? Ik zocht niets achter Renate. Ik zag alleen maar het gezicht dat ze me wilde laten zien, dat masker van de vrolijke, knappe vriendin. Aanvankelijk voelde ik me schuldig over mijn naïviteit, maar door de gesprekken met mijn therapeute ben ik gaan accepteren dat je je gewoonweg niet kunt wapenen tegen mensen die in- en inslecht zijn. En het is echt geen verkeerde eigenschap om vooral het goede in een ander te willen zien. Daarin lijk ik op zowel mijn vader als mijn moeder, vrees ik.

Mama is inmiddels terug in Nederland en papa helpt haar met het zoeken naar een huis. Zolang ze nog geen inkomen heeft, werkt ze een paar dagen in de week in de bakkerij. Toen ik haar voor het eerst aan het werk zag, schoot ik vol. Mijn moeder die daar achter de vitrine klanten stond te bedienen, zo veel jaren ouder en grijzer en met een gelooide huid; haar kleurrijke bohojurk piepte nog net onder het bruine schort vandaan. De klanten zijn grotendeels niet meer dezelfde als toen, maar ze zijn nog even dol op haar. Mama heeft nou eenmaal dat bijna kinderlijke ontwapenende waardoor ze zelfs papa's vriendin voor zich heeft weten in te nemen. Af en toe passen Martine en papa zelfs op mama's honden, tot grote vreugde van Levi, die dan niet bij opa weg te slaan is.

'Ik heb je vader nooit genoeg gewaardeerd,' zei mama me laatst, toen we in de bakkerij een kop koffie dronken. 'In mijn jonge jaren verlangde ik naar avontuurlijke, flamboyante mannen en verre reizen, nu begrijp ik eigenlijk niet goed wat me heeft bezield. Het bracht me allemaal niets.' Waarna ze haar monoloog opgewekt afsloot met de woorden: 'Gelukkig heb ik jullie nog!'

Ik houd mijn hart vast voor wat er komen gaat. Want papa is opvallend dartel sinds mama weer in Utrecht is neergestreken. Ik denk er het mijne van. Wie verzekert me dat ze het niet weer in haar kop krijgt en er bij de eerste de beste flinke windvlaag die door de bakkerij waait weer vandoor tuimelt? Hopelijk is papa zich ervan bewust dat dat kan gebeuren en begrijpt hij dat mama is wie ze is – al gun ik hem als geen ander de vrolijkheid en de reuring die ze momenteel brengt. En ach, wie weet zie ik het allemaal te somber in en laat het tuimelkruid ons nog eens versteld staan door wortel te schieten in de oude grond.

Ik ben er.

Een smalle laan met aan weerszijden platanen. Aan het einde is een haakse bocht. Daarachter zie ik het complex liggen: vierkante kolossen van gele baksteen met diepe balkons. Ik zet mijn auto weg en loop een van de gebouwen in.

De receptioniste begroet me als een oude bekende. Ik zwaai naar haar en neem in de centrale hal de lift naar de tweede etage.

72

Hij kijkt me donker aan vanonder zijn wimpers. Zweetdruppeltjes parelen op zijn slapen.

'Weet je het zeker?' Ik werp een blik in de richting van de deur.

Privacy bestaat niet in deze instelling. De patiënten hebben een eigen kamer, een eigen douche en koelkastje, maar de verplegers beschikken over lopers en storen zich niet aan 'niet storen'-briefjes.

Sinds een kleine week geleden trekken we ons daar wat minder van aan.

Zijn hand verdwijnt onder mijn rok. Ik richt me een beetje meer op om hem de ruimte te geven. Mijn knieën zakken dieper in het matras.

'Kom hier,' fluistert hij. 'Lager.' Zijn grip verstevigt, hij haakt zijn blik vast in de mijne.

'Je bent niet in de positie om bevelen te geven.' Ik buig me over hem heen en streel met halfgeopende lippen zijn borst, trek met mijn tong een vochtig spoor naar zijn hals.

'Moet jij eens zien wat ik in mijn positie allemaal kan,' gromt hij, en hij stoot zijn bekken tegen me aan.

De kracht die erachter zit verrast me. In mijn onderbuik trekken talloze zenuwbanen zich samen. 'Nu?'

Hij knikt bijna onzichtbaar, met een koortsachtige gloed in zijn donkere ogen.

Ik werp nog eens een snelle blik op de deur en sjor zijn joggingbroek naar beneden, samen met zijn boxershort. De littekens staan kartelig, dik en rozerood in zijn lijf, maar de inwendige schade die Alexandra's kogels hebben veroorzaakt was veel ernstiger.

Ik heb gerouwd om het verlies, ik was ervan overtuigd dat hij dit niet te boven kon komen. Geen mens zou het kunnen overleven, en toen hij tegen alle verwachtingen in uit zijn coma ontwaakte, werd me verteld dat hij waarschijnlijk nooit meer zou kunnen praten of lopen of zelfstandig zou kunnen eten.

Ik heb zijn vechtlust, kracht en geduld onderschat.

Wij allemaal.

Hij wist dat hij het zou redden, van het begin af aan.

En hij wordt elke dag sterker.

Ik trek mijn slipje opzij en laat me op hem zakken. Hij vult me op, helemaal, en terwijl ik langzaam op en neer begin te bewegen, merk ik dat hij het van me overneemt, vanuit zijn heupen begint te stoten.

Ik open mijn mond in een stille schreeuw.

Hij versnelt, zijn handen omvatten mijn heupen. Dan stopt hij ineens. 'Iris... moeten we geen...'

Ik leg mijn handen op zijn borst en kantel mijn bekken, spoor hem aan tot actie. Ik heb de man achter de leugen leren kennen en vertrouw hem meer dan ik ooit een man vertrouwd heb.

Zolang er voor ons een hier en nu is, zal er voor ons ook een morgen zijn.

Dank

Annelies en Berry
Edwin
Cecile, Isabel & Laura (en W)
Sebastiaan
Monique
Nini
Marieke, Sabine & Stella
Daniëlle
Renate

Gebruikte bronnen onder meer: Axel de Vos, *Dubbel leven.*

Van Esther Verhoef verscheen eerder

RENDEZ-VOUS

Winnaar Zilveren Vingerafdruk 2006
Genomineerd voor de NS Publieksprijs 2006

'Je snakt naar adem.' NRC *Handelsblad*
'Een geloofwaardig, ijzersterk verhaal.' NBD Biblion
'Rendez-vous lees je bijna ademloos uit.' *BOEK*
'Geweldig.' *Sunday Times*

WONEN OP VAKANTIE

CLOSE-UP

Winnaar Zilveren Vingerafdruk 2007
Beste Vrouwenthriller Aller Tijden bij vrouwenthrillers.nl
Genomineerd voor de NS Publieksprijs 2007
Genomineerd voor de Gouden Strop 2007

'*Close-up* heeft alles in zich om de boekhandels uit te vliegen.' *de Volkskrant* ****
'Een diep doorleefde, donkere thriller. *Close-up* is slim, spannend, sensueel en sinister.' Crimezone.nl ****

ALLES TE VERLIEZEN

Genomineerd voor de NS Publieksprijs 2009
Genomineerd voor de Zilveren Vingerafdruk 2009

'Mooi geschreven met een plot dat staat als een huis. Een echte aanrader.' *Algemeen Dagblad*
'Blijft boeien en verrassen tot het einde.' *Nouveau*
'Een verademing om de nieuwe Verhoef in handen te krijgen. Verhoef blijft de standaard voor het genre.' BOEK

ERKEN MIJ

In samenwerking met de Stichting CPNB ter ere van Juni – Maand van het Spannende Boek 2009

'Een aangrijpend voorbeeld van misbruik en verraad.' *de Volkskrant* ****
'Een sterk doorleefd boek zoals Verhoef bij uitstek kan schrijven.' *nrc.next* ****

DÉJÀ VU

Winnaar NS Publieksprijs 2011
Genomineerd voor de Diamanten Kogel 2011
Genomineerd voor de Zilveren Vingerafdruk 2010

'Met *Déjà vu* toont Verhoef zich een ware meester in het schrijven van een intelligente thriller over vriendschap en verraad.' *Jan*

'Eindelijk weer een thriller waarbij je op het puntje van je stoel zit.' *Metro* *****
'De gelauwerde schrijfster schiet met dit psychologische horrorverhaal over een oude vriendschap weer helemaal raak. Trefzeker en razend spannend.' *LINDA.*

IS UW MAN AL AF?

'Rake, herkenbare en amusante observaties.' *Margriet*
'Esther schrijft haar columns met veel humor, en daarom zijn de columns waar ik om moest lachen ook niet op één hand te tellen.' Chicklit.nl

NOUVEAU RICHE & ANDERE SPANNENDE VERHALEN

'Stuk voor stuk goed geschreven, spannende verhalen met een verrassend einde. Esther is een kei in dit soort korte (en ook lange) verhalen.' vrouwenthrillers.nl ****
'Esther Verhoef bewijst dat ze niet veel woorden nodig heeft om een thriller te schrijven. Een bundel om in één ruk uit te lezen.' Crimezone.nl ****

TEGENLICHT

Genomineerd voor de NS Publieksprijs 2012

'Weer een ijzersterk staaltje van knap opgebouwde spanning, uitgekiende psychologie en een glasheldere vertelstijl.' LINDA.

'Een aangrijpende roman. Emoties als onmacht, verleiding en kracht beschrijft ze pijnlijk goed.' *Viva*
'Meeslepend, met een thrillerachtige spanningsboog.' *Jan*
'Een verhaal dat je in een adem uitleest.'
Leeuwarder Courant

DE KRAAMHULP

Winnaar Hebban Crimezone Award 2014
Genomineerd voor de NS Publieksprijs 2014
Genomineerd voor de Gouden Strop 2014

'De kraamhulp is een onvervalste pageturner met een meesterlijke laatste plotwending.' *de Volkskrant*
'Beklemmend drama vol nagelbijtende spanning.'
Algemeen Dagblad *****

STIL IN MIJ, OVERLEVEN BIJ DE NONNEN

Co-auteur Daniëlle Hermans

'*Stil in mij* is een belangrijk boek, omdat het kan zorgen voor erkenning, heling en begrip – niet alleen voor de geïnterviewde vrouwen, maar vele tienduizenden als zij.'
Happinez

ERKEN MIJ & ANDERE WRAAKVERHALEN

LIEVE MAMA

Winnaar de Gouden Strop 2016
Genomineerd voor de NS Publieksprijs 2015
Genomineerd voor de Hebban Crimezone Award 2015
Longlist van de Diamanten Kogel 2016

'Esther Verhoef heeft zichzelf overtroffen.' *Margriet*
'Esther Verhoef is een meester in zorgvuldig uitgewerkte plots (...) Maar het knapste is toch de manier waarop ze haar personages neerzet.' *Knack* ****
'*Lieve mama* is een van Verhoefs beste boeken.'
VN *Detective en Thriller Gids* ****

NAZOMER

Genomineerd voor de NS Publieksprijs 2018

Onder de naam Escober verscheen

ONRUST
Deel 1 in de Sil Maier-trilogie

Genomineerd voor de Gouden Strop 2004

'Vol wendingen in hoog tempo. Een veelbelovend debuut.' NRC *Handelsblad*
'Een sterk debuut dat doet denken aan de Jack Reacher-serie van Lee Child.' *Limburgs Dagblad*
'Een met veel vaart en spanning geschreven pageturner die beslist een aanwinst is voor de Nederlandse misdaadliteratuur.' VN *Detective en Thriller Gids*

ONDER DRUK
Deel 2 in de Sil Maier-trilogie

Winnaar Diamanten Kogel 2005
Genomineerd voor de Gouden Strop 2005

'IJzersterke thriller met pakkende actiescènes vol boeiende, levendige karakters. Is moeilijk weg te leggen. De ontknoping is uitermate verrassend.'
Juryrapport Gouden Strop 2005

'Verhoef schrijft met een mitrailleur: ritmisch, afgebeten, effectief.' NRC *Handelsblad*
'De spanning giert van de pagina's.' *Vrij Nederland*

ONGENADE

Deel 3 in de Sil Maier-trilogie

Genomineerd voor de Diamanten Kogel 2008

'Escober schrijft voor het Nederlands taalgebied unieke thrillers. Snel, snoeihard en schrijnend.' *Het Parool*
'De kracht van het schrijversduo Escober is dat de hoeveelheid actie in hun romans gelijk is aan de hoeveelheid diepgang. En er is geweld, heel veel geweld, maar het is wel functioneel.' *De Telegraaf*
'Sil Maier is na De God Denkbaar de grootste *action hero* uit de Nederlandse letterkunde. Zijn avonturen behoren vanaf nu tot het verleden en dat stemt toch ietwat droevig.' NRC *Handelsblad*

CHAOS

Genomineerd voor de Diamanten Kogel 2007

'Escober kan zich zonder meer meten met buitenlandse collega's.' *De Limburger* *****
'Je raakt als lezer volledig opgeslorpt. Puur vakwerk, sterk filmisch en in razendsnel tempo.'
Juryrapport Diamanten Kogel 2007
'Snoeiharde en knap geschreven actiethriller. Overtuigend en stilistisch sterk.' *Friesch Dagblad*

OVERKILL

Genomineerd voor de Diamanten Kogel 2013
Genomineerd voor de Hebban Crimezone Award 2013

'Het eerste hoofdstuk van *Overkill* ramt er meteen in. Een waardige opvolger van de Sil Maier-trilogie en *Chaos.*'
de Volkskrant

'Geloofwaardig, rauw, hard en smekend om een verfilming.' *De Limburger* ****

'Een echte pageturner met een zeer verrassende en vernuftig in elkaar gezette ontknoping.'
Leeuwarder Courant

'Meeslepende en inventief geplotte thriller, klaar om verfilmd te worden.' VN *Detective en Thriller Gids*

Over de auteur

Esther Verhoef ('s-Hertogenbosch, 1968) is een van de succesvolste en meest veelzijdige schrijvers van Nederland. Zij is Nederlands meest bekroonde en genomineerde thrillerauteur. Van haar psychologische thrillers en romans zijn in eigen land circa 2,4 miljoen exemplaren verkocht.

Naast haar solothrillers schrijft Esther Verhoef samen met Berry Verhoef psychologische actiethrillers onder het pseudoniem Escober. Deze samenwerking resulteerde in vijf romans: de Sil Maier-trilogie (*Onrust*, *Onder druk* en *Ongenade*), *Chaos* en *Overkill*.

Zowel Verhoefs solowerk als de Escobers zijn vertaald. Vertalingen zijn verschenen in onder meer Duitsland, Spanje, Denemarken, Hongarije, de Verenigde Staten, Rusland, Groot-Brittannië, Korea, Taiwan, Italië en Frankrijk.

In sommige landen komen Verhoefs boeken uit onder het pseudoniem Nova Lee Maier.

Voordat Esther Verhoef bekendheid verwierf als schrijfster van fictie schreef zij zestig populairwetenschappelijke en informatieve boeken over (huis)dieren, waarvan er wereldwijd meer dan 9 miljoen zijn verkocht.

Ook was zij hoofd- en eindredacteur van enkele veelgelezen tijdschriften in haar oude vakgebied. Daarnaast was Verhoef gerespecteerd dierenfotografe en runde ze een beeldbank voor uitgevers, reclamebureaus en dierenrechtenorganisaties.

De media over Esther Verhoef

'Verhoef blijft de standaard voor het genre.' BOEK

'Als je de adrenaline van de recensent nog tot diep in de nacht laat stromen, is dat vakwerk.' *de Volkskrant*

'Esther Verhoef hoort duidelijk tot de schrijvende elite in ons land.' *Algemeen Dagblad*

'De kracht van Verhoefs actiethrillers is zonder twijfel de stijl, die al even hoekig is als de personages. Je snakt naar adem.' NRC *Handelsblad*

'Verhoef schetst personages die uitstijgen boven de standaard thrillerstereotypen.' *Barnes & Noble Review*

Esther Verhoef op social media

estherverhoef

estherverhoefinsta

auteurestherverhoef